suhrkamp
pocket

Mustermütter und Karrierefrauen, Eurythmie und Hysterie, Alleinerziehende und Problemkinder, Wohlstand und Verwahrlosung. Was geschieht, wenn man das Leben, das man immer haben wollte, endlich führt? Wenn die Kompromisse in Zwang umschlagen und das Glück sich nicht einstellt? In ihrer literarisch bestechenden Bestandsaufnahme erzählt Anna Katharina Hahn von Frauen, deren Lebensraum zum Käfig geworden ist – und von einem Jungen, der ausbricht.

Anna Katharina Hahn, geboren 1970, lebt in Stuttgart. 2009 erschien ihr Longseller *Kürzere Tage*, der auch ins Englische und Finnische übersetzt wurde. Ihr Roman *Am Schwarzen Berg* stand 2012 auf der Shortlist für den Preis der Leipziger Buchmesse und auf Platz 1 der SWR-Bestenliste. Anna Katharina Hahn gilt als eine der wichtigsten Erzählerinnen ihrer Generation und wurde für ihre Romane u. a. mit dem Roswitha-Preis der Stadt Gandersheim und dem Heimito von Doderer-Literaturpreis ausgezeichnet.

Anna Katharina Hahn
Kürzere Tage

Roman

Suhrkamp

Erste Auflage 2017
suhrkamp taschenbuch 4792
Suhrkamp Verlag Berlin

Umschlaggestaltung: Rothfos & Gabler, Hamburg,
nach Entwürfen von Hermann Michels und Regina Göllner
Satz: Satz-Offizin Hümmer GmbH, Waldbüttelbrunn
Druck und Bindung: Kösel, Altusried-Krugzell
Printed in Germany
ISBN 978-3-518-46792-3

Kürzere Tage

Judith

Judith raucht hastig, mit dem Rücken gegen die Wohnungstür gelehnt. Sie läßt den Rauch tief in ihre Brust einströmen und atmet ihn durch die Nasenflügel wieder aus. Das Verlangen nach einer Zigarette, schlimmer als der Druck einer vollen Blase, beherrscht schon den ganzen Tag. Am Morgen waren die Kinder zu ihr ins Bett geschlüpft, bevor sie sich hinausschleichen konnte, um auf dem Küchenbalkon zu rauchen. Viel zu lange mußte sie auf eine günstige Gelegenheit warten. Das steinerne Gesicht, mit dem sie Tee gekocht, Müsli in Schalen gefüllt, Obst geschnitten und selbst nur an ihrer Tasse genippt hatte, kennt die Familie schon. »Die Mama ist manchmal ein Morgenmuffel«, bemerkte der fünfjährige Uli. Judith macht einen inbrünstigen Lungenzug und stellt sich vor, wie sich die bläulichen Schwaden mit ihrem Blut vermischen und zum Herzen ziehen, es einhüllen und ruhiger schlagen lassen. Die Gier ebbt langsam ab, sie hat wieder Augen und Ohren für ihre Umgebung und beginnt sich zu schämen. Im Treppenhaus flucht Klaus, wahrscheinlich hat er etwas vergessen, die Blockflöte, Ulis Mütze. Um vier fängt der Unterricht an. Sie betet in eine unbestimmte Richtung, daß die beiden nicht noch mal hochkommen. Dann hört sie Ulis helle, vorwurfsvolle Stimme: »Aber Papa, da ist sie doch!«, einen Seufzer von Klaus, Gepolter auf den Stufen, das Schlagen der Haustür. Schnell macht sie den letzten Zug, spürt schon die Glut an den Fingerspitzen, als sie den Stummel in den winzigen Aschenbecher quetscht. Sie schiebt den Deckel zu und schließt eine schmale Faust um das Döschen, das silbern funkelnd und gewärmt von der in seinem Inneren sterbenden Glut anmutet wie das Utensil zu einem besonders verfeinerten Laster – das Spritzbesteck eines Dandys, der Kokslöffel einer Bohemienne.

Sie geht durch den langen Flur ins Eßzimmer, öffnet die Fenster weit und läßt den Qualm abziehen. Seit langem hat sie sich nicht so gehenlassen. Normalerweise raucht sie auf dem Balkon oder unten im Hof. Das Wegbringen der Mülltüten hat sie deshalb an sich gerissen. Die Constantinstraße liegt still im Nachmittagslicht. Braungelbe Sandsteinhäuser wölben ihre verzierten Fassaden nach vorne wie frische Brote und Kuchen, die aus ihren Backformen quellen. Über den grauen Schieferdächern steht die Sonne und läßt Gerüche aufsteigen, die auch mitten in der Stadt zum Herbst gehören: das Nußaroma zerquetschter Blätter auf dem Gehweg und in den umliegenden Höfen, die Früchte von Eberesche, Holunder, Apfel und Zwetschge, teils überreif an den Ästen, teils als fauliges Fallobst auf der Wiese des kleinen Gartens hinter dem Haus. Dazu kommen die Dünste selten vorbeifahrender Autos und Heizungsrauch als Bote der ersten Nachtfröste.

Judith versteckt Aschenbecher, Feuerzeug und die Packung Rothändle im Flurschrank in der Tiefe ihrer häßlichsten Handtasche und steckt ein starkes Pfefferminzbonbon in den Mund. Dann tritt sie wieder ans Fenster und schüttelt das Tischtuch aus. Ein Mädchen in Ulis Alter wippt auf dem gegenüberliegenden Bordstein, unruhig wie ein Vogel. Ihr Gesicht ist weiß geschminkt, ein grelles Kopftuch verbirgt das Haar, in einer Hand hält sie einen kleinen Besen. Sie wendet den Kopf zur geöffneten Eingangstür des Nachbarhauses und brüllt: »Mama, Feli, schneller!« Halloween ist erst in einer Woche, aber Judith hat heute schon verkleidete Kinder gesehen. Sollte eines von ihnen klingeln, wird sie nicht öffnen. An mit grinsenden Kürbissen, Skeletten und Vampiren dekorierten Geschäften lotst sie ihre Söhne vorbei.

Der silberne Škoda ist bereits weg. Sie hat Uli und Klaus nicht gewinkt. Sicher hat der Junge enttäuscht hochgeschaut. Klaus weiß, warum sie nicht aufgetaucht ist. Wahrscheinlich hat er für sie gelogen: »Die Mama ist sicher in der Küche, oder sie muß sich um den Kilian kümmern.« Aber im Laufe des Abends würde er die Sache doch noch ansprechen: »Mal wieder unnötige Traurigkeit wegen deines Hackstraßenmists.«

Hackstraßenmist ist Klaus' Codewort für verschiedene schlechte Gewohnheiten, die Judith aus ihren Jahren in der dunklen Einzimmerwohnung im Stuttgarter Osten mitgebracht hat. Aus dem Fenster konnte man den Gaskessel und die Anlagen der Schlachthöfe sehen, auch das Stadion mit seinem geschwungenen Rund und den Turm einer Kirche, deren Namen sie bis heute nicht kennt.

In der Hackstraße hatte sie sich schon morgens im Bett die erste angesteckt, mit halbgeschlossenen Augen und schlafwarmen Händen, deren Muskeln noch so abgeschlafft waren, daß sie kaum die Kraft hatten, das Feuerzeug aufschnappen zu lassen. Wenn sie sich dann langsam herausquälte, zum Klo, zur Kaffeemaschine und später ins Seminar oder zu einer ihrer Praktikumsstellen, folgte der Morgenzigarette die Frühstückszigarette und so weiter. Und hier in der Constantinstraße, weit weg vom dreckigen Osten, war sie selbst während ihrer Schwangerschaften manchmal nachts aufgestanden und hatte geraucht, lustvoll inhalierend und gleichzeitig gequält von dem Bild des hilflos im Fruchtwasser zuckenden Embryos, dessen Pulsschlag sich enorm beschleunigte, während sich seine Gefäße verengten. Klaus hatte das zum Glück nie mitbekommen, ebensowenig wie ihr Frauenarzt oder die Hebamme.

Doch Hackstraßenmist war auch der Wunsch, eine Mumie zu sein, reglos und starr, alle Glieder fest umwunden von harzgetränkten Binden, Finsternis vor den Augen, ein vertrocknetes Kräuterbüschel im Mund und das rasende, peinigende Herz, gegen alle Regeln dieser Bestattungsform, ausquartiert in einem Alabasterkrug mit Hieroglyphen in der hintersten Kammer der unterirdischen Behausung. Das unaufhörlich schwätzende Hirn mit seiner Dauerbeschallung »Ich kann nicht, ich kann nicht, ich habe Angst, ich schaffe es nicht« war sauber in Lauge aufgelöst und in Fetzen aus den Nasenlöchern hinausbefördert worden, ähnlich wie Rotz, ebenso unnütz und ekelerregend. Die knöcherne Wölbung war mit Stroh ausgestopft und beherbergte den reinen Frieden. Die Ohren hörten Stille. Keiner konnte diesen tauben Lazarus mehr zurücklocken in ein Leben voller Qualen. Judith, die in der Hackstraße an einer Magisterarbeit über Otto Dix' altmeisterliche Tafelbilder verzweifelte, war in ihrem Wunsch, dem Zustand des Begrabenseins möglichst nahe zu kommen, an manchen Tagen gar nicht erst aufgestanden. Sie hatte sich die Decke über den Kopf gezogen und sich mit dem Rücken zum Schreibtisch gedreht, um die Bildbände aus der Landesbibliothek, die Stapel zusammengehefteter Kopien und das beleidigt verschlossene Maul ihres Notebooks nicht mehr sehen zu müssen. Erst gegen Abend stand sie auf, wenn Sören, ihre Daueraffäre, anrief und vorschlug, sich in irgendeiner Bar zu treffen. Dann schminkte sie sich sorgfältig, zog ihre Lederhose an und besprühte sich mit ›Opium‹.

Seit Beginn ihres Kunstgeschichtsstudiums war Judith eine eifrige und ehrgeizige Studentin, die nie kellnern mußte, sondern immer Hilfskraftstellen bekam. Sie saß oft bis zur Schließung der Seminarbibliothek in der Keplerstraße unter einer flackernden Neonröhre, exzerpierte Weisheiten von Panofsky bis Aby Warburg auf Karteikarten, besuchte Wochenende für Wochenende die Staatsgalerie und fuhr mit Billigbussen nach Berlin, Düsseldorf und Hamburg, um sich wichtige Ausstellungen anzusehen. Im Oberseminar kreuzte sie lässig die schmalen Knöchel in roten Riemchenschuhen. Das schwarze Haar trug sie aufgesteckt, dazu ein Make-up wie Frida Kahlo und große glänzende Ohrringe. Daß sie eigentlich Jutta hieß, ihre Eltern ein Küchenstudio in Kirchheim unter Teck besaßen und ihre zwei verheirateten Schwestern zusammen schon fünf Kinder hatten, sah man ihr nicht an. Sie sagte nicht viel, aber wenn sie sprach, war es unangreifbar. »Hier hat jemand wirklich nachgedacht. Sehr gut, Frau Seysollf.« Keine ihrer Kommilitoninnen ahnte, daß Judith vor jedem Referat nächtelang nicht schlafen konnte, daß sie weinend unter ihrem Schreibtisch saß und nichts aß, daß sie jeden Beitrag vor einer größeren Gruppe erst niederschreiben und auswendig lernen mußte, bis sie wagte, sich zu äußern. Auch die Abgabe von Hausarbeiten stürzte sie in Panikattacken. Sie verlor mehrere Semester durch die Zögerlichkeit, mit der sie ihre Arbeiten wieder und wieder korrigierte. An der Uni funktionierte dieses Verhalten, denn niemand hielt sie davon ab, niemand gab ihr Ratschläge. Zu Hause verstanden sie nichts davon. Den gelegentlichen Jammerrufen: »Mädle, was bringt dir des, du sottscht endlich au heirate« entging Judith, indem sie ihre Besuche auf die hohen Feiertage beschränkte, obwohl sie an ihrer Familie hing, die runde Kuppe der Teck, ihre Neffen und Nichten und sogar die Kochinseln und Hängeschränke im elterlichen Laden vermißte.

Der Betreuer ihrer Magisterarbeit war aufgrund seines guten Rufs viel im Ausland. Zu seinen seltenen Sprechstunden mußte man sich Monate vorher anmelden. Als Judith als Hilfskraft für ihn arbeitete, bekam sie ihn innerhalb eines Semesters vielleicht dreimal zu Gesicht. Sie geriet an Professor Baumeister, der zu allem Überfluß Canetti zum Verwechseln ähnlich sah, wie eine Masochistin, die sich auf die Anzeige eines strengen Dompteurs meldet. Er galt als unberechenbar. Seine Streitigkeiten mit den Kollegen im Seminar waren legendär. Man tuschelte, daß er seinem eigenen Assistenten die Diss vor die Füße geschmissen hätte. Judith zitterte am ganzen Körper, wenn sie mit Baumeister telefonierte und mit kühler Stimme ihre Thesen darlegte. Schriftliche Äußerungen vermied sie. Es schien ihr zu gefährlich, ihm etwas in die Hand zu geben, was er zerreißen oder rot anstreichen konnte.

»Die altmeisterliche Phase bei Otto Dix, das ist ein Thema, über das noch nicht viel geschrieben worden ist. Frau Seysollf, Sie sind doch so gewissenhaft, da machen Sie was draus. Sie wissen, bei mir gibt es keinen Kindergarten. Sie können ja selbständig arbeiten, Ihnen muß man nicht die ganze Zeit das Händchen halten. Nicht mehr als 70 Seiten. Fangen Sie im Kunstgebäude an. Und dann eine kleine Reise auf die Höri, Hemmenhofen. Und am Abend fahren Sie zum Schiener Berg und essen im ›Hirsch‹ ein Felchen in Mandelbutter. Und dazu einen schönen Weißherbst.«

Judith mochte Otto Dix nicht. Die tückischen Fratzen seiner Großstädter schoben sich sogar beim Einkaufen und in der Straßenbahn vor die Gesichter der Passanten. Sie sah Babys in Kinderwagen, die sich plötzlich in bläulichrote Abtreibungsopfer verwandelten. Die Bettler in der Unterführung Keplerstraße grinsten mit verstümmelten Fratzen, die Bonzenfrauen bei Breuninger leuchteten in der teigigen Obszönität von Berliner Nutten. Auch unter den eisklaren Himmeln der altmeisterlichen Landschaften verspürte sie stets ein Frösteln.

In der Staatsgalerie schlich Judith, nachdem sie pflichtbewußt ihre Visite bei den Expressionisten beendet hatte, zu Corinth, Liebermann und Thoma. Sie betrachtete Waldwiesen, kinderreiche Familien, mit den Händen arbeitende Menschen und setzte sich auf eine der mit dunkelgrünem Samt bezogenen Bänke. Sie stützte den Kopf in die Hände und schaute in eine Welt, die es nicht mehr gab und in die sie sich, allem Wissen über den sozioökonomischen Kontext zum Trotz, sofort gestürzt hätte.

Das einzige Dix-Bild, das Judith gefiel, war das der Tänzerin Anita Berber. Sie hing als Poster an ihrem Kleiderschrank in der Hackstraße, im knallroten Kleid, durch das sich Brüste und Scham abzeichneten wie eine Ohrfeige. Eine Hand stützte sich auf der Hüfte, die lackierten Klauen glänzten. Anita zeigte eine arrogante Fresse und war einfach nur cool. »Die würde ich nicht vögeln, da hätte ich zuviel Schiß«, meinte Sören mit einem Kopfschütteln.

In der Dix-Ära begannen die Symptome der Angst unerträglich zu werden. Das Gefühl des Versagens, des totalen Abkackens, wie Sören es nannte, packte sie, schüttelte sie durch und machte es unmöglich, einen klaren Gedanken zu fassen. Die Angst, normalerweise nur ein zeitweiliger Gast, begann sich jetzt häuslich niederzulassen und in ihrem Brustkorb festzusetzen. Sie ließ sie nachts wach liegen und begleitete jeden ihrer Schritte, verschaffte ihr einen hohen Ruhepuls und einen unsteten Blick.

Als sie an einem Sommernachmittag nicht mehr in der Lage war, die Bibliothek zu betreten, ging sie von der Uni geradewegs zum Arzt. Sie hatte in großer Runde etwas über Schlaflosigkeit gesagt. Der Name eines Neurologen war gefallen. »Der ist total locker drauf, der schreibt dir auch ein Attest, wenn du im Examen was brauchst oder für 'ne Klausur.« Judith schilderte dem Arzt ihre Ängste und verließ die Praxis mit einem Rezept für Tavor tabs und der Auflage, in einer Woche wiederzukommen. So begann die Zeit der blauen Dose.

Die blaue Blechdose war ein Mitbringsel aus London. Auf dem Deckel stand ›General Bisquits‹. Darunter waren zwei nackte Engel eingeprägt, die ein Netz in den Händen hielten. Darin zappelte ein dikker Fisch, der trotz seiner prekären Lage ein Schmunzeln um das breite Maul trug. Die Dose steht in der Constantinstraße ganz hinten im Küchenschrank und enthält Ausstecher für Weihnachtsplätzchen. In der Hackstraße hatte sie, für jedermann sichtbar, auf dem Spülkasten der Toilette ihren Platz gehabt. Judith verwahrte ihre Medikamente darin, zunächst nur Kopfschmerztabletten und eine Schachtel Tavor. Das Medikament tauchte Canetti-Baumeister, Dix' Bilder und Judiths Zukunftsaussichten im Stuttgarter Kunstbetrieb in einen wabernden Nebel, vertrieb die Angst für eine Weile und half auch, die tägliche zermürbende Warterei auf Sörens Anrufe und sein sonstiges Verhalten zu ertragen. Leider reichte die verordnete Dosis nicht aus, um Judith langfristig zu erlösen.

Bald hatte sie außer dem Neurologen an der Uni noch drei weitere Ärzte in verschiedenen Vierteln der Stadt gefunden, die sie regelmäßig aufsuchte. Es war ganz einfach: Sie kam ungeschminkt und ungeduscht, ließ die Worte Examensstreß und Schlaflosigkeit fallen und heulte ein bißchen, was leichtfiel. Sie bekam schnell heraus, bei welchem Apotheken-Nachtdienst der Satz »Der Herr Doktor schreibt mir dieses Medikament immer auf« wirkungsvoll war, wo überlastete Helferinnen hastig unterschriebene Rezepte über den Tresen reichten. Bei akutem Mangel konnte sie auch am Nordeingang des Hauptbahnhofs einen Typen in schwarzem Jogginganzug und einer mit Flammen bestickten Wollmütze aufsuchen. Er hatte alles und leierte die Namen der Medikamente mit leiser Stimme herunter wie einen Psalm: »Valium, Librium, Tranxilium, Adumbran, Halcion, Rohypnol, Tramal, Fortal, Lepinal, Repocal …«

Judith trägt das Kaffeegeschirr in die Küche und steckt den Stöpsel in den Ausguß. Sie spritzt Spülmittel darauf und läßt heißes Wasser einlaufen. Aus dem Kinderzimmer tönen leises Gebrabbel und Liedfetzen: Kilian ist noch beschäftigt, und Judith macht sich nicht bemerkbar. Sie wischt den Tisch ab, rückt die Stühle weg und beginnt langsam, den Fußboden zu fegen. Sie konzentriert sich ganz auf die gleichmäßigen Bahnen, in denen sie den Besen über das Parkett führt. Die körperliche Anstrengung, das Bücken und Zusammenkehren mit dem Handfeger, das Verrücken der Möbel, läßt sie schwitzen. Etwas anderes als ihr keuchender Atem und der Rhythmus der sachte über das Holz kratzenden Borsten dringen nicht an ihr Ohr. Im Schädel herrscht eine wohlige Leere. Dumpf wie ein Tiefseefisch läßt sie sich durch den Raum treiben, ungestört von Querschüssen aus der Hirnrinde. Auf diese Weise kommt Judith einem entspannten Zustand so nahe wie möglich.

Die therapeutische Qualität des Putzens hat sie erst kennengelernt, als sie ihren Haushalt mit Ulis Geburt enttechnisierte, Spülmaschine, Mixer und sogar den Staubsauger abschaffte. »Wenn die Kinder zu Haus nur einen brummenden Maschinenpark kennenlernen, der Sauberkeit und Ordnung schafft, aber keine Menschen bei der Arbeit sehen, wie sollen sie dann lernen mitzutun, zu helfen, sich zu entfalten?« hatte der sanfte Herr im Vortragsraum auf der Uhlandshöhe zu bedenken gegeben. Und Judith, die, geleitet von einem pastellfarbenen Faltblatt auf der Theke der Frauenärztin, eher zufällig in die Keimzelle der Waldorfpädagogik geraten war, empfand eine befreiende Freude über die Strenge der dort vorgegebenen Richtlinien. Ihre Entscheidung für die Waldorf-Welt glich einer plötzlichen Erleuchtung, dem Übertritt in einen geistigen Orden. Ein Buch, ein dickleibiger Ratgeber zur Gesundheit und Erziehung, genügte, um sie zu überzeugen. Judith schaffte eine Wiege mit rosa Himmel, Stoffwindeln und ein Schaffell an, hängte Raffaels Madonna an die Wand und fing an zu stricken. Manches würde hart werden, keine Frage. Aber wenn sie sich an all die verheißungsvollen Vorgaben hielt, konnte sie gar nichts falsch machen. Es schien einfach und bestechend: Ihre Kinder würden nicht krank werden, sie konnten zu geradlinigen, phantasievollen und glücklichen Menschen heranwachsen, frei von Süchten, Zweifeln, unvertraut mit Hackstraßenmist und der schneidenden Kälte auf den Gipfeln der Verzweiflung. Sie tauschte Dix gegen Hans Thoma. Wenn sie Ulrich und Kilian in ihrem plastikfreien Kinderzimmer spielen oder in Küche und Garten eifrig ihre eigenen hausfraulichen Tätigkeiten nachahmen sieht, hat sie den Eindruck, noch nie in ihrem bisherigen Leben so erfolgreich gewesen zu sein.

In der Küche liegt ein orangeroter Kürbis neben einem Bund Karotten auf der Arbeitsplatte: die Zutaten für die Abendsuppe. Sie freut sich an den Farben, muß schnell über die warzige Oberfläche des Kürbisses streichen, mit dem Daumen über eine erdverkrustete Möhre reiben, bis die leuchtende Schale zum Vorschein kommt. Im Frühjahr will sie mit den Kindern zusammen Möhren säen. Sie werden im Gärtle eine Stelle finden, wo das buschige grüne Kraut in die Höhe schießen kann. Sie stellt sich vor, wie die beiden Jungen die fedrigen Pflanzenschöpfe packen und das Gemüse aus dem Boden ziehen, die Erde an der Hose abwischen und sofort zubeißen, im vertrauensvollen Umgang mit der Natur, die ihnen die Nahrung spendet. Kartoffeln zu setzen wäre auch ein schönes Erlebnis, beobachten, wie aus einer Mutterknolle viele kleine Früchte hervorgehen, oben hübsche weißviolette Blüten, unten eßbare Wurzeln. Aber bei einem der letzten Informationsabende im Kindergarten hat Judith von Rudolf Steiners ablehnender Haltung bezüglich der stärkehaltigen Knolle erfahren. Die Referentin, eine anthroposophische Ärztin, war deutlich: »Die Kartoffel wirkt in einseitiger Weise auf die Nervenorgane. Sie schwächt das meditativ-verinnerlichende Denken zugunsten eines verstandesmäßig-reflektierenden. Damit wird ein auf das Materialistische reduziertes Vorstellungsleben gefördert. Sie werden feststellen, daß bereits vier Wochen nach einer Umstellung von Kartoffeln auf Getreide, Wurzeln und andere Gemüse eine zunehmende gedankliche Frische und Beweglichkeit eintritt, und das tut allen gut, Kindern und Eltern.«

Früher hätte Judith solche Aussagen nicht ohne Grinsen hingenommen. Im Studium ging der Zweifel automatisch in jede Lektüre, jede Bildbetrachtung ein. Es schien ein Organ zu geben, das ständig dieses zersetzende Sekret absonderte. Wer nicht kritisierte, dessen Verstand funktionierte nicht. Vertrauensvoll hinnehmen, nicht hinterfragen, mittun und fühlend aufnehmen, diese Maximen der Steinerschen Pädagogik, die Kindern wie Erwachsenen anempfohlen wurden, erscheinen ihr wie ein warmes Bad, in dem sich ihr ausgeleiertes Denkvermögen erholen kann.

Allerdings liest Judith nur widerwillig in Steiners Werken, auch wenn es im Kindergarten gerne gesehen wird, daß die Eltern sich in das Gedankengut des Meisters einarbeiteten. ›Die Philosophie der Freiheit‹ liegt mit ungebrochenem Rücken auf ihrem Nachttisch. Sie blättert darin, wenn sie den Wunsch hat, auf den Endlosspiralen schlecht formulierter, krauser Gedankengänge leichter in den Schlaf zu gleiten. Ihr genügt das Vertrauen auf einen Überbau. Sie weiß wenig über die Akasha-Chronik, Atlantis, über Karma, Elementarwesen und die Temperamentenlehre. Lieber sind ihr die hilfreichen Heftchen aus anthroposophischen Verlagen, in denen man angeleitet wird, womit die Kinder spielen, was sie zu essen bekommen sollen, wie man Jahreszeitentische aufbaut, Haulemännlein strickt und längst vergessene Murmel- und Ballspiele reaktiviert. Wenn sie das liest und befolgt, fühlt sie sich aufgehoben wie in dem wollenen Fäustling, in den die Maus aus dem Bilderbuch schlüpft.

Eine Weile ist Judith damit beschäftigt, das Gemüse zu putzen. Der Kürbis leistet viel Widerstand, seine Schale ist hart und brüchig. Sie hebelt Stück um Stück herunter. Sie ist gerne in der Küche. Es gefällt ihr, die gefüllten Regale zu sehen, die Schraubgläser mit Dinkel, Weizenschrot, Haferflocken, die bunten Blechdosen der Kräutertees, das irdene Geschirr, die gebügelten Trockentücher an ihren Haken. Es ist ein Ort, an dem sie Entspannung fühlt. Mit Abscheu denkt sie an die winzige dunkle Kochnische in der Hackstraße. Es gab keinen richtigen Herd, nur zwei elektrische Platten, verkrustet vom Dreck des Vormieters, auf denen sie nie etwas anderes kochte als Kaffeewasser und Fertiggerichte. Beim Essen las sie Zeitung, telefonierte, rauchte und tippte manchmal am Computer Seminararbeiten, auf die Tastatur kleckernd und mit Magenkrämpfen bei der Vorstellung, wie Baumeister ihre Deutungsversuche des Dixschen Werks beurteilen würde. Das Bild der verdreckten Kochgelegenheit bleibt nicht lange allein, weitere folgen und entfalten sich klar, grell und so schmerzhaft vor ihr, daß sie das Gesicht verzieht: die morgendlichen Straßenbahnfahrten zur Uni, quer durch den Stuttgarter Osten, vorbei am Gaskessel, der wie ein riesiges Michelinmännchen aus schwarzen Scheiben zusammengesetzt im Talkessel hockte, umgeben von den Baukastenelementen der Industrieanlagen. Jeden Morgen fuhr Judith vom Schlachthof bis zur Keplerstraße, vorbei an Saunapuffs, türkischen Gemüse- und Juweliergeschäften, dem Karl-Olga-Krankenhaus. Sie passierte den Bergfriedhof im Schutz grau verputzter Mauern, hinter denen dunkle Bäume emporragten wie auf einem Böcklin-Gemälde, kroatische, griechische und serbische Restaurants, Tanzschuppen und Änderungsschneidereien, das Arbeitsamt am Stöckach, Tankstellen, Discounter und die lange Schräge der Werastraße, die aus diesen Niederungen ins Gerichtsviertel hinaufführt.

Dann sieht sie sich selbst, mit verschmierter Wimperntusche, eine ihrer riesigen Silbercreolen in der aufgelösten Frisur verhakt, heftig hustend. Der Husten kam von ihrem Versuch, Sörens Penis bis zum Schaft zu schlucken. Sie würgte, drehte den Kopf stumm zur Seite. »Nicht auf meine Jacke, Mensch«, brüllte er und riß ihr das Kleidungsstück, eine alte Pilotenjacke der U.S. Army, förmlich unter dem Hintern weg. Sören studierte Medizin in Tübingen und kam nur am Wochenende nach Stuttgart. Er war groß, blaß und blond. Sein Gesicht mit der Hakennase, dem vollen Mund und den kalten blauen Augen hinter der Stahlbrille hatte einen abschätzigen Ausdruck, den es selbst im Schlaf nicht verlor. Gewöhnlich kippte Judith ein paar Kurze, bevor sie ihre abendlichen Partytouren begann, um jene Gleichgültigkeit zu erlangen, die man ihrer Ansicht nach brauchte, um mit Männern ins Gespräch zu kommen. »Du siehst aus wie ein Nazi-Offizier«, hatte sie zu Sören gesagt. Sie nahm ihn mit in die Hackstraße und erschrak darüber, wie sehr sie sich wünschte, etwas Verbindliches von ihm zu hören, als er am nächsten Morgen in seine Jeans stieg. Aber Sören ließ sich nicht festlegen. Er kam, wann es ihm paßte, rief an, wenn er in der Stadt war, oder zitierte Judith nach Tübingen in sein Wohnheim. Er sprach ganz offen von seinen anderen Beziehungen, es mußten mindestens zwei sein. Judith verbat sich nähere Informationen. Natürlich hätte sie gerne jedes Detail erfragt, aber sie wollte nicht aus der Rolle fallen. Einmal klingelte er mitten in der Nacht bei ihr, blutüberströmt und nach Bier stinkend, und nähte sich in ihrem fensterlosen, immer nach Ausguß riechenden Bad selbst die lange Platzwunde über der Stirn, ohne eine Erklärung. Er schrieb seine Diss über Penicillin und schwärmte ständig von der Wunderkraft der Antibiotika. Aber Sören brachte ihr auch Champagner und küßte sie auf dem Balkon des Verbindungshauses, während verschiedene blonde Frauen wütend zusahen. Seine harten Finger hatten sich mit den ihren verschränkt, während die sonnendurchwärmten Säulen der Sandsteinbalustrade gegen ihren Rücken drückten wie die Rippenbögen eines riesigen Urzeit-Lebewesens. Sörens Gesicht war ganz nah, die Brille spiegelte vor seinen Augen. Sie nahm sie vorsichtig ab und steckte sie ein. Er war stark kurzsichtig, und den Rest des Abends mußte er an ihrer Hand gehen.

Judith kneift die Augen zusammen, schüttelt sich, um den Film abreißen zu lassen. Sie zwingt sich, an Kilians Imbiß zu denken, bis zum Abendessen dauert es noch. Nach dem Abschied von Vater und Bruder hat sich der Dreijährige ins Kinderzimmer zurückgezogen. Er kann sich lange allein beschäftigen und ist, im Gegensatz zu dem redseligen Uli, nicht ständig auf ein Gegenüber angewiesen.

Sie füllt getrocknete Apfelringe und Rosinen in eine kleine Schüssel, löffelt Kräutertee in das porzellane-ne Ei mit Vergißmeinnichtmuster, dreht den Wasserhahn auf, hält den Kessel darunter, reißt ein Streichholz an – in der Hackstraße gab es ein Feuerzeug in Knallpink mit dem Aufdruck eines Pizzaservices. Sie entzündet das Gas. Das Wasser kocht schnell. Das Pfeifen des Kessels, das Versinken des Eis, das beim Eintauchen eine Schnur silbriger Blasen hinter sich herzieht, der Geruch nach Minze und Melisse, das alles ist wie jeden Tag. Die Ordnung der Dinge wird von ihr und der Waldorfpädagogik bestimmt: keine Aufregungen, kein Fernsehen, nicht zuviel Besuch, ein durchritualisierter Alltag, geregelt nach dem Kreislauf der Natur. Es ist ein vorhersehbares Leben, zu Hause genauso wie im Kindergarten: montags Müsli, dienstags Schrotbrei, mittwochs Wasserfarben, donnerstags Plastizieren, wochenlang wird dasselbe Märchen erzählt. Das Gehetze ist aus ihrem Leben verschwunden. Sie fährt oft aus der Stadt hinaus, über Degerloch hinauf in die eingemeindeten Dörfer auf den Fildern. Dort hält sie Ausschau nach Schildern: Blumen zum Selbstschneiden. Sie schleppt sie büschelweise nach Hause: Pfingstrosen, Gladiolen und Sonnenblumen, im Herbst Astern, Efeuranken, Tannenzweige und schließlich Christrosen, grünlichbleich mit wächsernen Blütenblättern voller Frostkristalle. Im Wohnzimmer steht der Jahreszeitentisch mit den kleinen Filzfiguren der Naturgeister, die sie alle selbst hergestellt hat, immer wieder staunend, daß ihre Hände so etwas fertigbringen. So schwingt sie mit ihrer Familie im großen Rhythmus im Inneren einer riesigen Glocke, in der sie alle den Lauf der Zeit durchmessen, hin- und hergewiegt, vom Winter in den Frühling, vom Frühling in den Sommer, den Herbst, durch die Adventszeit, in ständiger, beruhigender Wiederholung.

Aus dem Kinderzimmer dringt leises Summen, »Fuchs, du hast die Gans gestohlen«, unterbrochen vom Geflüster des Kindes. Kilian kauert auf dem hellen Wollteppich, den blonden Kopf über einen Korb mit unregelmäßig gesägten Aststücken gebeugt. »Und jetzt tu ich dich da rein, du kommscht da rein, und du beißt, du bleibscht draußen.« Es ist seit Wochen Kilians Lieblingsspiel, seine Holztiere in Gehege einzusperren, dicht an dicht, Wald- und Bauernhofbewohner nebeneinander wie in Noahs Arche. Heute macht er zum ersten Mal Unterschiede, nimmt das Liedchen zum Anlaß, den Fuchs auszuschließen. Mit angehaltenem Atem steht Judith im Türrahmen, schaut auf die kleinen stämmigen Beine in der braunen Cordhose, den runden Hinterkopf mit den gleichen hellen Locken wie bei Klaus und Uli, die kräftigen Händchen. Unter den Fingernägeln sind Trauerränder. Die Holzschale mit den Wachsmalblöcken steht auf dem Tisch, und das Blatt Papier daneben ist bedeckt von einer Komposition in Rot, Orange und Gelb, wilde Kreise mit Strahlenkränzen, vielleicht Blumen. Er wird es ihr nachher erklären, »Schau, Mama, da sind der Papa und der Uli, und hier bin ich, und das bischt du.« Und sie wird einen Bleistift nehmen und die Worte ihres Jüngsten auf der Rückseite festhalten, mit Datum und Namen in der rechten oberen Ecke, so sorgfältig wie sie vor ein paar Jahren in einer Galerie am Killesberg als unbezahltes Mädchen für alles Bildtitel und Verkaufspreis notiert hat.

Leonie

Lisa kann nicht aufhören, die Jungen anzustarren. Sie haben sich schwarze Striche in die Gesichter geschmiert, die Haare sind orange und steif wie Kunstrasen. Ein Paar Hände steckt in Skeletthandschuhen. Es gibt einen zähnefletschenden Kürbis und ein im Schrei erstarrtes Monster. Sie reißen sich die Plastikmasken gegenseitig von den Köpfen und schleudern sie durch die kalte Nachmittagsluft. »Hassan, los, fetz ihm die Fresse runter!« »Ich mach euch fertig! Marco, Ufuk, hier rüber!« Sie lachen und rempeln sich an. Ihre Stimmen, bereits brüchig und dunkel, verlieren dabei an Tiefe. Das hervorbrechende Kichern klingt schrill.

Lisa dreht sich zu Leonie um: »Mama, was wollen die denn sein, Skelett oder Monster?«

Ihr kleines Gesicht ist kalkweiß gepudert, die Lippen leuchten dunkelrot. Blaue Augen liegen wie Glasmurmeln unter den schwarzen Brauenbögen. Sie wollte sich selbst schminken, und der weiche Fettstift hat die Härchen so dick ummantelt, daß sie borstig in die Höhe stehen. Ihre Hände umklammern den Puppenbesen. Um die schmutzigen Winterstiefel bauscht sich ein Tüllrock mit aufgenähten Blumen. Auf dem Kopftuch, das Leonie nach langen Diskussionen nicht unter dem Kinn, sondern im Nacken knoten mußte, sitzt ein Straßdiadem vom letzten Fasching: »Ich will eine Hexe sein, aber eine schöne!« Nächsten Herbst wird sie eingeschult, ein unvorstellbarer Gedanke.

Lisa beobachtet die balgenden, einander umkreisenden Jungen, die allesamt sieben bis acht Jahre älter sein dürften als sie. Leonie ist sicher, daß sie sich das eine oder andere Wort – ›Ausdrücke‹ nennen sie es im Kindergarten – einverleiben wird. Die zweijährige Felicia kauert zu Leonies Füßen. Sie sammelt kleine Kiesel vom Weg, betrachtet sie kurz und schleudert sie dann juchzend von sich. Das Monstergewimmel berührt sie nicht. Der geerbte Anorak ist ihr zu weit, läßt sie feist und speckig aussehen, ein Trollkind mit roter Nase und grünen Sommersprossen. »Au Lippestift!« hatte sie energisch im Bad gefordert, als Leonie Lisa den Hexenmund pinselte. Jetzt leuchten die feuchten Lippen wie lackiert. Die kleine Zunge kriecht hervor und kostet den Gummibärchengeschmack des Lipgloss.

»Komm, Mama, wir gehen zum Lagerfeuer!« Lisa zieht an Leonies Mantel. Leonie bewegt sich vorsichtig, ihre hohen Absätze bohren sich in den nassen Lehmboden. Überall liegen die harten olivbraunen Bohnen herum, die die Schafe hinterlassen haben. Es hat in den letzten Tagen viel geregnet. Nebelschwaden waren über das Gelände des Kinderbauernhofs ›Bei den Zaunkönigen‹ gekrochen, hatten die alten

Bäume bis zum Wipfel eingepackt, Schafe und Hühner als blökende und gackernde Gespenster aus dem Dunst auftauchen lassen.

Heute scheint die Sonne wieder, aber der Nachmittag ist trotz des blauen Himmels kühl. Blätter trudeln unaufhörlich aus den Baumkronen, gelb, dunkelrot und bräunlich glänzend wie abgenutztes Leder. Das Gelände am Hang ist riesig und zugewachsen mit Sträuchern und Pflanzen, die Leonie nicht kennt. Auf dem gegen die gefräßigen Vierbeiner sorgfältig abgezäunten Gartengelände der ›Zaunkönige‹ hat Leonie zum ersten Mal eine Rhabarberpflanze gesehen. In freier Natur würde Leonie keinen Tag überleben, obwohl sie in einem grün eingewachsenen Reihenhaus in Feuerbach groß geworden ist. Krumme Sandsteintreppen und schmale Trampelpfade schneiden sich durch den Wildwuchs und führen zu selbstgezimmerten Hütten, einem Holzwigwam, den Ställen. Es gibt auch eine sandige Kuhle, eingefaßt von Felsquadern, in der ein Klettergerüst mit Rutschbahn steht. Das Grundstück gehört der Kirche, und diese hat in den Siebzigern einen Flachdachbau errichtet, große Räume mit bunten Linoleumböden und spartanischen Möbeln. Hier treffen sich die Kinder des Viertels unter den Augen von Erziehern und Zivildienstleistenden. Seit sie im Sommer hergezogen sind, ist kaum ein Tag vergangen, an dem Leonie und ihre Mädchen nicht bei den ›Zaunkönigen‹ aufgetaucht wären. Lisa und Felicia streicheln mit Begeisterung die Schafe, deren schmutzige Wolle sich »ein bißchen wie fettige Haare« anfühlt, und halten Leonie streng dazu an, Salatblätter und andere Küchenabfälle zum Füttern der Hasen aufzubewahren. Auf das Halloween-Fest fieberte Lisa seit Tagen hin. Immer wieder mußte Leonie den mit einem grinsenden Kürbis verzierten Zettel vorlesen, den sie am Kühlschrank festgeklebt hatten: »Wir feiern Halloween. Kommt gruselig verkleidet und macht mit beim Spukgeschichtenerzählen, Geisterbahn und Fackellauf!« Daß die Gruselnacht vor Allerheiligen laut Kalender erst in einer Woche stattfindet, scheint hier niemand zu stören. »Die Kids finden Halloween besser als Fasching. Wir ham's bissle vorgezogen. Am Feiertag selber sind zu viele weg, da kommt keiner«, hatte ihr Bernd, einer der Erzieher, erklärt.

Simon wird vom Trubel hier nicht viel mitbekommen. Er hält sich abseits vom Gewimmel der verkleideten Kinder wie ein professioneller Geisterjäger, ein *Man in Black* in Anzug und Mantel. In seiner Aktentasche hat er vielleicht eine Laserkanone versteckt, die perverse Wesen in eine Pfütze grünlichen Schleims verwandelt. Daß er an einem gewöhnlichen Dienstag hier auftaucht, um seine Töchter in ihren Verkleidungen zu bewundern, ist reiner Zufall; es gab ein Geschäftsessen hinter der verglasten Veranda des Fischtempels ›Sole e Luna‹ an der Neuen Weinsteige.

Er wird gleich ins Auto steigen und zurück ins Büro fahren.

Dabei hat Simon diesen Platz für die Mädchen entdeckt. Mitten im Umzug, mit einer Brötchentüte für die Handwerker unter dem Arm, öffnete er das schmiedeeiserne Tor, dessen verblichene Beschriftung »Kinderbauernhof ›Bei den Zaunkönigen‹. Mo-Sa 10-18 Uhr« seine Entdeckerlust reizte. Simon ist viel neugieriger als Leonie, die es fertigbrachte, in Heumaden, ihrem alten Wohnort, hundertmal an der Kirche mit den Fresken aus dem 13. Jahrhundert vorbeizugehen, vor der ein Schild lockte: »Die einzig bekannte Darstellung eines weiblichen Teufels im württembergischen Raum«. Erst in der Woche vor dem Umzug war sie, schon in Abschiedsstimmung, in den hellen, merkwürdigerweise nach Apfelkuchen riechenden Raum getreten. Automatisch beugten sich ihre Knie am Eingang, wanderte die Rechte auf der Suche nach dem Weihwasserbecken, das in der evangelischen Pfarrkirche natürlich fehlte, die Wand entlang. So zog sie schließlich mit trockenen Fingerspitzen die beschützenden Linien über Stirn, Brust und Schultern. Ihr Kopf senkte sich unter dem milden Blick des scheinbar mühelos baumelnden Christus. Fasziniert betrachtete sie die schwarzen Nägel in Handflächen und Füßen, die diskret blutende Seitenwunde, murmelte halblaut: »Beschütz Simon und meine Mädchen, laß sie gesund bleiben, Amen.« Die geflüsterten Worte waren wie ein Opfer, nicht vergleichbar mit der undurchschaubaren Verwandlung der blassen Oblaten, sondern eine Beschwörung, die in ein anderes Zeitalter gehörte: Gibst du mir, dann geb ich dir und streue Weihrauchkörner in die Altarflamme, verbrenne ein gemästetes Kalb. Diese krude Metaphysik stammte noch aus den Zeiten des täglichen Abendgebets, war ungeformt durch die Jahre mitgewandert, zusammen mit Bruchstücken des Rosenkranzes, dessen »Frucht deines Leibes« für Leonie immer ein Granny Smith war, mit den Bildern aus der Kinderbibel – Adam und Eva in Fellkostümen, ängstlich geduckt unter dem Flammenschwert des Engels. Leonies Mutter stammt von Sudetendeutschen ab, und die Pflege der katholischen Wurzeln war in der schwäbischen Diaspora ein Muß; Leonie war jahrelang Ministrantin.

Erst nach dem Ritual des Bekreuzigens erlaubte sich Leonie, im Vorraum eine Broschüre zu nehmen und unter deren Führung mit in den Nacken gelegtem Kopf die Seitenschiffe entlangzuschreiten auf der Suche nach der Teufelin. Schnell entdeckte sie im Gewimmel ausgebleichter Gestalten eine schwarzbraune Figur. Leonie war enttäuscht über den geschlechtslosen Körper der Dämonin, ihre Plumpheit und Unfertigkeit. Eine kaum sichtbare Wölbung ließ die Brüste bestenfalls erahnen, der plumpe Leib ohne Schoß und Hintern wirkte wie ein auf die Wände geklebter Scherenschnitt. »Was hast du denn erwartet, ein Pinup?« hatte Simon sie geneckt, als sie ihm empört berichtete. Sie konnte nicht in Worte fassen, was sie störte. Natürlich hatte Simon sie durchschaut: Wenn sie schon einmal ihren Trott durchbrach, aus der üblichen Route zwischen Büro, Kindergarten, Spielplatz, Supermarkt ausscherte und etwas Ungewöhnliches tat, etwas eigentlich Sinnloses, das weder für ihren Job noch für die Familie von Bedeutung war, wollte sie auch dafür belohnt werden. Zum Beispiel mit einer vollbrüstigen Teufelin mit feisten Hinterbacken, von der sie Simon abends im Bett erzählen konnte, wenn sie nebeneinanderher dämmerten, Gesicht an Gesicht, und sie seinen weichen Penis in der Hand hielt, enttäuscht, wenn er sich nicht regte, und fast ebenso enttäuscht, wenn er unter ihren Fingern wuchs und den so kostbar gewordenen, viel zu früh unterbrochenen Schlaf um mindestens eine halbe Stunde verkürzte.

Lisas Finger, feucht und heiß vor Aufregung, ziehen Leonie über den Platz vor dem Haus. Ihre Augen suchen die großen Mädchen, die sich schon die besten Plätze am Lagerfeuer gesichert haben. Im Kessel über den Flammen brodelt eine dicke gelbe Suppe, es riecht nach Knoblauch. Im Kreis sieht man spitze Hexenhüte, Ketten aus Plastikknochen, lange Raschelröcke, grün geschminkte Gesichter. Leonie muß überlegen, bevor sie hinter den Hexen, Vampiras und toten Prinzessinnen die Teenager erkennt, die sonst Ball spielen oder von Musikvideos inspirierte Tanzvorführungen einüben. Sie ist stolz auf Lisa, die, ohne zu zögern, ans Feuer tritt und sich stumm neben die Älteren setzt. Leonie dreht sich zu Simon, um einen Elternblick zu tauschen. Felicia untersucht einen Klumpen Erde. Bevor sie ihren Fund in den Mund stecken kann, schreit Leonie: »Simon!«, und er beugt sich zu ihr hinunter, als hätte er alle Zeit der Welt, entfernt etwas Dreck aus ihren Mundwinkeln. Aber er kommt nicht näher zu ihnen. Sie hat den Eindruck, er will seine Bürokleidung möglichst nicht in die Nähe klebriger Kinderfinger geraten lassen.

Im Anzug kann Simon immer noch aufregend wirken. Unter dem schwarzen Kurzmantel schimmert der graugrüne Stoff. Das weiße Hemd, die orange glühende Krawatte sind mit Geschmack – seinem, nicht ihrem – ausgesucht. Sie ist froh, daß er ihren Rat nicht mehr braucht. Als Simon nach der Berufsakademie von der Firma übernommen wurde, für die er schon als Schüler gejobbt hatte, gingen sie zum ersten Mal miteinander einkaufen. Seit sie Kind war, stand sie in dem Traditionskaufhaus am Marktplatz hinter den Vorhängen der Umkleidekabine, während ihre Mutter Jahr für Jahr Kleider heranschleppte: vom ersten Minirock bis zur Robe für den Abschlußball. Leonie ließ Simon in seinen Boxershorts unter der Neonröhre sitzen und hängte ihre Wahl wortlos von außen über die Stange: unifarbene Hemden, zeitlose Schnitte, unauffällige Stoffe, Krawatten und Socken, auf denen sich keine Comicfiguren tummelten. Nur das Klirren der Drahtbügel hatte ihre Wut verraten, auf die Welt, aus der Simon kam und die ihm lebenslänglich im Weg stehen würde, wenn er sie nicht vollständig preisgab. Es war die Welt der ausgetretenen Noname-Turnschuhe und der Flip-Flops, die in den Achtzigern Gummilatschen hießen und nicht lässigen Stadtsommer, sondern verschärftes Proletentum signalisierten, die Welt der billigen Synthetikhosen, der Freizeithemden mit Blumenaufdrucken, der »Kampftrinker«-T-Shirts und von Freunden gestochenen Tattoos. Dies alles gehörte zu den Insignien eines unberechenbaren, verachtenswerten Stammes, dem Leonie in den Jahren ihres Zusammenlebens nie nähergekommen war.

Doch Simon war entkommen, nackt und bereit, zivilisiert zu werden, wie Robinsons Freitag. Der uneheliche Sohn einer Parfümerieverkäuferin aus dem Hohenlohischen hatte den wütenden Wunsch, Geld zu verdienen, der ihn schon zu Schulzeiten härter und entschlossener gemacht hatte als die Kids aus Leonies Milieu. Hier plante man bestenfalls bis zum Zivildienst oder zur nächsten Interrailtour. Nur wenn sie streiten und sich im Gebrüll voneinander entfernen, wenn er ihren Arm packt, daß man den Abdruck seiner Finger noch Stunden später sehen kann, und sie mit Worten beschimpft, die so ordinär sind wie der abgasschwarze Betonklotz an der Hauptverkehrsader der ›Schwabenbronx‹, wo er aufgewachsen ist, spürt sie, daß Simon nie ganz zu ihr gehören wird.

Leonie war Simon an einem ihrer letzten Schultage buchstäblich in die Arme gelaufen, schwankend von zu süßem Sekt und leicht hysterisch wegen eines aus dem Ruder gelaufenen Abischerzes – ein mit Luftballons bis unter die Decke vollgestopftes Schulhaus, Fingerfarbengraffiti auf den Lehrerautos und Verteilung von Kondomen mit Erdbeergeschmack an die Unterstufe. Sie hatte ihn über den Hof kommen sehen. Er spaltete die in Empörung und Begeisterung wogende Menge der Lehrer und grölenden Teenies wie ein grinsender Moses das Rote Meer: 1,90 m, nachlässig latschend und unrasiert.

Simons schlechter Ruf speiste sich aus verschiedenen Quellen: Das Kollegium des Gymnasiums an der Schillerstraße, wo man sich gerne damit rühmte, schon Mörike hinter dem Katheder gehabt zu haben, litt unter dem Schwänzer und Klassenclown, der aber trotz aller Kapriolen nie ernsthaft seinen Notendurchschnitt gefährdete. Bei den Mitschülern war er bekannt als Vertícker diverser Waren, von illegal kopierten Computerspielen bis zu leichten Drogen. Es gab ein paar schicke, selbstsichere Mädchen, mit denen er auf dem Hof herumstand und rauchte. Feste Verhältnisse schienen hier nicht zu herrschen. Er lebte allein mit seiner Mutter, und über ein geknurrtes »Hallo« war sein Kontakt zu Leonie nie hinausgekommen.

Leonie, rothaarig, blaß und sehnig, hatte die Leistungskurse Sport und Französisch. Sie verabscheute Kaffee, Zigaretten und das Sexualprotzentum der angesagten Cliquen. Sie war zufrieden im Kreis ihrer kichernden Freundinnen, die blonde Pferdeschwänze trugen, am Freitagabend mit ihr in die Edeldisco am Höhenpark Killesberg gingen und deren Brüder allesamt Marc oder Oliver hießen und versuchten, Leonie nach dem Tennis abzuschleppen.

Es ist Leonie bis heute nicht klar, warum sie mit tranigen Bewegungen wie ein steuerloses Schiffchen auf Simon zugedümpelt war. Es erschien ihr ganz natürlich. Er überragte die meisten und bot ein leicht erreichbares Ziel. Sie blieb unmittelbar vor ihm stehen, ganz Sportplatzkönigin in weißen Jeans und ärmelloser Karobluse, stöhnte: »Es kotzt mich alles an!«, ließ sich gegen ihn fallen, aus dem Zehenspitzenstand, um seinen Hals leichter umschlingen zu können, schloß die Augen und atmete seinen Geruch ein. After-shave und darunter etwas Wildes, das nichts zu tun hatte mit dem Sockenmuff und Bierschweiß, den sie von ihren Verehrern kannte. Sie hörte sein überraschtes »Hey!«, fühlte seine Lippen an ihrem

Hals, das Kratzen der Bartstoppeln und einen Stromschlag, der von der weichen Haut ihrer Kehle herabzuckte bis in die Eingeweide. Am nächsten Abend schlief sie mit ihm auf der Rückbank seines alten Fiats, versuchte dann hektisch, das Blut mit Tempotaschentüchern aus den Bezügen zu reiben, während er kopfschüttelnd auf den Vordersitz kletterte: »Man sollte nicht glauben, daß es für dich das erste Mal war. Aber ich bin froh, daß dich diese Tennistypen nicht gekriegt haben.«

Bis auf eine von ihm verordnete Zwangspause von einem Jahr – »Ich habe keine Zeit für eine Freundin, ich mache meinen Abschluß an der Berufsakademie und baue meiner Mutter ein Haus!« –, in der Leonie für ein Semester nach Montpellier ging, um die Bekanntschaft von drei weiteren Penissen zu machen, waren sie zusammengeblieben.

Sie rechnet nicht gerne nach, wie lange sie und Simon schon ein Paar sind. Sie schämt sich manchmal dafür, seit über zehn Jahren mit demselben Mann zu schlafen. Im Gespräch mit Frauen, die sie nicht gut kennt, erfindet sie Affären und frühere Liebhaber: Professoren, Taxifahrer, Barkeeper. Sogar den Fick im Fahrstuhl, den sie natürlich mit Simon in einem Pauschalhotel an der Costa del Sol vollzogen hat, läßt sie dann auf das Konto eines einheimischen Kellners gehen.

Die Kinder johlen. Bernd und Stavros, die beiden

Erzieher, kommen aus dem Haus, an den Händen geblümte Ofenhandschuhe. Die Männer tragen große Bleche mit gerösteten Brotwürfeln. Geschickt reißen sie Aludeckel von Schmandbechern, verteilen Löffel und geben die Suppe aus. Die meisten Kinder sind hungrig. Bunte Plastikschüsseln werden gefüllt, sie häufen Brotwürfel darüber, essen gierig. »Da sind bestimmt ein paar dabei, die heute zum ersten Mal was Warmes kriegen«, flüstert Simon Leonie ins Ohr. Er ist hinter sie getreten, Feli wechselt sofort von seiner Hand in ihre. Die kleine Pfote ist klebrig und weich wie aus Teig, die Knochen darunter biegsam und schmal. Leonie streichelt die Finger und fühlt ihr Ebenmaß, die Zartheit der Haut. Die Körper der Kinder erstaunen sie jeden Tag, genauso wie die grausame Tatsache, daß ihre eigenen, immer wieder eingecremten Hände gegen die der Mädchen fleckig und alt aussehen.

»Nur unsere Wohlstandsblagen sind wählerisch. Sieh mal, wie die kleinen Zicken sich wieder zieren!« Tatsächlich zögert Lisa, als Bernd ihr die volle Kelle hinhält, und Leonie weiß, daß es nicht an seinem schwarzroten Henkerskostüm liegt. »Eigentlich mag ich Suppe nicht so gern.« Feli knabbert ein paar Brotwürfel und drückt sich an Leonies Beine. »Ich gehe jetzt. Kann spät werden.« Simon winkt Lisa zu, die zu ihm herüberstrahlt, geht in die Hocke und reibt seine Nase an Felis. Sie kichert tief und kehlig, das dreckige Lachen einer Comicfigur. Dann greift er Leonie unter das Kinn und dreht ihr Gesicht zu sich herüber, eine Machogeste, die er ebenso kultiviert wie Klapse auf den Po und Pinkeln im Stehen. Doch es fehlt das Fordernde, das Grinsen mit den Wangengrübchen, die geflüsterten Unanständigkeiten. Seine Augen sind umschattet und müde, der Druck der Hand schlaff. Leonie sieht genau, daß er schon längst nicht mehr hier ist, sondern im Büro. Simon ist inzwischen Vertriebsleiter bei seiner alten Firma. Sie stellen Dichtungssysteme für die Automobilindustrie her. Gerade geht es dort nicht besonders gut, man hat mit der Konkurrenz aus Osteuropa und China zu kämpfen.

»Krieg ich keinen Kuß?« Er küßt sie schnell und ohne Zunge, eine neue Gewohnheit und für Leonie genauso enttäuschend wie die Tatsache, daß Simon nicht ein Wort über ihren kurzen Rock und die hohen Stiefel verloren hat. Die Sachen sind keinesfalls spielplatztauglich. Sie weiß, daß er ihre Businessklamotten nicht mag, die dunklen Kostüme und Hosenanzüge: »Das tragen die Mädels in der Firma auch. Wie beim Bund.« Sie baut für ihn den Popperstil der Abiturientin aus dem Reihenendhaus nach, auf deren Eroberung er so stolz ist wie auf seinen Saab oder die Tatsache, daß zu seinen Untergebenen Leute mit Promotion gehören.

Jetzt steigt Simon die wacklige Sandsteintreppe

herunter, winkt noch einmal, dann dreht er sich nicht mehr um. Vor ihm her rennen Kürbiszombie und Begleitung, johlend und sich gegenseitig anrempelnd. Das schwere Eisentor fällt scheppernd ins Schloß. Feli fängt an zu quengeln und läßt sich nicht beruhigen, reckt sich zu Leonie hoch und hängt sich an ihren Gürtel. Auch wenn es Schleifspuren von Dreck auf dem hellen Cordrock geben wird und fettige Brotkrümel auf dem Mantel, Leonie hebt ihre Jüngste hoch und schaut ihr ins Gesicht. »Was ist los, Mausi? Willst du nicht mehr laufen?« Feli versteckt ihr Gesicht an ihrem Hals, das Haar ist weich wie ein kostbarer Pelz. Sie ist schwer, viel schwerer als Lisa mit zwei Jahren. Der brennende Schmerz in Kniesehnen und Schulterblättern warnt Leonie vor dieser Art der Belastung. Sie weiß, daß sie Feli zum Laufen ermuntern muß, besonders zum Treppensteigen, aber sie kann der Versuchung nicht widerstehen, dieses kleine Geschöpf, das sie vor einem Jahr noch gestillt hat, an sich zu drücken, die verstümmelte Sprache zu hören, in der sich noch kein komplizierter Sachverhalt und keine Bosheit übermitteln lassen. Sie trägt Felicia oft, nicht nur, um die Wärme und Schmiegsamkeit des rundlichen Körpers zu genießen, sondern auch, um ihr schlechtes Gewissen zu beruhigen. Vor anderen würde Leonie, die ihre Arbeit liebt, nie zugeben, daß sie davon geplagt wird. Aber jetzt, mit Feli auf dem Arm, wäre die Antwort eindeutig: Ja, jeden Tag. Jeden Tag, wenn sie die beiden Mädchen hinter den bunt beklebten Scheiben des Kindergartens winken sieht. Jeden Tag, wenn Lisa nölt: »Ich will aber noch fertigspielen, nie bin ich zu Hause.« Jeden Tag, wenn Feli hustet und sie trotzdem eingepackt und zum Kindergarten gefahren wird, wenn sie noch schlafen und sie sie wach zupfen muß, zärtlich zwar, aber mit Hektik in den Fingerspitzen. Gibt es Stau? Wann fängt die Sitzung an? Von anderen Eltern hört sie, wie die Nachmittage verbracht werden können, und vergleicht deren Wilhelma- und Waldspielplatzbesuche mit ihren hektischen Ausflügen zu Supermarkt und Reinigung.

Als größten Verrat empfindet sie das Gefühl der Erleichterung, wenn sie im Büro ankommt und hinter ihrem Schreibtisch Platz nimmt. Leonie arbeitet in der Kommunikationsabteilung einer mittelständischen Bank. Sie kümmert sich um die Mitarbeiterzeitung und den Newsletter. Sie hat nie gern studiert. Die Welt außerhalb der Uni, in der Dinge schnell vollendet und neue begonnen wurden, in der man mit Geld und nicht mit Ehre und guten Worten bezahlt wurde, war ihr von Anfang an sympathisch. Sie genießt Telefonate und Meetings, oft nur aus dem Grund, daß sie dort die Kinder ausblenden kann. Sie liebt es, zwischendurch auf die schwarzgekachelte Toilette der Abteilung zu gehen, in aller Ruhe zu pinkeln und die Lippen nachzuziehen, ohne daß vor der

Tür gejammert oder dagegengetreten wird. Daß man sie auch hier, seit sie die Kinder hat, mit strengerem Maßstab mißt, Zerstreutheiten und Mißerfolge stärker ankreidet als vorher und ihr mehr Unverständnis als Unterstützung entgegenbringt, will sie nicht wirklich wahrhaben und arbeitet korrekter als zuvor. »Wir berufstätigen Mütter haben doch immer die Arschkarte, wir müssen doppelt so gut sein wie die anderen, um weniger zu erreichen«, hatte eine angetrunkene Kollegin auf dem Betriebsausflug schwadroniert. Leonie, damals nur mit Simon an ihrer Seite, hatte sich angewidert abgewandt. Heute würde sie laut einstimmen.

Stavros löscht das Feuer mit einem Eimer Sand und rückt den Dolch zurecht, dessen Griff mitten auf seinem Bauch sitzt wie der Hebel eines Aufziehspielzeugs. Die Spitze, halloweengerecht von Kunstblut gerötet, tritt in der Nierengegend wieder aus. Seine Beine stecken in Lederhosen, narbig vor Alter wie die Haut eines selbsterlegten Tiers. Er ist mindestens zehn Jahre jünger als Leonie und könnte gut in einer Kreuzberger WG wohnen. Leonie weiß, daß er Selbstgedrehte raucht, wenn die Kids nicht hinschauen. Stavros ist natürlich tätowiert, seine muskulösen Oberarme und Schultern hat sie den Sommer lang beim Ballspiel mit den Kindern betrachten können. Bestimmt ist er gut im Bett. Stavros formt die Hände zu einem Trichter und brüllt: »Alle, die bei der Gruselgeschichte zuhören wollen, sollet jetzt reinkommen und sich leis vor der Tür aufstellen. In der Garderobe Schuh ausziehen und kein Gebubel und kein Geschrei!« Die älteren Kinder stürzen ins Haus, Turnschuhe und Stiefel werden von den Füßen gezerrt, »Halt's Maul, der Stavros hat doch gesagt …« Vor der verschlossenen, mit Spinnen und Gespenstern beklebten Tür zum Aufenthaltsraum staut sich die Masse der Monster. Lisa ist zurückgeblieben, sie tritt von einem Fuß auf den anderen. »Mama, kommst du mit rein?« Leonie plaziert Felis Windelpo auf ihrer Hüfte. »Ich kann mit der Feli nicht da rein, Süße. Ich bleibe vor der Tür, und wenn du dich fürchtest, kommst du raus.« Lisa kaut auf dem Zeigefinger, eine Angewohnheit, die Leonie haßt, aber in Anbetracht der Umstände durchgehen läßt.

Der Raum ist vollständig verdunkelt. Von der Decke baumeln Untiere aus Papier. Ein paar Kerzen flackern. Ein älteres Mädchen versetzt seinem drängelnden Nebenmann einen Schlag: »Ey, laß die Kleine vorbei, die kann sonst nix sehen.« »Genau, die Kleinsten ganz nach vorne!« Und Lisa wird hochgehoben wie eine Puppe und durch die Menge auf einen Platz ganz vorne im Kreis durchgereicht. Sie ist viel zu erstaunt und aufgeregt, um sich zu äußern. Ihre Augen sind riesig im Schummerlicht. Es riecht nach Kaugummi, Weichspüler und Schweiß. Stavros tritt als letzter ein, er zieht die Tür zu bis auf einen

Spalt. Leonie versucht, Felicia abzulenken, die weiter kräht und auf die Schwester zustreben will. Der Erzieher kauert sich in der Mitte des Kreises auf den Boden, faltet die Beine zum Schneidersitz zusammen wie ein großes Insekt. Seine Stimme dröhnt durch den Raum, in dem 40 Kinder hastig atmen. Die Geschichte beginnt. Ein König und eine Königin wünschen sich ein Kind, so sehr, daß es ihnen egal ist, von wem: »Selbst wenn's vom Teufel wär!« Die Prinzessin wird geboren. Am Abend ihres 15. Geburtstages geht sie zu ihrem Vater: »Vater, morgen muß ich sterben.« Zwölf Nächte lang soll an ihrem Totenbett Wache gehalten werden. Leonie setzt Felicia auf den Boden, wirft einen letzten Blick auf Lisa, die im Schein des rhythmisch aufflackernden Rotlichts sitzt. Ihr Gesicht zeigt den gleichen weggetretenen Ausdruck wie vor dem Fernseher. Die anderen Kinder klatschen im Takt die Schläge der Turmuhr, die die Geisterstunde einläutet, dann schließt Leonie die Tür.

Judith

»Schlamper, sei gut, zieh net so!« Judith hört durch die halb geöffnete Wohnungstür das ungeduldige Fiepen des Hundes und die klagende Stimme ihrer Nachbarin. Kilian müht sich vor dem Flurspiegel mit den dicken Holzknöpfen seiner Winterjacke, das kleine Gesicht ist in Konzentration zur Grimasse verzogen, er hört nichts. Auf dem Treppenabsatz wartet Judith, bis die Hundekrallen und Frau Posselts Winterstiefel zum Hauseingang geklappert sind. Dann schlägt die Tür zu. Vorsichtig lugt Judith durch das gekippte Treppenhausfenster. Die alte Frau im Persianermantel hat den Hund von der Leine gelassen. Der schnüffelt bedächtig am Fuß eines Parkverbotsschilds. Frau Posselt dreht den Kopf einige Male hin und her, als suche sie jemand. Unter einem hellbraunen Filzhut schauen mit Spray verklebte, kurze weiße Haarsträhnen hervor. An der rechten Seite nickt ein zerzaustes Büschel schimmernder Federn. Judith überlegt. Wachtel, Fasan, durchs Erlenholz kam sie gestrichen, die Schnepfe nämlich. Benn-Zeilen und Versfetzen aus Ulrichs Bilderbuch ›Vogeluhr‹ gehen gleichzeitig durch ihren Kopf, während Frau Posselt die rote Leine um ihr Handgelenk wickelt und sich langsam entfernt. Judith schließt leise das Fenster und rückt ihrem Sohn die Mütze zurecht. Ihnen fehlt noch ein Suppengrün, aber sie hat keine Lust auf einen gemeinsamen, durch das Geschwätz der Alten und Kilians Begeisterung für Schlamper verlangsamten Gang zu Nâzıms Laden.

Draußen ist es kühl, dunkelgelbes Licht steht zwischen den Häusern, noch keine Dämmerung, aber auch keine echte Helligkeit mehr. Kilian ist vor einer Garageneinfahrt in die Hocke gegangen und streichelt den Rücken des alten Hundes mit derselben Sorgfalt, mit der er neuerdings jeden Morgen seine Bettdecke glättet. Das Weidenkörbchen mit dem Einkaufszettel steht neben ihm auf dem Gehweg. Schlamper hält still. Die graue Schnauze zittert. Judith sieht sich schnell um. Frau Posselt hebt einen Pelzärmel und winkt. Die Leine leuchtet wie ein Armband in dem seltsamen Licht, und Judith weiß, daß sie die Strecke, die bereits zwischen ihnen liegt, nicht noch einmal zurückgehen wird. Die alte Dame formt Daumen und Zeigefinger zu einem Halbkreis, schiebt die Finger zwischen die Lippen. Ein heller Pfiff ertönt. Kind und Hund heben die Köpfe. »Sag Ade zum Schlamper, Kilian, die Frau Posselt wartet auf ihn.« Der Junge küßt das Tier auf die Schnauze, es setzt sich langsam in Bewegung. Judith winkt zu Frau Posselt herüber, dann wendet sie sich ab.

Judith ekelt sich vor Frau Posselt. Die alte Nachbarin benutzt rosa Lippenstift in der Farbe von Heringssalat. Häufig malt sie an den Mundwinkeln über den Rand hinaus. Auch auf den in ihrer gelblichen Regelmäßigkeit sofort als Prothese erkennbaren Vorderzähnen sitzen oft farbige Schlieren. Die weißgerandete Brille zieren fettige Tapser, Hautschüppchen sitzen in den Augenbrauen. Goldene Ohrringe hängen in ihren breiten faltigen Läppchen, ein Gewirr von Gold- und Perlenketten klingelt um den Hals. Bluse und Tweedrock sind immer fleckig, dazu duftet sie nach einem altmodischen Parfum, doch darunter liegt der Geruch von Schweiß und schmutziger Unterwäsche. Wenn Kilian und Ulrich zu Frau Posselt hineingehen, aus deren Wohnzimmer man direkt in das Gärtle hinter dem Haus treten kann, luchst ihnen Judith die Mitbringsel unter allen möglichen Vorwänden ab. Mit Gänsehaut auf den Armen wirft sie Schokolade mit längst abgelaufenem Haltbarkeitsdatum, eingetrocknete Gästeseifen aus Luxushotels in Italien und der Schweiz, mottenlöchrige Stofftiere in die Mülltonne. Dabei schämt sie sich und fühlt sich undankbar, denn Frau Posselt war der erste Mensch in der Constantinstraße, dem sie begegnete, als sie vor Jahren mit zwei Umzugskartons und ihrem Tramperrucksack die Hackstraße verlassen hatte und sich von einem schweigsamen Taxifahrer vor Klaus' Haustür absetzen ließ. Für Judith blieb die Begegnung mit der alten Dame ähnlich magisch wie die Vertreibung von Schluckauf: ›Häcker, spring über dr Necker, spring über dr Rhei, fall selber dranei‹ oder das Gefühl, für familiäres Unheil verantwortlich zu sein, wenn sie auf dem Heimweg vom Kirchheimer Kindergarten auf eine Ritze im Gehweg trat. Frau Posselt wurde damals durch ihr Erscheinen auf dem Gehweg der Constantinstraße zu einem Maskottchen für Judiths Seelenfrieden in der neuen Wohnung, ein ungewaschener Hauskobold, den man durch Schwätzchen im Treppenhaus und Versucherle vom selbstgebackenen Apfelkuchen gnädig stimmen konnte.

Klaus war an jenem sonnigen Septembernachmittag erst spät nach Hause gekommen. Er ahnte nicht, daß Judith, die unberührbare Madonnenschönheit mit der schwarzblauen Haartönung und Ohrringen, die bei jeder Kopfbewegung flimmernd zitterten, schon lange auf einem schludrig gepackten Karton vor seinem Wohnhaus saß, mit dem festen Vorsatz, ihre Zahnbürste neben die seine zu stellen, und ihre schmalen Fesseln unter seinen Tisch zu strecken. Sie wartete mit von Tavor verlangsamtem Herzschlag und stoffpuppenschlaffen Gliedern. Dabei stellte sie sich vor, wie das Telefon in der leeren Hackstraße klingelte und klingelte, wie Sören auf den Anrufbeantworter sprechen mußte, anstatt gleich nach dem zweiten Läuten ihr atemloses »Hallo« und seliges »Ach, du bist es« zu vernehmen. Sie sah Sören, wie er in Tübingen auf seiner schwarzen Ledercouch saß, das Kinn ratlos in die Hand gestützt, wie er über die unerreichbare Judith nachdachte und sie auf einmal seinem Leben beigemischt war wie ein Bitterstoff, der jeden Bissen durchtränkte, Tag und Nacht auf der Zunge lag. Sie würde nie mehr zurückrufen, sondern verschwunden bleiben, einfach weg, am anderen Ende der Stadt, geborgen in geschütztem Terrain. Ob sie es ertragen würde, wußte sie nicht. »Ich benehme mich wie eine Prolobraut, die vor ihrem Schläger ins Frauenhaus flüchtet. Vielleicht läßt er mich ja gar nicht erst rein. Keine Ahnung, ob er überhaupt solo ist. Mit Annett hat er doch öfter rumgemacht. Annett, die Kichererbse. Die wird sich freuen, wenn ich bei ihr anklopfe. Noch eine Frau im Haus von Klaus.« Sie lachte hysterisch über den eigenen Kalauer, der sich in ihrem Kopf festsetzte und dort weiterbabbelte. Sie hätte auf den Extragriff in die blaue Dose verzichten sollen, aber nun war es zu spät. Judith glitt vom Karton auf den Gehweg, die Hauswand im Rücken, so war sie gestützt und mußte sich nicht damit abmühen, Balance zu halten. Auf ihren Knien lag aufgeschlagen ein Band Mörike. Judith las in der milden Herbstsonne, wunderte sich über die Stille und das Vogelgezwitscher, die graffitifreien Hauswände und die lange Reihe sorgfältig renovierter Altbauten, die in schloßähnlicher Würde vor dem blauen Himmel aufgebaut waren. Das Figurengewimmel an den Fassaden machte ihr Vergnügen. Sie betrachtete es wie ein Bilderbuch: sandsteinerne Tierköpfe, milde lächelnde Löwen, Schafe und Wild, Blumengirlanden, nackte Engel und Fratzen. Außer dem kleinen Feinkostladen mit der gestreiften Markise schien es hier weit und breit keine Geschäfte zu geben. Nur selten bog ein Auto um die Ecke, auch wenn die Straße auf beiden Seiten mit teuren Wagen zugeparkt war. Passanten sah sie nicht, eine völlig neue Erfahrung nach der verkehrsreichen Hackstraße, den ständig belebten Bürgersteigen, dem Gewimmel in den Geschäften am Stöckach und dem Quietschen der Straßenbahn. Judith überflog die ›Peregrina‹ und dachte zwischen den immer wieder verschwimmenden Zeilen an Klaus, der bald nach Hause kommen mußte.

Klaus hatte in der Hackstraße ein knappes Jahr lang unter ihr gewohnt. Er war älter als Judith, ein breitschultriger, gedrungener Mann mit dichten hellen Locken und einem gutmütigen Gesichtsausdruck. Er hatte in Stuttgart Maschinenbau studiert, als Ingenieur für einen großen Autozulieferer in Mannheim gearbeitet und war dann als Assistent an seine alte Uni zurückgegangen. Seine Promotion stand kurz vor dem Abschluß, irgend etwas komplett Unverständliches über Verbrennungsmotoren. Ihm schien alles leichtzufallen. Er liebte seine Arbeit und war gnadenlos optimistisch, was seine berufliche Zukunft anging: »Wenn die Promotion fertig ist, habilitier ich mich noch schnell. Das ist doch geil, oder? An der Uni ist es einfach entspannter als in der Wirtschaft. Und nebenbei kann ich trotzdem noch rumtüfteln. Mein Doktorvater, der Veylland, hat sein eigenes Ingenieurbüro, da fällt immer ein Projekt für mich ab.« Diese Einstellung war Judith so fremd, daß sie Klaus' Aussagen nur als schwarzen Humor auffaßte.

Klaus hatte Judith seit ihrer ersten Begegnung im Treppenhaus auf Schritt und Tritt bedrängt: mit Einladungen zu seinen Parties, davon gab es viele, denn er spielte in einer Band und hatte einen großen Freundeskreis. Fast täglich klingelte er, um sie zu fragen, ob er etwas aus dem Supermarkt mitbringen solle, vom Döner-Laden, aus der Landesbibliothek, ob Judith eine Freikarte für ein Jazzkonzert wolle oder Lust habe auf einen Wochenendausflug in die Vogesen. Judith wollte weder Döner noch Vollmilch. Nur auf den Parties war sie ab und an erschienen, sehr spät, wenn sie sicher war, daß Sören nicht mehr anrufen würde. Dann stand sie am Rande des verrauchten Raums, die silbern geschminkten Lider halb geschlossen, in der Hand ein Glas, wippte im Rhythmus mit den Hüften und sah durch die Leute hindurch, bis der Gastgeber kam und sie zu einem Gespräch nötigte. Er brachte ihr eine Auswahl von Eßbarem aus der Küche, Fladenbrot, Schafskäse, Tsatsiki, manchmal war auch ein Nudelsalat mit Curry dabei. Er beobachtete sie beim Scharren mit der Gabel, beim Herumpicken und dabei, wie sie schließlich ihre Kippe in den kaum berührten Speisen ausdrückte und den Teller im Bücherregal stehenließ. »Quälst du dich immer noch mit diesem Dix herum? Kein Wunder, daß du so traurig aussiehst. Das Zeug ist deprimierend.« Klaus trank Bier und Tequila, er schlug seine Zähne in das Zitronenstück und schleuderte es anschließend auf den Boden. »Bestimmt magst du in Wirklichkeit lieber Blumenbilder, darfst es nur nicht zugeben, das wäre ja uncool. Deshalb hältst du es aus. Genauso wie du diesen Sören aushältst. Laß das Arschloch doch ziehen! Es gibt andere, die dich bestimmt glücklicher machen.« Seine sonst so wohlartikulierende Stimme war nicht mehr ganz sicher. Er verschliff die Wörter und wurde laut. Judith lächelte nur und schüttelte den Kopf. Einmal hatte sie ihm hinterher beim Aufräumen geholfen, weil sie sowieso nicht schlafen konnte. Vor dem mit fettiger Abwaschbrühe gefüllten Spülbecken knutschte sie mit ihm, um sich dann erschrocken abzuwenden von der Seligkeit in seinem Gesicht. Als Klaus eine Zeitlang mit Annett, einer kleinen rundlichen Musiktherapeutin mit weißblond gefärbtem Stoppelhaar herumzog, spürte sie überraschend Eifersucht, scharf und frisch wie der Schmerz einer offenen Wunde. Doch wenn Sören dann wieder auftauchte, brachte sie es fertig, grußlos im Treppenhaus an Klaus vorbeizugehen, nicht aus Freude am Quälen, sondern aus purer Nachlässigkeit. Er mußte sie oft gesehen haben, wenn sie gegen Morgen nach Hause kam, in ihren dünnen Lurexkleidern, Lederhosen, hohen Stiefeln. Wenn Sören mit ungenannten Kommilitoninnen auf Klausuren lernte und in Tübingen blieb, brachte sie auch andere Männer mit, schlief mit ihnen auf der mit Zigarettenlöchern übersäten Ausziehcouch und schmiß sie raus, wenn sie in Ruhe ihren Kaffee trinken und sich aus der blauen Dose bedienen wollte. Klaus war ausgezogen und hatte ihr seine neue Adresse in den Briefkasten geworfen: Constantinstr. 153, die Telefonnummer, darunter ein neongelb angeleuchtetes ›Melde dich!‹ Sie hatte nie angerufen.

»Ich will mich ja net einmische, Freilein, aber das Hocka uf dem kalte Stoi, des isch ganz schlecht für uns Fraua. Zu wem wellet Sie denn?« Frau Posselts herzförmiges Gesicht, schon damals verziert mit der auffälligen Brille und einem bunten Make-up, beugte sich zu ihr herunter. Judith hob den Kopf von Orplids besonntem Strand und zwinkerte. Ein breites Lächeln zog ihre Mundwinkel ganz von selbst auseinander. Die Quäkstimme der Alten, die Nerzschwänze, die schlangenartig und glänzend ihre Schultern umtanzten, das dickliche Clownsgesicht, das alles erheiterte sie über die Maßen, und am liebsten hätte sie laut herausgewiehert. Nur jahrelangem Training hatte sie es zu verdanken, daß sie auch unter hohen

Dosen die Fassung bewahrte. In Baumeisters Sprechstunden hatte sie immer stoisch geradeaus geblickt, egal wie knollig, bocksfüßig und kasperpuppenklein er ihr erschienen war. Mit etwas Mühe stand sie auf und reichte der Frau die Hand. Dann flossen die Worte wie von selbst. Gesten, sparsam und dennoch bedeutungsvoll, begleiteten ihre Erklärungen. Die Königin auf dem Karton. Das Herbstlicht fiel in einem günstigen Winkel auf Judiths imitierte Perlenkette. Die alte Dame besah wohlwollend ihren hellblauen Pullover, die Marlenehosen, Samtjackett und Pumps. Judith hatte nicht viel aus der Hackstraße mitgenommen: ihren alten Stoffaffen, das chinesische Teeservice, Morgenrock, Kosmetika, ein paar Kriminalromane, Kafka, Anne Sexton, Hermann Lenz und auch der Mörike waren pedantisch in alte Stuttgarter Nachrichten gewickelt und in zwei Kartons versenkt worden, während Leitzordner, Karteikästen und Notebook auf dem Schreibtisch zurückgeblieben waren. In Unterwäsche vor dem Schrank hatte sie ohne zu zögern nach ihrer Berufskleidung gegriffen, den Sachen, die sie für das Praktikum in der Galerie angeschafft hatte. Sie kam sich darin zwar wie eine Hochstaplerin vor, aber gleichzeitig auch elegant und beschützt. Anita Berber hatte sie spöttisch gemustert. Ihre Brustwarzen stachen durch den dünnen roten Stoff. Judith schüttelte den Kopf: »Ja klar, du würdest dich in diesem Fummel vor seine Tür setzen und ihm zur Begrüßung die Zunge ins Ohr stekken. Funktioniert wahrscheinlich sogar.« Sie packte ein Baumwollnachthemd, Jeans und ihr einziges Paar Turnschuhe ein. Minis in Lackoptik, Nietengürtel, T-Shirts mit Drachen und Madonnen und ein Haufen stilettbewehrter Schuhe für alle Jahreszeiten blieben im Schrank.

Die alte Dame auf dem Gehweg lächelte und nickte. Ihr freundliches, nahezu begeistertes Verhalten spornte Judith an wie den Schauspieler der Applaus und ließ sie, einem plötzlichen Einfall folgend, weiterreden. Ihre Rechte beschrieb einen Bogen zu den Umzugskartons, dem wie ein arm- und beinloser Rumpf danebenliegenden Tramperrucksack und blieb schließlich in segnender Gebärde auf ihrem eigenen Leib liegen, ungefähr in der Magengegend.

Die Alte klatschte in die Hände. »Ha noi, des freut mi jetzt aber! Mein Name isch Posselt, Luise Posselt. Mein Mann und ich wohnet im Parterre, zwoi Stockwerk unterm Herrn Dokter. Des isch ein Tüchtiger. Der gibt einen guten Vatter.« Judith lächelte: »Ja, ich bin auch sehr stolz auf Klaus.« Es war ein angenehmes Gefühl, in einer Geschichte zu Hause zu sein, die gut ausging und Anspruch auf einen Menschen und seine Zuneigung zu haben, wenigstens für die Dauer dieses Gesprächs. Der freundliche Blick ihres durch und durch bürgerlichen Gegenübers, das ihr zu einem anderen Zeitpunkt sicher kopfschüttelnd und ärgerlich murmelnd hinterhergeschaut hätte, trieb Judith nach vorne.

»Ich war eine ganze Weile im Ausland, in den USA, als Kunsthistorikerin. Aber Klaus hat mir so gefehlt. Ich habe erst drüben gemerkt, daß wir zusammengehören. Dann bin ich zurückgekommen, für eine Ausstellung hier in der Staatsgalerie.« Die Augen der alten Frau wurden kugelrund. »Da haben wir uns wiedergesehen und beschlossen, daß wir heiraten werden.« Judith sprach langsam und deutlich. Sie hielt sich gerade und sah ihrer Gesprächspartnerin direkt ins Gesicht. Ihre Hände waren nicht mit Knibbeleien an der Nagelhaut beschäftigt, sondern unterstrichen den Fluß der Erzählung. Sie spürte die plötzliche Gewißheit, auch ohne chemische Unterstützung so auftreten zu können, als sei diese Constantinstraßen-Judith ihr wahres Ich, wie ein Kleidungsstück, das die ganze Zeit verkehrt herum getragen worden war und das nun endlich die schimmernde Brokatfläche ans Tageslicht kehrte und alle in Erstaunen versetzte.

Doch Frau Posselt zupfte plötzlich an ihren Mantelaufschlägen und drehte den Kopf hin und her wie ein Vogel. Es schien ihr peinlich zu sein, sie wolle dem sympathischen Freilein Seysollf nichts Verkehrtes sagen, aber diese kleine Gelbhaarige, die fast jeden Abend zum Herrn Doktor kam, immer ihr Klapprädle neben die Treppe schmiß und nie Grüß Gott sagte, die läge ihr schon auf der Seele. Judith nickte, ernsthaft und informiert. »Ja, das ist Annett, Klaus' Schwester. Bei ihr ist alles im argen, eine ganz traurige Geschichte, Frau Posselt. Sie studiert schon ewig, aber schafft es nicht, ihr Examen zu machen. Und da ist noch dieser Windhund, der sie niemals heiraten wird, sondern sich mit anderen Frauen herumtreibt. Kein Wunder, daß sie trinkt und Beruhigungsmittel nimmt. Klaus kümmert sich viel um sie.«

Und wie zum Schwur hob sie ihre Rechte. Im Nagelbett des Ringfingers haftete noch ein Blättchen dunkelroter Lack, aber das sah Frau Posselt nicht, nur den schweren goldenen Ring. »Schauen Sie, das ist mein Verlobungsring.« Sie zog das Schmuckstück vom Finger und wies auf den Innenrand. »In Liebe, Dein Klaus« buchstabierte sie feierlich und biß sich danach auf die Innenseite der Wange, um nicht laut loszukichern. Die alte Dame zwinkerte hinter ihren dicken Gläsern und nickte eifrig. »Ha ja, der isch schee.« Judith, die sich wieder unter Kontrolle hatte, entwarf ihre Verlobung, ein Candle-Light-Dinner im Hotel am Schloßgarten. Sie seufzte und lächelte dabei. Das Bild, das sie heraufbeschwor, war für den Moment so gut wie die Realität, in der Sören ihr den Ring auf dem zugigen Hauptbahnhof angesteckt hatte. Er war nur auf den ersten Blick ein Wertobjekt, der Stempel fehlte, und es war Judith nicht gelungen, ihre Enttäuschung zu verbergen. Aber Sören, schon im Waggon, schob seine Reisetasche mit dem Fuß in den Gang und entgegnete über die Schulter hinweg: »Den Familienschmuck kriegt erst die Richtige.«

Frau Posselt hatte später Judiths Arm genommen und sie mit energischem Zug vor die grüngelackte Haustür geführt. »Des goht net, daß Sie weiter da drauße hocket, in Ihrem Zustand. Sie hen a Verantwortung. Mir ham leider keine Kender ghet. Wisset Sie, i mach Ihne einfach uf. Wir gießet ja manchmal die Blume beim Herrn Dokter. Den Schlüssel hol ich gschwind, da könnet Sie sich nalege, Sie sehet ja aus wie's Kätzle am Bauch.«

So war Judith neben Frau Posselt drei Treppen hoch in ihr neues Heim gestiegen.

Über der Tür grinste ein sandsteinernes Männlein, kurz und stumpig. Es hielt einen Schuh und einen Laib Brot umklammert, von dem Judith sofort wußte, daß er über Nacht nachwuchs. Beglückt schaute sie nach oben. Hutzelmännle, Pechschwitzer, Tröster! Wünsch mir Glück! Sie atmete den Geruch des Treppenhauses ein, der eine sorgfältige Kehrwoche verriet, und betrachtete die blankblättrigen Clivien und Araukarien auf den Fenstersimsen. Im trüben Licht des fortgeschrittenen Nachmittags sahen sie nicht wie Wappenzeichen des Spießertums aus, sondern ehrwürdig und geheimnisvoll wie die Flora vergangener Erdzeitalter.

In Klaus' Flur sah Judith seine Jacken und Mäntel an den Garderobenhaken und war erleichtert darüber, nicht von Annetts knallrotem Dufflecoat begrüßt zu werden. Die kleine Musiktherapeutin war häufig bei Klaus in der Hackstraße gewesen. Sie sprach laut und überdeutlich, lachte viel und strafte Judith mit der Nichtachtung, die ihr zeigte, daß sie sie als echte Konkurrenz empfand. Die Wohnung war hell und sauber. Es gab vier große Zimmer, eine Küche mit Balkon und ein geräumiges Bad mit Fenster. Judith erkannte manches Möbelstück aus der Hackstraße wieder: einen dunklen Schreibtisch, große Ledersessel, einen bunten, sicher echten Teppich an der Wand und viele Pflanzen. Klamotten- und Zeitungsstapel auf dem Fußboden sprachen eher gegen die Anwesenheit einer Frau. Vom Wohnzimmer aus sah man auf die Constantinstraße. Der hintere Teil ging nicht auf den üblichen gepflasterten Hof hinaus, sondern auf einen richtigen Garten mit Wiese, Obstbäumen und Rosen. Im Kühlschrank fand Judith Männerfutter: Dosenbier, H-Milch, abgepackte Steaks, eingelegte Chilischoten. Sie nahm ein Glas aus dem Küchenschrank und trank einen Schluck Leitungswasser. Klaus hatte schlichtes weißes Geschirr und anständige Gläser. Im Zahnputzbecher standen vier gleichermaßen struppige Bürsten. Kein Damenparfum, keine Cremetiegel. Klaus benutzte eine Munddusche und Zahnseide, las abends in Ransmayrs

»Morbus Kitahara« und den VDI-Nachrichten. Gegen 17 Uhr, es wurde bereits dunkel, klingelte das Telefon. »Hier ist der Anschluß von Klaus Rapp. Bitte sprechen Sie nach dem Signalton.« Eine männliche Stimme mit schwerem Dialekt, eindeutig von dr Alb ra, meldete sich, es ging um irgendeine Uniprüfung. Judith hörte nicht mehr zu. Klaus hatte geklungen wie immer, ruhig, ein wenig amüsiert, als ob er heimlich lache.

Über dem Bett lag eine dunkelgrüne Decke. Der Stoff war kühl und glatt, schmiegte sich an ihre Wange. Den Schreibtisch, voll mit Papieren und Akten, hatte sie bewußt ignoriert, aber die Nachttischschublade zog sie jetzt auf. Alka-Seltzer, ein Päckchen Kondome, ein Foto mit Personengewimmel. Sie fischte es heraus. Party in der Hackstraße, eine Reihe leerer Rothauspullen aufgereiht auf der Fensterbank, daneben Judith, mit mürrischem Gesichtsausdruck am Auge der Kamera vorbeiblickend. Sie lächelte und spürte plötzlich überwältigende Müdigkeit, die sich wie ein schweres Kissen auf ihr Gesicht drückte. Es gelang ihr noch, das Foto zurückzulegen, dann schlief sie ein.

Leonie

Von der Feuerstelle am Haus der ›Zaunkönige‹ steigt blauer Rauch auf und löst sich in der Dämmerung auf. Verkohlte Stöcke liegen halb unter Sand wie ein Tiergerippe in der Wüste. Der Zivildienstleistende, ein schmaler Junge mit Ziegenbart und tief ins Gesicht gezogener Kappe, treibt die Schafe in den Stall. Das Fell der Tiere ist dick und braungelb verfilzt. An den breiten Schwänzen baumeln Erd- und Kotbrocken wie aufgefädelte Holzperlen. Die Tiere laufen in überraschend schnellem Trab den verschlammten Pfad hinauf, blöken und drängen in ihren Unterstand. Kleine Hufe hinterlassen Abdrücke, stark und talgig steigt ein Geruch in Leonies Nase. Sie atmet tief ein. Bei günstiger Windrichtung können Schafsgeblök und -duft bis zu ihrem Balkon im dritten Stock herüberwehen. Der junge Mann füllt die Raufe mit Heu. Jetzt erst bemerkt Leonie die hellgrünen Kabel, die aus seinem Kapuzenpulli zum Gesicht hochwandern und in den Ohren verschwinden. Leonie weiß mit Sicherheit, daß sie kein Gesicht, keine Melodie mit den Namen verbinden kann, die er ihr nennen würde, wenn sie ihm mit der alten Frage käme: Was hörst du? Und er würde den Mund mitleidig verziehen, wenn sie ihm aufzählte, wer sie zu wildem Mitgrölen im Bad oder begeistertem Fummeln am Lautstärkeregler veranlaßt. Sie kann sich nicht daran gewöhnen, ihre Lieblingssongs nur noch auf Frequenzen zu finden, die sie vor kurzem als Spießerfunk verachtet hat. Lieder, bei denen sie jede Note, jeden Seufzer auswendig kennt, sind plötzlich Oldies, und die Gesichter der Sänger tauchen in Revival-Sendungen und Gala-Shows auf, vorgestellt von ergrauten Moderatoren. Die Poster über ihrem Teenie-Bett hatte sie nicht einfach mit Reißnägeln angepinnt, sondern wie richtige Bilder unter Glas gerahmt.

Doch heute bilden sich Furchen auf den hellen Stirnen der Idole, setzen sich fort in den Faltenbündeln um die Augen, den mageren runzligen Armen, die aus den Lederjacken ragen wie Stecken aus dem Sackgewand einer Vogelscheuche. Sie waren unzerstörbar, wild und grenzenlos. So wie Leonie sich fühlte, wenn sie sich zu ihren Songs über die Tanzfläche bewegte, wenn sie ihre Mutter anbrüllte oder in der tauben Sommerstille ihres Zimmers mit der besten Freundin Zungenküsse übte, bis sie heftig atmend aufeinander lagen. Danach waren sie zusammen zum Eisessen gegangen. Es wurde nie mehr darüber gesprochen, blieb, so aufregend es gewesen war, nebensächlich, nicht vergleichbar mit dem ersten Mal mit einem Jungen. Die Zeit hatte kein Limit. Grenzen schien es nicht zu geben, sie spürte jedenfalls keine.

Inzwischen rasen die Tage dahin, und sie schaltet das Fernsehprogramm um, wenn Altenheime und Krankenhäuser Thema sind. Bei der morgendlichen Inspektion des eigenen Körpers vor dem Spiegel deprimiert es sie, wieder eine zartblaue Ader in der Kniekehle, eine Einkerbung im Augenwinkel gefunden zu haben. Sie ist traurig darüber, mit diesem verpickelten Jungen, der den Schafstall verriegelt, nichts mehr gemeinsam zu haben. Leonies Alptraum ist ihre 18jährige Seele in einem verrunzelten Körper, die Windel am Hintern, der Tropf im Arm, eine sexsüchtige Mumie, dazu die Vision von ihren Mädchen, die nach Australien oder China auswandern, Handytelefonate auf der Pflegestation, einmal jährlich Besuche. Barbie in alt, Daisy und Minnie als Dörrpflaumen.

Felicia gähnt und stolpert. Ihre Augen sind klein geworden. Leonie weiß, daß es nicht mehr lange dauern wird, bis Kälte, Hunger und Müdigkeit den ersten Wutanfall auslösen. Plötzlich verzieht sich der kleine Mund zu einem Lachen. »Da Matti!« Leonie bekommt einen kräftigen Stoß in die Kniekehlen und fällt fast vornüber. »Buh, du bist tot! Ihr seid beide tot, ich beiße euch!« Ein etwa vierjähriger Junge, dessen blasses Gesicht und blonde Stoppelfrisur über dem Vampirkostüm leichenhaft fahl wirken, springt hinter ihr hervor, packt Felicia unter den Achseln, zieht sie ein paar Schritte über den Platz und läßt sie vor dem Hühnerstall fallen. Die Windel hält den Stoß ab. Felicia kräht, beide lachen. Langsam kommt Mattis' Mutter den Weg hoch. Sie schaut ihren Sohn an und schüttelt den Kopf. »Felicia ist viel zu schwer für dich.« Die junge Frau heißt Hanna und wohnt ein paar Häuser weiter. Lisa und Felicia gehen mit Mattis in den Kindergarten. Leonie freut sich auf ein Erwachsenengespräch, besonders mit jemandem aus der Nachbarschaft, in der sie sich immer noch fremd fühlt. Die morgendliche Hetzjagd vom Kindergarten in die Bank ist keine geeignete Voraussetzung, um Wurzeln zu schlagen, die Nachbarn mit Namen zu kennen und von der Bäckereiverkäuferin und dem Postboten vertraulich begrüßt zu werden. Leonie träumt von solchen Strukturen, und wenn sie ehrlich ist, hat sie dabei einen in Pastelltönen gezeichneten Werbetrailer vor Augen, der sich aus Fernsehserien und der abnormalen Heiterkeit von Lisas Bilderbüchern zusammensetzt.

Tatsächlich ist es ihr noch nicht einmal gelungen, in Nâzıms Laden eine bekannte Persönlichkeit zu werden. Daß das kleine Geschäft an der Ecke das Herz des Viertels sein mußte, war Leonie schon bei ihrem ersten Einkauf dort klargeworden. Wie die meisten Entdeckungen in ihrer neuen Umgebung hatten Simon und sie auch diese während der Einzugswoche im August gemacht. 24 Stunden täglich zu zweit, Adam und Eva in Shorts und Sporthemden in einem staubigen, heißen Garten aus Lampen, quer stehenden Möbeln und zusammengeknülltem Zeitungspapier, eingefriedet von einer Mauer vollgestopfter Pappkartons. »Die Kaffeemaschine muß hier irgendwo drin sein. Es war auch noch eine halbe Tüte Hochland dabei«, meinte Simon und wischte sich den Schweiß aus dem Gesicht. Seine Hand hinterließ eine schwarze Schliere über der Stirn. Leonie, erschöpft und ärgerlich über ihre unsystematische Pakkerei, war gebannt von der Weiße seiner Haut, von der sich Schmutzfleck, Bartstoppeln und das Blau seiner Augen stark und klar abhoben. Sie beugte sich vor und kostete die verschwitzte Kühle mit der Zunge. »Jetzt mußt du mich zum Kaffee einladen. Ich rühre keinen Finger mehr, bevor ich nicht einen gehabt habe. Unten ist doch so ein kleiner Laden. Vielleicht gibt es dort Latte in Dosen. Oder Cola.«

Daß Nâzım alles andere war als der übliche türkische Lebensmittelhändler, merkten sie sofort. Eine cremeweiß und grün gestreifte Markise warf Schatten auf den glühenden Gehsteig. Das Schaufenster, sauber geputzt und ohne jede Beschriftung, war leer bis auf einen Busch Sonnenblumen und Zinnien in einer schlichten Kugelvase. Im Laden war es kühl. Der Blumenduft mischte sich mit dem der Kräutertöpfe, Erdbeeren und des frisch gekochten Espresso. Leonie staunte über das appetitliche Arrangement und über die Preise. »Mindestens Hauptbahnhof, eher Flughafen«, flüsterte sie Simon zu. Und dann kam

Nâzım selbst. Zu einem blütenweißen Polohemd trug er helle Bermudas, geflochtene Ledersandalen und eine Baskenmütze, kostümiert wie ein Franzose aus einem Chanson von Trenet oder Brel, um dem Klischee des Gemüsetürken zu entkommen. Neben den vielen Frauen, die ihn mit Vornamen begrüßten, tauchte auch ein Geschwisterpaar im Kindergartenalter auf: zwei blonde Jungen in Kittelhemden und Sandalen, die ihre Wünsche in melodischem Schwäbisch – »ein Bund Peterling, gelbe Rüben« – von einem gemalten Zettel ablasen. Leonie und Simon tranken Espresso an dem einzigen Stehtisch vor dem Schaufenster und ließen sich noch Obst, Ciabatta und Salami einpacken. Leonie winkte, denn Nâzım hinter der Kasse tat das auch. Gerne wollte sie mit ihm Wangenküßchen und Neuigkeiten über die Leute im Viertel austauschen. Leider richtet Nâzım seine Öffnungszeiten nicht nach Leonies Bürostunden. Das Frühstücksobst für die Mädchen kauft sie weiterhin im Supermarkt. Lange bevor er seine Markise herauskurbelt, braust sie schon an seinem Geschäft vorbei.

Auch von der Kontaktbörse Kindergarten hat sie sich mehr versprochen. Wenn sie die anderen Mütter im Hof des Kindergartens zusammenstehen sieht und Gesprächsfetzen auffängt, die von Hilfeleistungen aller Art, gemeinsam verbrachten Nachmittagen und sogar Wochenenden zeugen, wird sie neidisch.

Sie hat keine Zeit, bleibt die Neue, die Eilige, die sich mit Nadelstreifenkostüm und Make-up vorkommt wie ein Raubtier, das eine Kolonie kuscheliger Pinguine umkreist. So gerne sie sie würgen und rupfen möchte, diese Jeans- und Pulli-Trägerinnen, deren Watschelfüße Turnschuhsohlen sind und aus deren Schnäbeln es über Biogemüse oder Triple-P-Elterntraining quakt, so gerne möchte sie auch dazugehören, sich zum innersten Punkt der Herde vordrängen. Die Kinder tun sich leichter. Lisa hat sofort ein paar kleine Zicken gefunden, die sich gegenseitig als ›Vater, Mutter, Kind‹ tyrannisieren und mit ihren frisch gestochenen Ohrlöchern angeben. Felicia wuselt zwischen den Älteren herum und genießt das Privileg, die Jüngste zu sein, vollkommen in sich ruhend, Mahlzeiten, Schlaf und Körperkontakt als Pfeiler ihrer Existenz.

Leonie hat den Kindergarten St. Anton ausgesucht. Es war ganz klar für sie, daß ihre Mädchen dorthin gehörten, wo der Heilige seinen segnenden Holzarm im Flur erhebt und die Mitarbeit am bienenübersummten Blumenpuzzle des Fronleichnamsteppichs zum Programm zählt. Simon, der Heide, hat nichts dagegen. »Solange du mich mit dem Laden verschonst! Meine Mutter ist von denen so schlecht behandelt worden. Vater unbekannt, damit wurde sie fertiggemacht.« Es gibt sicher anspruchsvollere Möglichkeiten, seinen Nachwuchs unterzubringen: Singkreise mit Frühenglisch, regelmäßige Waldwochen oder gar spielzeugfreie Zeit werden in St. Anton nicht angeboten. Die Leiterin trägt graue Dauerwellen und läßt sich von den Kindern »Tante« nennen. Die Mädchen fühlen sich wohl, und neben der katholischen Sentimentalität gaben die Betreuungszeiten, von 7:30 bis 17 Uhr, den Ausschlag.

Von Hanna, die mit stoischer Gelassenheit beobachtet, wie Mattis die Rutsche hochrast und sich dann auf das Dach darüber schwingt, weiß Leonie nur, daß sie alleinerziehend ist und als Zahnarzthelferin arbeitet. Ihr dunkelblondes Haar hält sie mit einem breiten Band aus dem Gesicht, auf der schmalen Nase sitzt eine randlose Brille, demütig und erst auf den zweiten Blick sichtbar. Hanna trägt billige Turnschuhe, Jeans und einen braunen Wollponcho mit eingestrickten Tieren. Im Kindergarten gilt sie als »Supermutti«, die in jeder Mittagspause vorbeigehetzt kommt, um ihrem Sohn eines seiner zahlreichen Medikamente zu verabreichen. Janet, Lisas Lieblingserzieherin, reißt die blauen Augen auf, wenn sie Hannas Leistungen preist, und Leonie hat dann das Gefühl, daß die junge Frau derartige Lobeshymnen über sie niemals verbreiten würde. Dennoch imponieren Leonie Hannas Lebensumstände und ihre stille Art. Dabei ist sie nicht sicher, ob sie sich viel zu sagen haben. Besonders Hannas ungeschminktes Gesicht, die zahnfördernde Bernsteinkette um Mattis' Hals und ihre

Kollektion von Baumwollbeuteln, bedruckt mit den Logos verschiedener Naturkostläden, machen sie mißtrauisch.

»Hat es schon angefangen? Wo sind die anderen?« Mattis springt aus beträchtlicher Höhe auf die Erde, breitet die Arme unter dem schwarzen Umhang aus und saust um Leonie herum. Der Stoff weht hinter ihm her wie ein seidiger Riesenflügel, während der Junge hohe Pfeiftöne ausstößt. Für einen Augenblick glaubt Leonie ihm den Vampir, blutrünstig, schnell, den kleinen Unterkiefer mit den eckigen Zähnen zu einer tierartigen Grimasse vorgeschoben. Mehr als alle anderen Kinder, die sie heute hier gesehen hat, lebt er in seiner Verkleidung. Eine Geste reiht sich an die nächste, bis sein gesamter Bewegungsablauf, der Ausdruck des Gesichts, die kreischende Stimme sich dem Kostüm angepaßt haben. Schließlich bleibt er schwer atmend stehen und greift in die Hosentasche, holt ein Plastikgebiß hervor, das er geschickt auf die Vorderzähne steckt. Er ist mager, seine braunen Augen liegen tief in den Höhlen und sind von violetten Ringen umgeben. Er sieht seiner Mutter sehr ähnlich, das Kindergesicht ist noch nicht so stark auf Männlichkeit festgelegt. Mattis zieht an Hannas Ponchofransen. »Ich geh rein, ich weiß wo die Tür ist, ich hab keine Angst, ich bin Dracula, der gefährliche Vampir!« Er stürzt zum Haus, macht dann aber kehrt, weil seine Mutter ihn ruft. »Mattis, die Zähne bitte.« Sie streckt die Hand aus, eine weißhäutige, weiche Hand mit Grübchen dort, wo bei Leonie die Knöchel hart hochragen. Mattis schüttelt den Kopf und stampft mit beiden Füßen auf: »Nein, ich will nicht. Ohne Zähne bin ich kein Vampir!« Hanna spricht leise und bestimmt: »Wenn du mir die Zähne nicht gibst, wirst du sie da drinnen verlieren. Dann sind sie weg. Gib sie mir, ich passe auf sie auf.« Mattis' Augen sind feucht geworden. Er schluckt heftig, dann holt er das Gebiß heraus und schleudert es seiner Mutter entgegen. Ein langer Speichelfaden hängt daran und tropft auf den Boden. Der Junge rennt ins Haus, ohne sich noch einmal umzudrehen. Felicia schaut ihm enttäuscht hinterher. Hanna säubert die Zähne mit einem Papiertaschentuch. »Er wird sich verschlucken, der Speichel kann nicht richtig abfließen, und er ist doch Asthmatiker. Ich hätte gar nicht erlauben sollen, daß er die Dinger überhaupt mitnimmt.« Hanna zieht ihren Poncho enger um sich. »Er übertreibt schon wieder. Letzte Woche ist er so krank gewesen. Wieder diese Durchfälle, zweimal pro Stunde. Wir waren auch im Olgäle, aber die finden einfach nichts. Ich glaube, er ist auf irgendwas allergisch, was sie noch nicht rausgekriegt haben.«

Das Gespräch hat sein Zentrum gefunden. Hanna erzählt von Mattis' ersten Lebenswochen, wie er die Brust ablehnte und auch Flaschenmilch ständig erbrach, bis endlich eine Proteinintoleranz festgestellt wurde, von venöser Ernährung, entzündeten Kathetereinstichstellen und der nicht abreißenden Kette von Infekten. Leonie beschränkt sich auf die Rolle der nickenden Zuhörerin.

Ihre Mädchen sind selten krank. Sie schreibt das dem Cocktail aus ihrem Sportler- und Simons Proletenblut zu. Aber sie weiß auch, wie diese Kinder unter leichtem Fieber oder Ohrenschmerzen leiden können. Um so mehr bewundert sie Mattis, seine zähe Energie, mit der er trotz aller Unterbrechungen wieder in die Kindergruppe zurückkehrt und dort agiert, als hätte er die versäumten Lebensstunden doppelt aufzuholen. Seine Wildheit ist von anderer Art als Lisas und Felicias Energieanfälle. Die Schwestern staunen über seine Furchtlosigkeit, berichten auch oft von seinen Streichen und Heldentaten. Mal klettert er im Hof in einen Baum und springt dann an der aufgescheuchten Janet vorbei in die Sandkiste, mal konstruiert er eine Stuhlpyramide, auf deren wackliger Spitze er erstaunlich lange ausharrt. Regelmäßig stürzt er sich in Gefechte mit wesentlich älteren Kindern. Leonie hat ihn noch nie weinen sehen. Er scheint diese Herausforderungen zu suchen und zu genießen. Zum Gespräch kann sie nicht viel beitragen. »Gut, daß deine Mutter so zuverlässig ist.«

Dann fragt sie nach Mattis' Vater, aus reiner, empathiefreier Neugier. Sie kann sich Hanna überhaupt nicht mit einem Mann vorstellen. Vermutlich ein anderer Baumwollbeutelträger, Bekanntschaft aus dem Bioladen. Oder ein Patient aus der Arztpraxis. Hanna reagiert nicht. Sie schüttelt nur den Kopf. »Ja, Mutter hilft schon. Aber er braucht mich doch am meisten.«

Leonie kennt Mattis' Oma flüchtig vom Abholen in St. Anton, eine korpulente Frau mit grauer Kurzhaarfrisur, roten Äderchen in den vollen Backen und einer Strickjacke über dem ausladenden Stretchjeans-Hintern. Wenn Leonie mit ihrer Mutter in die Stadt geht, hat sie das Gefühl, daß sich nach dieser schlanken, gebräunten Person mit hohen Absätzen und figurbetonten Kleidern mehr Männer umdrehen als nach ihr, die blaß und angestrengt nebenhertappt und sich morgens unter der Neonleuchte des Badezimmerspiegels die ersten weißen Haare aus dem karottenroten Scheitel zieht. Leonies Eltern verbringen viel Zeit auf Reisen und finden ihre Enkeltöchter zwar ganz entzückend, sind aber nur selten bereit, Zeit mit ihnen zu verbringen. Leonie denkt ungern an die Telefonate mit ihrer Mutter, die meist aus Südeuropa kommen und durch ihre Ausführlichkeit eine Anwesenheit vorgaukeln wollen, die im Jahr höchstens zweimal erreicht wird. Ihre Eltern waren immer mehr ein Liebespaar als die Erzeuger und Erzieher jener kleinen rothaarigen Göre, der sie bei jeder Gelegenheit zu entkommen suchten, kuschelnd, knutschend und Händchen haltend.

Felicia hängt schwer an Leonie. Es wird schnell dunkler, und im Haus rumort es. Die Tür geht auf, und die Kinderhorde stürmt auf das Gelände. »Wer ein Gespenst gefunden hat, liest die Nummer. Dann stellt ihr euch vor dem Geräteschuppen auf, da ist die Geisterbahn. Die Reihenfolge geht nach den Zahlen auf den Gespenstern! Wie Anstehen geht, wißt ihr ja?« ruft Bernd. Felicia windet sich aus Leonies Armen. Mattis und Lisa tauchen auf. »Ich hab mich nicht gefürchtet, Mama!« ruft Lisa. Mattis hat schon mit den Älteren den Hügel erklommen, streift durchs Gestrüpp, die Augen zu Boden gerichtet, und hält nach kurzer Zeit zwei kleine grüne Papiergespenster in den Händen, von denen er eines großzügig Lisa überläßt. Dann rennt er mit dem Pulk davon. Seine Mutter beachtet er nicht. »Mama, stellst du dich mit mir an?« fragt Lisa. Der Zeigefinger ist in die zerkaute Unterlippe eingehakt. Leonie ist sicher, daß Stavros' Geschichte Stoff für viele unruhige Nächte sein wird. Trotzdem ist sie stolz auf Lisa. Felicia hat ein Bonbonpapier aufgehoben und hält es unter lautem Quietschen hoch. Vor dem Geräteschuppen an der Schafweide hat sich eine lange Schlange gebildet. Trockeneisnebel quillt aus dem gekippten Fenster, begleitet von dumpfen Tönen. Lisas Hand ist klebrig und kalt. »Ist die Geisterbahn sehr gruselig?« wendet sich Leonie an eine Vampira im Grundschulalter. Das Mädchen zieht unter der weißen Schminke eine verzweifelte Grimasse. Felicia ist hingefallen. Sie hat sich auf die Lippe gebissen und blutet. Leonie nimmt sie hoch. Das Gebrüll ist schrill. Sie wirft einen Blick auf das zerknitterte Gespenst in Lisas Hand. »Nummer 27, da stehen wir hier noch eine halbe Stunde, das geht nicht mehr mit deiner Schwester. Ich frag mal, ob die Großen uns vorlassen. Mattis kann mitkommen, Hanna will bestimmt auch nach Hause.«

Ein paar ältere Vampire und Hexen finden sich unter anfänglichem Murren und Achselzucken bereit, Lisa den Vortritt zu lassen, halten ihr sogar die Tür auf. Blaue und violette Lichtstrahlen zucken über ihre Fußspitzen, der Muff von Blumenzwiebeln und Torfmullsäcken aus dem Inneren wird überlagert vom stechenden Geruch des künstlichen Nebels. Die Trommelschläge sind dumpf und regelmäßig wie der Pulsschlag einer verborgenen Kreatur. Jetzt schaut Leonie zu ihrer ältesten Tochter hinunter. Lisas Augen schwimmen bereits, sie hält ihren Besen fest. »Kommst du bitte mit, Mama?« Leonie schüttelt den Kopf. Selbst wenn sie wollte, würde sie nicht in den Krabbeltunnel passen, durch den man ins Innere gelangen kann. »Nein, das ist nur für Kinder. Wenn du dich nicht traust, ist es nicht schlimm. Du mußt nicht.« »Du sollst aber mitkommen. Ich will da rein, aber nicht allein.« »Du kannst mit Mattis zusammen gehen.« »Nein, mit Mama!« Lisas Stimme kippt. Jetzt rollen auch Tränen über die geschminkten Bäckchen, der

Unterkiefer ist vorgeschoben, die Mundwinkel herabgezogen. Sie stampft mit dem Fuß auf und umklammert Leonies Hand. »Ich will da rein. Du sollst mitkommen.« Felicia hat sich selbständig gemacht und versucht sich an Leonie vorbei ins Innere des Schuppens zu drängeln. Leonie blockiert den Durchgang, indem sie das rechte Bein wie eine Schranke vorstreckt. Die Zweijährige fängt an, wütend zu brüllen, und tritt mit den klobigen Winterstiefeln mit aller Kraft zu. Hinter ihnen grummeln ungeduldig die Älteren. Lisa schluchzt jetzt lauter und wiederholt ständig denselben Satz: »Du mußt mitkommen!« Mattis steht neben ihr und betrachtet sein Gespenst, ohne aufzuschauen. Hanna ist nirgends zu sehen. Leonie schwitzt, spürt die Hitze auf Hals und Bakken, ein Schweißtropfen rollt unter dem dicken Pullover die Wirbelsäule hinab, das Kitzeln ist unerträglich. »Verdammt, Feli, hör auf, das tut weh!« Sie geht in die Hocke und packt die Kleine an der Kapuze, bevor sie ins Innere des Schuppens entschlüpfen kann. Der Kopf wird zurückgerissen, die kleinen Füße treten ins Leere. Leonie faßt sie um den Leib und spürt, daß sie fester als nötig zupackt. In diesem Moment kann sie verstehen, daß es Leute gibt, die zuschlagen. Tote Kinder in Mülltonnen, an Betten fixiert, vergraben im Keller. Nur damit endlich Ruhe ist. Felicia tobt in ihrem Griff. Sie zappelt und schreit so heftig, daß ihr grüne Rotzklumpen aus der Nase fliegen.

Lisa ist Leonie im Augenblick wichtiger, sie versteht ihren Schmerz, den gekränkten Stolz. Es gelingt ihr, Lisa vom Schuppen wegzuführen, obwohl sie jetzt richtig heult, geschüttelt wird von Zorn und Enttäuschung. »Ich habe zu Hause noch was Tolles, das hab ich extra für euch gekauft, für die Halloween-Party, was Gruseliges, nur für dich und Feli.« Es dauert lange, sie muß gegen das Gebrüll der Jüngeren antrösten. Worte für Lisa, die Wärme des eigenen Körpers, das Getragen- und Gehaltenwerden für Felicia. Knie und Rücken schmerzen, sie tritt vorsichtig auf. Während sie noch spricht, die Hand des einen Kindes nimmt, das andere auf der Hüfte zurechtrückt, gehen sie langsam in Richtung Tor. Es ist inzwischen dunkel. Das Herbstlaub sieht schwarz aus, der Weg wirkt wie ein breiter Fluß, auf dem sie sich langsam hinabbewegen. Zum Abschied von Hanna und den anderen ist keine Zeit mehr. Leonie will nur weg. Sie dreht sich noch einmal um und sieht Mattis, der aus dem mit Monstergesichtern verzierten Ausgang der Geisterbahn krabbelt und sich langsam aufrichtet. Sein Gesicht, leuchtend im Schein der Lichterketten, ist von einer stillen Zufriedenheit erfüllt, als hätte er sich eben eine besonders große Portion Süßigkeiten einverleibt.

Felicia hat sich beruhigt, und Leonie stellt sie wieder auf die Füße. Dann wendet sie den Kopf, sucht nach Hanna, um wenigstens ein Winken loszuwerden. Doch diese geht mit schnellem Schritt auf ihren Sohn zu und packt ihn ohne ein Wort an der Hand. Die beiden verschwinden hinter dem Haus. Wahrscheinlich nehmen sie den oberen Ausgang. Keiner von beiden dreht sich noch einmal um.

Judith

In Nâzıms Laden sind Judith und Kilian die einzigen Kunden. Nâzım schenkt Kilian einen kleinen Apfel, in den er sofort hineinbeißt. Dabei betrachtet er die Auslage. »Er schaut auf Obst und Gemüse wie andere auf die Süßigkeiten! Darfst du der Mutter tragen helfen, Kili?« Das Kind nickt mit vollem Mund. Einkaufen ist eine ernste Angelegenheit, etwas Besonderes und ungeheuer Aufregendes. Judith ist zufrieden. Sie weiß, wie andere Kinder sich benehmen. Nâzım spaltet ein Selleriehaupt, sucht zwei besonders dicke Möhren und eine Lauchstange heraus, zupft einen Bastfaden aus dem Knäuel auf der Theke. Das Glockenspiel über der Tür tönt träge. Der Junge, der hereintritt, die Schnürsenkel an seinen riesigen schwarzsilbernen Turnschuhen offen, bringt einen Schwall kalte Abendluft, ein starkes After-shave und den Rauch seiner Zigarette herein, die er draußen auf dem Gehweg sorgfältig ausgetreten hat. Er geht auf Nâzım zu und begrüßt ihn mit Wangenküssen und ein paar Sätzen auf türkisch. Nâzım umarmt ihn über die Theke hinweg, seine Hände liegen dabei leicht auf den Schultern des Jungen. Dann tritt er einen Schritt zurück und tippt auf seine Armbanduhr. Seine Stimme wird lauter. Der Junge zieht die Augenbrauen zusammen. Sein blasses Gesicht unter dem glänzenden Haarschopf überzieht sich mit einer leichten Röte. Er antwortet ausführlich und entschuldigend. Judith kennt ihn vom Sehen. Er kommt aus einem der abgasgeschwärzten, unrenovierten Häuser, in deren unmittelbarer Nähe die ruhige Constantinstraße in eine verkehrsreiche und nicht sehr ansehnliche Hauptstraße einmündet. Mit einer Gruppe Gleichaltriger streunt er häufig unten am Olgaeck herum. Oft schon am Vormittag hocken sie auf Mülltonnenkästen und stehen in der Einfahrt des Discounters, futtern aus Chipstüten und kippen Energy-Drinks runter. Kilian mustert den jungen Türken mit großen Augen. »Mama, der hat ja seine Schuh net zugebunden!« flüstert er hörbar. Der Junge lacht und wuschelt Kilian durch die Haare, beugt sich zu ihm herunter. »Klug bist du, hast du gleich gesehen, das machst du später auch, wenn du selber coole Turnschuh hast, gell«, ruft er und piekt mit dem Finger nach Kilian, der zwar kichert, sich aber sofort hinter Judith versteckt. Nâzım legt das zusammengebundene Suppengrün mit einer energischen Bewegung zur Seite und tritt hinter seiner Theke hervor, macht eine Handbewegung in Richtung des Jungen: »Das ist Murat, ein Sohn von meiner Cousine. Murat soll hier arbeiten, für ein paar Wochen. Hat mit Schule zu tun, Praktikum, was weiß ich. Hat nicht viel gelernt in der Schule, zum Beispiel, daß man nicht eine halbe

Stunde zu spät kommt. Aber Familie ist Familie, da hilft man sich.« Judith nickt nur. Nâzım wendet sich Murat zu und scheucht ihn nach hinten in den Lagerraum, spricht jetzt deutsch: »Judith ist eine gute Kundin. Wenn du dich anständig anstellst, kannst du auch verkaufen, irgendwann.« Dann gibt es einen längeren Vortrag auf türkisch, bei dem Murat mit der Miene eines schuldbewußten Kleinkinds vor ihm steht. Judith sieht ihn durch den Holzperlenvorhang, er tritt von einem Fuß auf den anderen und fummelt mit den Händen an den Reißverschlüssen seiner modischen Steppjacke. Seine Füße sehen in den riesigen Hip-Hop-Latschen wie die Füße eines Roboters aus. Judith greift in ihre Jackentasche und zieht den Geldbeutel heraus.

Außer Nâzım, mit dem sie durchaus längere Gespräche über Nahrungsmittel und Lokalpolitik führt, kennt sie keine Türken. In der Hackstraße gab es die Familie Aydin, mit deren Mitgliedern sie sich im Treppenhaus grüßte, es gab Stern-Kebap am Ostendplatz, wo Judith sich oft Döner holte. Man lebte in gegenseitiger Nichtachtung nebeneinander her. In Ulis Waldorfkindergarten gehen nur deutsche Kinder. Bei einem ihrer seltenen Gänge in die Innenstadt hatten Uli und Kilian vor dem ›Brezelkörble‹ auf der oberen Königstraße zwei Türkinnen mit langen Mänteln und Kopftüchern gesehen und sich geweigert weiterzugehen. »Mama, da sind Hexen!« Die beiden

Frauen verschwanden in einem Kaufhaus, ohne etwas zu bemerken.

»Mama, schau mal, da! Was wollen die?« Kilian zieht an ihrem Ärmel, und Judith dreht sich um. Sie schaut an dem prächtigen Lilienstrauß vorbei durch das Schaufenster, das dumpf nachdröhnt von den Schlägen draußen. Sie fährt zusammen, so nah sind die drei Gesichter davor. Dunstige Atemkreise aus grinsenden Mündern, dunkle Mützen, gedämpfte Rufe: »Murat, was geht? Bring was zu trinken raus, Alter! Bring die Kasse mit, die Kasse!« Einer klebt noch an der Scheibe, die anderen stehen weiter hinten auf dem Gehweg. Judith kann jede Pore erkennen, zarte, pickelfreie Haut, winterblaß und klar. Der Junge überrascht mit einer schmalen geraden Nase, eisblauen Augen, einem verächtlichen vollen Mund. Das dunkelblonde Haar ist kinnlang, es quillt unter einer Mütze hervor. Jetzt bemerkt er Judith und grinst. Die Handknöchel schlagen dazu im Takt gegen das Glas. »Murat, bring die Tussi mit raus, die ist scharf!« Die beiden anderen Jungen, sicher auch Türken, alle sind sie nicht älter als 14 Jahre, lachen nicht mehr. Sie gestikulieren im Hintergrund. Einer bemerkt Kilian, der sich, Judiths Ärmel fest im Griff, ein wenig vorgepirscht hat, und tippt dem Schönen auf die Schulter. »Komm wieder runter, Marco, da ist ein Kleiner! Und Murats Onkel, Mann!« Marco, der Name klingt nach Pauschalreisen und Superstar-Sehnsüchten, tritt in die Reihe seiner Kumpane zurück, macht eine verächtliche Geste. Judith starrt auf die mit einem Farbspray verklebten Haare, die schwarzen Streifen auf ihren Stirnen und Backen. Sie hampeln vor der Scheibe herum, die langen schmalen Glieder bewegen sich unaufhörlich, tänzeln nach rechts, nach links, vollführen Drehungen und kleinere Rempeleien, fast so, als ob in ihren Köpfen ein dumpfer Beat dröhnt, der sie zum Tanzen, zum Zappeln zwingt. Mit Frühstücksfernsehen großgezogen, denkt Judith noch. Dann sieht sie, wie Kilian den angenagten Apfel achtlos fallen läßt und von ihr weg direkt an die Scheibe tritt. Marco reißt einem der jungen Türken eine schmutzfarbene schlaffe Hülle aus den Händen und stülpt sie ihm über den Kopf. Aus dem Kürbisgesicht starren riesige Augen, dazu hat die vertraute längsgestreifte Frucht einen wütend gebleckten Zahnverhau, alles aus chinesischem Plastik. Auch wenn der andere die Maske sofort wieder abreißt und Marco ins Gesicht pfeffert, »Hörstu auf mit dem Scheiß, Mann«, flüchtet sich Kilian mit einem leisen Schreckensschrei in Judiths Arme und fängt an zu wimmern. Sie hebt Kilian hoch, drückt ihr Gesicht an seinen warmen Hals, murmelt ›heile heile Segen‹, obwohl kein Blut fließt. Am liebsten würde sie mit der Faust die Scheibe einschlagen, einen Splitterhagel gegen die Angreifer senden. »Hey Kleiner, das ist bloß der Hassan da drunter, das ist nur Spaß, verstehsch? Halloween halt.« Murat schleicht sich sichtlich verlegen von der Seite an und wedelt mit einer Banane. Kilians Gesicht bleibt in Judiths Jacke vergraben. Nâzım öffnet die Ladentür: »Murat hat noch zu tun! Macht euren Blödsinn woanders, hier wird gearbeitet. Haut ab!« Der Schwall auf türkisch, der dann folgt, läßt die beiden Geschminkten sichtlich in sich zusammenfallen. Nâzım schließt die Tür mit Nachdruck, das Glockenspiel begleitet ihn mit hektischem Gebimmel. Judith putzt Kilian die Nase, zeigt ihm die eingestickte Rose auf dem Taschentuch, er lächelt schon wieder. Durch das Glas fängt Judith einen letzten Blick von Marco auf. Der geht langsam, keineswegs verängstigt, rückt seine Mütze zurecht, schüttelt die Hosenbeine aus. Seine Zunge fährt mit Stoßbewegungen in die beflaumte Wange, er grinst, ruft über die Schulter: »In einer Stunde, da machen wir richtig Party, Alter!« Murat steht mit schafsmäßigem Gesichtsausdruck hinter der Theke. Nâzım reicht Judith das Suppengrün, das er in eine braune Papiertüte gewickelt hat. »Tut mir sehr leid. Es sind nur dumme Kinder.« Kilian hält seinen Korb fest. Judith legt ein paar Münzen auf die altmodische Registrierkasse und verläßt das Geschäft.

Leonie

Leonie öffnet die Spülmaschine und stellt die beiden Suppenteller hinein. Kleine Nudelgespenster haften noch an den Rändern, gestockte Reste der Halloween-Suppe aus der Tüte: Trostfutter für Lisa, die tatsächlich entzückt war, Geister aus der viel zu stark nach Tomate riechenden Flüssigkeit zu angeln, und darüber ihre Niederlage langsam vergaß. Eine Pakkung bunter Plastikspinnen aus dem Discounter hatte Leonie als Dreingabe dazugelegt. Mit dem Aufteilen der Ekeltiere, dem Abspülen der Schminke in der Badewanne und der Abendmahlzeit war die Zeit schnell vergangen. Felicias Lippe glänzt geschwollen unter einer Schicht Wundsalbe, sie schnauft mit offenem Mund, der Atem ist warm und riecht nach Kinderzahnpasta. Lisa hat sich ganz aufgedeckt, das Nachthemd ist bis zur Brust hochgerutscht, zeigt die dünnen Beine, lang und muskelhart. Blaue und violette Hämatome, Spuren von Klettergerüsten und Fahrradstürzen, sitzen auf der hellen Haut der Schienbeine. Ein Unterhöschen mit Katzengesicht bedeckt die haarlose Scham. Es wäre so einfach, sie zu zerstören, denkt Leonie, viel Kraft ist nicht nötig, die Knochen brechen leicht, das Fleisch ist zart. Für eine Tüte Schaumzuckermäuse würde sie mit jedem mitgehen.

Sie zupft die Decke zurecht und küßt Lisa, die sich stöhnend zur Seite wirft. »Ich beschütze dich, ich bin immer bei dir.« Leonie hat Tränen in den Augen. Gleichzeitig schämt sie sich der bedingungslosen Affenliebe, die sie für ihre Kinder hegt, ihrer Anbetung der banalsten Anlässe: ein hingeschmiertes Bild, eine Kopfbewegung. Sie kann die eigenen, von Talk-Shows und Nachrichten gefütterten Ängste mit dem Verstand abschwächen, in der Magengrube pocht die Panik weiter. Leonie ist eine eifrige und sorgfältige Zeitungsleserin. Ausgedachtes erträgt sie nur im Fernsehen. Dort kann sie ohne schlechtes Gewissen stundenlang vor den billigsten Soaps ausharren. Allerdings ist die tägliche Lektüre beeinträchtigt, weil sie jede Nachricht mit möglichen Bedrohungen kurzschließt, die sich auf Lisas und Felicias Leben auswirken könnten: Attentäter und Schläfer, Ölkrise, Atombomben, zuckerhaltige Limonaden, Rentenkürzungen, Klimawandel.

Leonie geht zurück in die Küche, überdimensional wie alles in der Wohnung, mit himmelhoher Decke, schwarz-weiß gefliestem Boden und dem Klotz der Kochinsel in der Mitte wie ein chromschimmernder Altar. Sie schaltet das Radio ein, denn auch wenn sie die Ruhe genießt, ist sie ungern allein mit sich selbst. Die künstlich hochgestimmte Ansage des Moderators und eine Achtziger-Jahre-Ballade dringen leise durch den Raum. Auf dem Holztisch am Fenster stehen noch bunte Plastikbecher, halb geleerte Kakaotassen und ihr eigener Teller mit kalt gewordener Suppe und einem angebissenen Brot, das schräg am Rand lehnt wie eine gebutterte Mini-Rutschbahn.

Sie stellt das Geschirr zusammen und wischt den Küchentisch ab. Der Lappen und die feuchte Spur, die er hinterläßt, riechen säuerlich wie Frotteehandtücher, die nach dem Waschen zu lange in der Maschine gelegen haben. Sie wirft ihn in den Müll und wäscht sich die Hände. Die hellen Kinderstühle sind voller Krümel. Leonie holt den Handfeger unter der Spüle hervor. Er hat einen abgeriebenen Holzgriff und struppige schwarze Borsten, sie muß an die Mähne eines Wildpferds denken. Felicia klemmt ihn manchmal zwischen ihre speckigen Beinchen, läuft durch die Wohnung und ruft: »Hexe, Hexe!« Auch wenn Leonie täglich in Begleitung des Hexenpferds auf dem Boden herumkriecht, finden sich dort grauschwarze klebrige Inseln aus verschüttetem Saft oder Milch, die sich mit Staub und Krümeln verbinden und festbacken.

Im Flur liegt ihre Aktentasche, hingepfeffert neben einem Haufen Kinderjacken. Sie holt eine grüne Pappmappe heraus. Mit gerunzelter Stirn überfliegt sie die Papiere. Ihr kleines Büro ist eine wilde Landschaft von Papierstapeln, die sich um den Schreibtisch mit dem leise summenden PC gruppieren. Sie findet, ganz anders als zu Hause, immer alles, was sie sucht.

Dabei ist es die größte und schönste Wohnung, die sie bisher bewohnt haben: sechs Zimmer mit Fischgrätparkett, einem riesigen Bad mit zwiebelförmigen weißen Armaturen, löwenfüßiger Badewanne, Gäste-WC mit Dusche und einem Balkon, der mit seinen Sandsteinsäulen und dem Boden aus achteckigen Terrakottafliesen die hochtrabende Bezeichnung Loggia wirklich verdient. Das beste ist der Deckenstuck: Kirschen im Wohnzimmer, Äpfel im Schlafzimmer, Erdbeeren und Himbeeren in den Räumen, die die Mädchen als Schlaf- und Spielzimmer nutzen, Zitronen im Eßzimmer und Weintraubenbüschel in dem Raum, den Simon beharrlich Bibliothek nennt, obwohl es dort nur ein mäßig gefülltes Regal gibt. Der Makler hatte behauptet, diese Art von Stuck sei einmalig in Süddeutschland, möglicherweise auf der ganzen Welt. Angeblich hatte der erste Konservendosenproduzent Baden-Württembergs, ein ehemaliger Obstbauer aus dem Remstal, die Decken nach seinen Wünschen dekorieren lassen. Auch wenn Leonie die rundbackigen Äpfel über ihrem Ehebett liebt, weiß sie, daß die Wohnung eigentlich eine Nummer zu groß für Simon und sie ist.

Sie geht zum Kühlschrank und holt eine angebrochene Flasche Riesling heraus, gießt den Wein direkt in das nicht ganz geleerte Wasserglas. Leonie trinkt hastig und wartet auf die entspannende Wirkung des Alkohols, die seit der Abstinenz während der Schwangerschaften und der Babyjahre schnell einsetzt. Mit dem Butterbrot in der Hand tritt sie ans Fenster. Der orangefarbene Schein der Laternen beleuchtet die Straße. Aus Sandsteinquadern gefügte Gründerzeitbauten, die mit ihren Erkertürmchen und dem opulenten Figurenschmuck wie kleine Ritterburgen wirken, wechseln ab mit hastig hochgezogenem Nachkriegsbeton in den zum Glück nicht sehr zahlreichen Bombenlücken. Fast jedes Haus besitzt einen großzügigen Hinterhof, es gibt Bäume und Sträucher mitten in der Stadt. Die Spuren des letzten Weltkriegs fallen Leonie in ihrer neuen Straße nur an Kleinigkeiten auf: ein paar Hauswände haben Einschußlöcher, eiserne Kellerabdeckungen tragen noch die Aufschrift ›Luftschutz‹. Die ganze Stadt ist vom Krieg und den überstürzten Aufbauten der Wirtschaftswunderjahre gezeichnet. Leonie nimmt Stuttgarts Unansehnlichkeit, das sie bis auf die Zeit in Montpellier nie länger verlassen hat, ungerührt zur Kenntnis. Sie hat Lieblingsplätze in ausreichender Zahl. Dazu gehören der mit Simon durchjoggte Bopserwald genauso wie das Eiscafé Pinguin am Eugensplatz, die eidechsenüberhuschten Trümmer auf dem Monte Scherbelino und seit August auch die Constantinstraße.

Dabei war Leonie zunächst ungern aus ihrem Heumadener Reihenhäuschen ausgezogen: neunzig Quadratmeter über zwei Etagen, mit hellbeigem Teppichboden ausgeschlagen wie die Pappschachteln, die sie früher für ihre Puppen herrichtete. Sie wollte sich weder von dem handtuchschmalen Garten trennen, aus dem man bei offener Tür die Telefongespräche der Nachbarn mithören konnte, noch fort aus dem Neubaugebiet, das in den Achtzigern schick gewesen war mit seinen in Creme- und Olivtönen gestrichenen Fassaden. Es war ihr erstes gemeinsames Heim; die WG am Ostendplatz zählte nicht wirklich. Aber in Heumaden hatten Lisa und Felicia ihre ersten Schritte gemacht, es gab Grillfeste mit den Nachbarn und am Wochenende Radtouren durch die nahen Felder. Es war ein gutes Haus gewesen, freundlich, praktisch und unspektakulär. Niemandem, der es betrat, entfuhr jenes japsende Geräusch, das so gut wie jeder Besucher machte, der jetzt über ihre Schwelle trat – eingeschlossen ihre Eltern, die mit runden Augen und begeisterten Mienen durch die Räume geschritten waren. Ihr Vater hatte Simon auf die Schulter geklopft und gesagt: »Großartig, mein Junge, so stark sind wir nicht gestartet. Weißt du noch, Heidrun, unsere erste Wohnung?« Und es hatte nichts genutzt, daß Leonie eingeworfen hatte, daß es nicht ihre erste Wohnung war, sondern die dritte.

Simon geht strategisch vor. Er will die Stationen seines Erfolges auf dem Stadtplan sichtbar machen. Rote Fähnchen kennzeichneten jedes eroberte Territorium: aus Heslach nach Stuttgart-Ost in die hippe Studenten-WG, dann das Reihenhaus im Grünen und schließlich, als bisherige Krönung, der Altbau im Lehenviertel. Viele Schauspieler, Sänger und Tänzer der nahe gelegenen Oper wohnen hier. Außerdem wimmelt es von Architekten, die die Hochschule im Akkord ausspuckt und bei denen Leonie sich fragte, wie sie in derartiger Dichte überleben können. Es ist ein bürgerliches Viertel, das ohne Vorgärten und Trockenblumenkränze an den Haustüren auskommt. Wer einen Balkon hat, läßt eine Mini-Provence darauf entstehen, mit Kletterrosen, Lavendel und Küchenkräutern. Ansonsten gibt man sich lässig und bekennt sich mit Leidenschaft zu seiner steinernen Umgebung. Die Kinder spielen in Höfen. Man geht in die Staatsgalerie, die Stadtbücherei und das schwarz-weiße Frühstückscafé an der Hauptstätter Straße. Bedürfnisse nach Grün werden im Schloßgarten oder im nahen Wald ausgelebt. Wer hier wohnt, befindet sich im Mittelpunkt einer Stadt, die trotz aller Anstrengungen nie Metropole sein wird und deshalb einen gewissen behäbigen Frieden atmet. Die Nähe zum kleinen Rotlichtviertel mit seinen afrikanischen Einwanderern, die in kleinen vollgestopften Läden eingetrocknete Yams-Wurzeln kaufen und versuchen, möglichst günstig nach Hause zu telefonieren, und dem wilden Süden, Simons alter Heimat Heslach, mit seinen Arbeitersiedlungen, Döner-Buden und 99-Cent-Shops läßt einen nicht völlig vergessen, daß auch andere, härtere Welten existieren. Leonie ist sich sicher, daß aus diesem Grund das Lehenviertel nicht ihre letzte Station sein wird. Simon wird keine Ruhe haben, bis nicht nur Größe und Schnitt, sondern auch die Lage seiner Bleibe deckungsgleich sind mit dem Imago der Traumwohnung. Der Killesberg oder die Gegend um die Uhlandshöhe sind mögliche Endziele.

Auch sie hatte gejapst, als Simon ihr die Wohnung zum ersten Mal vorführte und mit beeindruckter, keineswegs entsetzter Stimme die Kaltmiete nannte. Es war mehr als ihr ganzes Monatsgehalt. Trotzdem verzichtete sie auf Gegenvorschläge, sagte auch nicht, daß man sich in Rohr, Vaihingen oder Stuttgart-Rot für weniger Geld ein größeres Haus mieten oder kaufen könnte. Es war ihr klar gewesen, daß Simon hier einziehen wollte. Er schob die Verbindungstür zwischen Wohn- und Eßzimmer auf, und als die spiegelnde Fläche des polierten Eichenparketts vor Leonie aufglänzte wie ausgelaufener Honig, sah sie den Zwilling dieser Wohnung vor sich. Es mußte gut fünfzehn Jahre her sein. Sie waren zusammen auf einer Party gewesen, bei einem Schulfreund, dessen Eltern übers Wochenende verreist waren. Das Fest fand im ersten Stock einer Villa in bester Halbhöhenlage statt. Simon war mit schnellen Schritten durch alle Räume gestreift, hatte Türen aufgerissen, obwohl dahinter offensichtlich etwas im Gange war, so wie im von gedimmtem Licht und durchdringendem Grasgeruch erfüllten Elternschlafzimmer. Leonie, die Simons rasche Ablenkbarkeit durch ihren Körper gerne austestete, war an diesem Abend nicht in der Lage gewesen, ihn zu fesseln. »Es hört einfach nicht auf, Wahnsinn.«

Das Mietshaus, in dem der 19jährige Simon mit seiner Mutter lebte, lag an der Hauptverkehrsader, die vom Marienplatz nach Heslach hineinführte. Im Erdgeschoß gab es einen Fleischgroßhandel, dessen orangefarbenes Schild einem schon von weitem entgegenbrüllte. In unmittelbarer Nachbarschaft befanden sich ein Waschsalon, ein portugiesisches Restaurant mit grünlichen Butzenscheiben und ein Zeitungskiosk, der ständig mit einem Scherengitter verrammelt war. Das dunkle Treppenhaus mit seinen fettigen Kunststeinstufen stank faulig. Die Fahrstuhltür schloß sich mit blechernem Knacken hinter Leonie wie der Deckel einer verbeulten Keksdose. Sie sah unter der braungelben Beleuchtung ihr Gesicht im Spiegel, zu stark geschminkt für den ersten Besuch in Simons sturmfreier Bude. Sie fror in ihrem wadenlangen Jeansmantel, den sie bis zum letzten Knopf geschlossen hatte, denn darunter war sie nackt bis auf eine Garnitur schwarzroter Polyesterunterwäsche. Ingrid, Simons Mutter, stand jetzt gerade in der Parfümerie auf der Königstraße und verkaufte Seifen und Body-Lotions. Leonie war froh, ihr nicht begegnen zu müssen. Im Flur empfing sie, neben dem erregten und erfreuten Simon, ein ausgeklappter Wäscheständer, auf dem seine Boxershorts neben Ingrids Leopardenslips Größe 42 trockneten. Eine Vase mit verstaubten Seidenblumen stand neben dem Telefon. Im Wohnzimmer waren zwei abgeschabte Kunstledersessel um einen Mosaiktisch gruppiert, in dessen Mitte wartete ein sauber ausgewischter Aschenbecher. Neben dem Fernseher erhob sich ein einziges schmales Regal. Hier wurden ein paar Simmel-Romane und ein Stapel Zeitschriften von einem deprimiert blickenden Porzellanpierrot am Umfallen gehindert. Ein verspiegelter Kleiderschrank verdoppelte die durchgesessene Schlafcouch, auf dem Boden daneben standen ein Wecker und eine halbvolle Flasche Mineralwasser. In der Küche war ein Fleischwolf an der brüchigen Arbeitsplatte festgeschraubt. Nur Simons Zimmer war eine Oase der Normalität mit beeindruckender Hi-Fi-Anlage und einem riesigen Plakat von Luc Bessons ›Le Grand Bleu‹.

Später streifte Leonie in einem von Simons Sweatshirts neugierig durch die Wohnung. Das Shirt war steif gebügelt und roch nach Weichspüler. Über Ingrids Schlafcouch hing ein einziges Bild: ein gerahmtes Schwarzweißfoto, das eine Landschaft in Luftaufnahme zeigte. Hügel, Wald, ein kleiner Fluß, die hingestreuten Würfel einer kleinen Ansiedlung im Hohenlohischen. Simon kommentierte von der Couch aus.

Die Mutter war wild, zu früh schwanger, süchtig nach der großen Stadt gewesen. Zu Hause hatte man sie rausgeworfen. Später hatte sie dann trotzdem ein heruntergekommenes Einfamilienhaus geerbt, in das sie, unterstützt von ihrem Sohn, jeden Pfennig steckte. Neues Dach, neues Sanitär, super Einbauküche, gemeinsam verdient, und wenn sie in Rente ging, konnte sie gleich einziehen.

In Leonies Elternhaus wurde trotz der lukrativen Tätigkeit ihres Vaters als Wirtschaftsprüfer nie über Geld gesprochen. Sie staunte über Simons Frühreife in diesem Punkt. Zudem stellte sich heraus, daß sein enges Verhältnis zu Ingrid mit ihrer neuen Beziehung kollidierte. So konnte sie sich nie am Sonntagnachmittag mit ihm verabreden, weil er sich dann mit seiner Mutter zum Kaffeetrinken traf und das nicht als lästige Pflicht, sondern als heilige Übung anzusehen schien. Von der Verhütungsfrage war er geradezu besessen. Er fing sogar auf dem Parkplatz der Sternwarte, den sie spätabends häufig ansteuerten, damit an: »Wenn du jetzt schwanger wärst, müßtest du es abtreiben. Ich könnte nicht dafür zahlen. Ich bin meiner Mutter schuldig, daß ich keinen Scheiß baue.« Obwohl Leonie spürte, daß sie sich Simon zugehöriger fühlte als jedem anderen Mann, der ihr zuvor nahegekommen war, gaben Sprüche wie diese für sie schließlich den Ausschlag, sich für das Grundstudium in Frankreich zu bewerben.

Ingrid konnte sich nicht einmal ein Ei in ihrer neuen Einbauküche kochen, nie den Blick über die Felder ihrer Kindheit durch die Isolierglasfenster genießen, die sie zusammen mit ihrem Sohn ausgesucht hatte. Während Leonie versuchte, in Montpellier über Simon hinwegzukommen, starb seine Mutter an einer Hirnblutung. »Sie war schon kalt, als ich sie morgens wecken wollte.«

Ein paar Monate nach Ingrids Beerdigung setzte Simon sich ins Auto und fuhr nach Montpellier in Leonies Studentenwohnheim. Seit einem dreiviertel Jahr hatten die beiden nicht einmal eine Postkarte ausgetauscht. Doch als sie sich wiedersahen, schien alles wie immer. Sie war gleich in seine WG am Ostendplatz eingezogen und zu ihrer letzten Prüfung an der Uni von Montpellier mit dem Zug angereist.

Was Ingrid wohl zu ihrer neuen Bleibe gesagt hätte? Leonie war im nachhinein davon überzeugt, daß sie sich gut verstanden hätten. »Wahrscheinlich bin ich die einzige Frau auf der Welt, die sich eine Schwiegermutter wünscht. Eine, die mir erzählt, wie Simon als Baby war. Wann er trocken gewesen ist und ob er bald durchgeschlafen hat. Ob Lisa und Felicia aussehen wie er. Das Heumadener Häuschen hätte ihr bestimmt gefallen. Ihr eigenes war ja so ähnlich.« Sie ist sich sicher, daß ihre Schwiegermutter die Constantinstraße zwar schick und edel, aber in jedem Fall zu teuer gefunden hätte. Ingrids und Simons gemeinsames Lebenswerk, Ergebnis eiserner Sparsamkeit und krummer Schulhofgeschäfte, war gut vermietet. Simon vermied es, häufiger als einmal im Jahr dort nach dem Rechten zu sehen. Er sprach nicht viel über seine Mutter. »Ein Jammer, daß du sie nicht kennengelernt hast, sie war schwer in Ordnung.« Leonie benutzt Ingrids gutes Service, eine schlichte Angelegenheit in Weiß und Blau, und baut sich ihr Bild zurecht aus Simons seltenen Auskünften.

Sie spült den letzten Bissen des schon hart gewordenen Brotes hinunter und schenkt sich Wein nach. Auf der Straße ist mehr los als sonst. Die letzten Gäste des Halloween-Fests bei den ›Zaunkönigen‹ kehren heim. Kleine Gruppen von Kindern und Jugendlichen in Verkleidungen stehen auf dem Gehweg und in den Hauseingängen. Durch das Getümmel führt der alte Herr Posselt von gegenüber seinen Hund spazieren. Es ist ein betagter Jagdhund mit silberbraunem Kurzhaarfell und leberfarbener Schnauze. Er hinkt ein wenig, zerrt aber immer noch so kraftvoll an der Leine, daß sein Besitzer ihm nur mühsam hinterherkommt. Posselt, ein mittelgroßer, sich sehr gerade haltender Mann, muß um die achtzig sein und sieht mit seinem weißen Schnurrbart und dem sorgfältig gebundenen Seidenschal immer noch vorzeigbar aus. Wenn die Mädchen sich, meistens auf dem Heimweg von St. Anton, auf Schlamper stürzen, läßt er die Leine locker hängen und tauscht mit Leonie Platitüden über das Wetter aus, die bei aller Zurückhaltung stets eine gewisse persönliche Aura tragen. Schlamper erträgt Felicias und Lisas unbeholfene Liebkosungen mit Geduld und stößt nur manchmal einen tiefen Atemzug aus, der wie ein Seufzer klingt.

Leonie sucht im Fach über dem Kühlschrank nach Süßigkeiten, denn ein paar Verkleidete werden bestimmt klingeln. Aus dem Wust von angebrochenen Kekspackungen, Brausebonbon-Armbändern und lose rollenden Kaugummikugeln fördert sie eine Tüte Schokoriegel ans Licht und legt sie griffbereit neben den Herd.

Die großen Fenster im Haus gegenüber sind von gelbem Licht erfüllt. Es ist jene Art von Beleuchtung, die einen bei Abendspaziergängen stehenbleiben und starren läßt, angezogen von fremder Wärme, von der Verheißung einer Privatheit, die die eigenen vier Wände niemals bieten können. Leonie tritt einen Schritt zurück und knipst die Deckenbeleuchtung aus. Dann stellt sie sich wieder auf ihren Posten, in vollem Bewußtsein, etwas Peinliches zu tun. Ein runder Tisch mit hummerroter Decke steht direkt am Fenster. Leonie sieht eine dampfende Schüssel, einen Brotkorb, tiefe blaue Teller, Kerzen, einen Strauß Astern und überlegt, ob sie und Simon überhaupt ein Tischtuch besitzen. Sie bejaht innerlich, es gibt die Weihnachtsdecke mit den tanzenden Nikoläusen. Gegenüber nimmt eine schlanke Frau mit langem schwarzem Haar zugereichte Teller entgegen und füllt auf. Es gibt Suppe. »Wir hatten immerhin auch eine Suppe heute abend«, denkt sie und starrt weiter ins nachbarliche Fenster. Zwei Kinder sitzen mit am Tisch, es sind Jungen im Alter von Lisa und Felicia. Sie haben Schlafanzüge an und löffeln konzentriert. Der Vater, ebenso blond wie seine Söhne, reicht eine Schüssel mit Salat herum. Die ganze Familie benutzt Stoffservietten in der Farbe des Tischtuchs. Leonie schaut auf die Uhr: »Wie lange die schon stillsitzen. Keiner ist aufgestanden, sie haben nichts umgeschmissen und sich nicht bekleckert. Und sie essen Salat.« Der Mann erzählt etwas, die Kinder hören aufmerksam zu. Über dem Tisch hängt ein moderner Lampenschirm aus Milchglas, die Wände sind gelb gestrichen. Auf dem Fensterbrett sind brennende Teelichte, große Steine und Blumen in Vasen und Töpfen arrangiert. Leonie kann aus diesem Ausschnitt, winzig wie das Türchen eines Adventskalenders, erkennen, daß der Haushalt gegenüber von einer Person geleitet wird, die den ganzen Tag zu Hause ist. In Heumaden gingen die meisten Mütter arbeiten, wenn auch nur stundenweise, denn die beigefarbenen Häuschen wollten vor Renteneintritt abbezahlt sein. Leonies Fünf-Tage-Woche war ungewöhnlich, aber nicht so exotisch wie hier im Lehenviertel. Im Kindergarten der Mädchen gibt es den Trend zum Drittkind. Die meisten der akademisch gebildeten Vollzeitmütter wirken zufrieden in ihrer Rolle als unbezahlte Putzfrau, Köchin und Chauffeuse. Simon ist stolz auf sein »Business-Babe« und hat sie immer unterstützt. Manchmal bügelt er Leonies Blusen, wenn sie zu müde ist. Ingrid sei Dank kann er einfache Gerichte kochen und merkt, wenn es irgendwo zu schmutzig oder unaufgeräumt ist. In letzter Zeit nimmt diese Art der Mithilfe allerdings ab. Er kommt jeden Tag später nach Hause. Und gegen den Mann im Nachbarhaus ist er ein Macho mit Abwesenheitsgarantie. Dieser wirkt mit seinen breiten Schultern und dem gutmütigen, vor allem aus Nase bestehenden Gesicht wie der kleine Bruder von Gérard Depardieu. Er erscheint zu den unmöglichsten Tageszeiten zu Hause, kommt mittags regelmäßig zum Essen, erledigt die Kehrwoche vor dem Haus, oft begleitet von seinen beiden Söhnen, die mit Miniaturbesen und emaillierten Kehrschaufeln hinter ihm herwackeln.

Wenn Leonie in das Fenster auf der anderen Straßenseite schaut, hat sie das Gefühl, ein Bilderbuch aufzuschlagen, in dem alles so ist, wie es sein soll. Sie gönnt sich den Anblick der heiligen Familie, wie sie die Nachbarn nennt, fast täglich. Wenn sie in ihr eigenes Leben zurückkehrt, verspürt sie Gewissensbisse, teils wegen ihrer Neugier, teils wegen ihres schlechten Abschneidens bei diesem unwürdigen

Wettstreit. Neulich hat sie versucht, zum Abendbrot wenigstens Sets aufzudecken und einen Salat anzubieten. Ihre Bemühungen endeten im Desaster: Felicia, begeistert über die Neuerung, zerrte ihr Set samt Teller und Becher zu Boden, um es genauer zu betrachten. Lisa lehnte die marinadetriefenden Blätter mit angeekelter Miene ab und fischte Tomatenstückchen mit den Fingern heraus. Simon kam mal wieder zu spät, und Leonie beglückwünschte sich selbst zum Kauf des Plastikgeschirrs.

Leonie weiß, daß die Frau Judith heißt, die Jungen Ulrich und Kilian. Sie erinnert sich, wie ihr Herz begonnen hatte schneller zu schlagen, als sie die Nachbarin mit dem jüngeren Kind zum ersten Mal aus der grün lackierten Haustür kommen sah, Hand in Hand und in ein Gespräch vertieft. Mit einem Blick registrierte Leonie die messingfarbenen Locken des Jungen, sein augenscheinlich gebügeltes weißblaues Sommerhemd und die hellen Shorts. Sie sah den Speckwulst an seinem Handgelenk und das fliederfarbene Kleid seiner Mutter, ihre helle Haut, das schwarze, hochgesteckte Haar über einem ovalen Madonnengesicht, ein geflochtenes Einkaufsnetz in der Hand.

Leonie hatte den Umzugskarton abgesetzt und die Nase kurz prüfend in den Ausschnitt ihrer Trainingsjacke gesteckt. Zum Glück hatte das Deo noch nicht gänzlich versagt. Sie griff sich mit gespreizten Fingern ins verschwitzte Haar, atmete tief durch. Der Karton mit dem roten Aufdruck der Umzugsfirma und Simons riesigen Druckbuchstaben »CDs: Abba, Elton John« blieb unter der Straßenlaterne stehen. Sie ging auf die beiden zu, die ihr fragend entgegenschauten. Leonie sprudelte ihren Namen heraus und die Umzugsgeschichte, gab Namen und Alter ihrer Töchter preis, fragte nach einem Spielplatz in der Nähe. Sie bekam eine schmale braune Hand gereicht, die für einen Hochsommertag überraschend kühl war, und ein paar Sätze im weichen Singsang des Honoratiorenschwäbisch, das hier gerne gesprochen wird. Simon, dessen Mutter alles getan hatte, um sich die Herkunft aus dem Hohenlohischen in der Landeshauptstadt nicht anmerken zu lassen, ließ den Kindern kein ›gell‹ durchgehen. »Ich bin Judith, und der, der sich da versteckt, das ist der Kilian. Kilian, komm mal raus und sag ›Grüß Gott‹.« Tatsächlich schob sich der Junge hinter den Falten des mütterlichen Kleides hervor, piepste seinen Gruß und blieb dann mit fest in den Stoff gekrallten Händen neben seiner Mutter stehen. Diese Vorstellung beeindruckte Leonie, denn Felicia hätte bei einer solchen Gelegenheit höchstens ein durchdringendes »Nein« hören lassen. Judith hatte leichte Knitterfältchen um Mund und Augen, die Leonie verrieten, daß sie ungefähr fünf bis sechs Jahre älter sein mußte als sie selbst. Die starken schwarzen Brauen waren nur wenig gezupft.

Leonie beugte sich zu dem Kleinen herunter. »Meine Mädchen werden sich freuen, wenn ich ihnen von dir erzähle, Kilian. Wenn wir eingezogen sind, kannst du uns besuchen.« Judith hatte sich eine Locke ihres Sohnes um den Zeigefinger gewickelt und lächelte. Jetzt ergriff Kilian das Wort. »Wir fahren morgen in die Ferien und müssen noch Pflaschter kaufen. Für mich und den Uli.« Sie winkten zum Abschied, und Leonie stieg mit ihrem Karton die Treppen hinauf, um Simon von der neuen Bekanntschaft zu erzählen. Die Stille dieser Straße mitten in der Stadt, Nâzıms Laden und jetzt noch Kinder zum Spielen genau gegenüber, das waren lauter Puzzlesteine, aus denen sich die neue Umgebung zu einem farbenfrohen Bild fügte – für sie selbst und ihre Mädchen, die sich nur schwer vom Heumadener Häuschen trennten.

Ein paar Wochen später trafen sie sich auf der Straße wieder. Das Gesicht der Nachbarin war sehr braun. Der volle Mund, dessen Winkel leicht herabhingen, leuchtete unter einem hellen Lippenstift. Lisa und der ältere Junge hatten gleich ein Gespräch angefangen und mit einem langen blauen Plastikband, das wohl von einer Paketverschnürung stammte, ein Spiel begonnen, in das auch Felicia und Kilian einbezogen wurden. Leonie fiel erneut auf, wie leise und behutsam die beiden Jungen im Vergleich zu ihren wirbelnden Mädchen waren. Judith erzählte begeistert von den italienischen Lebensmittelgeschäften und der Schönheit des Comer Sees. Eine Einladung zum Spielen wurde nicht ausgesprochen.

An einem Spätnachmittag im September sah Leonie Judith, ihren Mann und die Kinder hinter dem Haus verschwinden, als sie selbst endlich den Volvo in eine Lücke gekurbelt und einen Haufen Einkaufstüten auf den Bürgersteig gestellt hatte. Die Erwachsenen trugen ein Kaffeetablett und einen Korb, Kilian und Ulrich Stelzen und Ball. Vermutlich war dort hinten ein Hof, in dem man die Nachmittage verbringen konnte, ohne sich mit Sack und Pack auf einem öffentlichen Spielplatz herumzudrücken. Leonie wurde neidisch, denn bei ihnen gab es hinter dem Haus gerade einmal Platz für Mülltonnen und Fahrradständer. Sie wäre gerne hinterhergegangen, entschied sich dann aber für die zurückhaltende Variante: Die Neuen mußten zum Mitmachen aufgefordert werden. Sich aufdrängen kam nicht in Frage.

Der helle Dreiklang ihrer Türklingel reißt Leonie hoch. Das Weinglas ist fast leer. Sie geht durch den Flur zur Gegensprechanlage: »Süßes oder Saures!« schallt ihr eine krächzende Stimme entgegen. »Okay, kommt hoch. Dritter Stock!« ruft sie in den Hörer.

Die vier Jungen, die jetzt vor ihrer Tür stehen, kennt Leonie alle von den ›Zaunkönigen‹. Die zum lautlosen Schrei erstarrte Scream-Maske hat einer von ihnen in die dichten schwarzen Haare zurückgeschoben. Ein anderer verbirgt sich hinter dem zerfressenen Antlitz des Kürbiszombies, sein Nebenmann reibt sich die mit schwarzer Schminke verschmierten Augen. Der Wortführer der Bande ist dunkelblond. Er ist nicht verkleidet, als ob er seinem blassen Gesicht mit den schrägen blauen Augen und dem provozierend verzogenen Mund mehr zutraut als jedem Kostüm. Er richtet das Wort an Leonie: »Cool, daß Sie uns aufgemacht haben. Haben Sie keine Angst, so allein zu Hause? Wir könnten ja noch reinkommen, auf ein Gläschen.« Sein Gefolge macht große Augen, kaut dazu mit vollen Backen. In diesem Augenblick unterscheidet sie nichts von Lisas und Felicias Freunden aus St. Anton. Leonie läßt ihren rechten Fuß an der Wade des linken Beins hochgleiten, hält sich am Türrahmen fest, eine Ballerina in grünen Strumpfhosen. Sie kommt sich mindestens so alt vor wie Mrs. Robinson. Was sie wohl tun würden, wenn ich sie jetzt wirklich hereinbäte? Vermutlich die Flucht ergreifen. Sie grinst. »Das würde ich an eurer Stelle nicht tun. Mein Mann muß jeden Moment nach Hause kommen, und der macht Karate.« Sie wünscht sich, daß Simon jetzt wirklich die Treppe heraufkäme und ein paar seiner dummen Heslacher Prolesprüche losließe: »Wißt ihr auch, was ihr euch da vorgenommen habt? Die Frau, die hat zwei Kinder gekriegt, die schafft ihr nicht mal zu viert.« Darüber würden sie gemeinsam in ein pavianartiges Männerlachen ausbrechen. Dann würde Simon sie hochheben und ins Schlafzimmer tragen und sie würden miteinander schlafen, gekonnter und rücksichtsvoller als vor 15 Jahren, immer mit der Angst im Nakken, daß der Ruf »Mami, Papi!« jederzeit erschallen könnte.

Leonie verabschiedet die Jungen und geht zurück in die Küche. Gegenüber sind fast alle Fenster dunkel, bei Posselts brennt noch Licht, aber die haben dichte Gardinen, alte Schule. Die kleine Gang zieht weiter. Sie boxen einander in die Rippen, tänzeln hin und her, ziehen sich an den Jacken, einer springt dem anderen auf den Rücken und läßt sich ein Stück weit tragen, der Rest stürmt hinterher. Sie verschwinden im Dunkeln.

In der Diele auf dem Sideboard liegt der hellgelbe Umschlag. Leonie nimmt die Einladungskarte heraus. »Auch wenn es mitten in der Woche ist, ich werde nur einmal 35. Kommt und feiert mit wie früher – als ob's kein Morgen gäbe, mit Achtziger-Mucke und Eurer Conny. Tatort: Hexle, Tübingen.« Conny war die letzte Überlebende aus Leonies alter Tennisclique. Sie möchte unbedingt zu dieser Fete, nicht nur wegen Conny. Auch um den neuen Rock mit dem türkisblauen Zickzackmuster zu tragen, mit Simon zu tanzen und in einem Hotelzimmer bei vollem Tageslicht Sex mit ihm zu haben. Frau Kienzle, ihre Putzfrau, wird auf Lisa und Feli aufpassen und über

Nacht bleiben. Es war alles organisiert. Leonie wählt die Büronummer.

Er meldet sich gleich, knurrt nur ein kurzes Hallo. Leonie weiß, daß sie ihn aus irgend etwas herausreißt. Im Hintergrund knattert ein Drucker. »Ich bin's bloß. Brauchst du noch lange?« »Kann ich jetzt noch nicht sagen. Wahrscheinlich schon.« Seine Stimme klingt müde und genervt. Sie ahnt, daß es nichts bringen wird weiterzusprechen, aber sie tut es doch. »Ich wollte dich noch fragen, Connys Party, klappt das morgen abend?«

Simon seufzt schwer, nicht ungeduldig, sondern als ob ihn ein verborgener Schmerz quält. »Morgen ist schwierig. Gündert hat ein Meeting angesetzt, es geht um die Evaluation. Ich tu, was ich kann, Baby. Ich mach jetzt Schluß, tschau.« Ohne ihre Antwort abzuwarten, hängt er auf. Leonie horcht dem Freizeichen nach. Am liebsten möchte sie einstimmen in den monotonen Klageton aus dem Hörer. Sie weiß, daß Simon das Gespräch beendet hat, um der Wiederholung ihrer ersten Frage auszuweichen: Brauchst du noch lange? Es ist klar, daß sie schlafen wird, wenn er die Wohnung betritt. Die Nachttischlampe wird noch brennen, und Leonie wird mit geschlossenen Augen wahrnehmen, wie er neben sie schlüpft und sie an sich drückt, erschöpft und ohne jedes Verlangen. Sie geht in die Küche und schenkt sich noch ein Glas Wein ein.

Judith

»Mein Eimer ist voll, Mama!«

»Meiner auch!«

Ulrich und Kilian rennen auf Judith zu und kippen das zusammengerechte Laub aus ihren Blecheimern auf den Blätterberg, den sie in der Mitte der Wiese aufgetürmt haben. Sie schaut ihre Jungen an und genießt den Anblick. Sie tragen bunte Strickmützen, Filzjacken mit Holzknöpfen und derbe Lederstiefel. Ihre Augen glänzen, die Gesichter haben die Färbung verwaschener Sommerbräune, über der das Rot von Aufregung und Bewegung an der frischen Luft liegt.

Seit fast zwei Stunden arbeiten sie im Gärtle. Judith sitzt auf der Bank neben den Rosen. Es sind alte Büsche mit verholzten Stämmen, selbst die schmalsten Triebe sind mit Dornen besetzt. Dazwischen hängen die Hagebutten wie kleine Lampions. Über den hölzernen Klapptisch hat Judith eine karierte Decke gebreitet, darauf stehen ein Teller mit Äpfeln und Judiths verbeulte Thermoskanne. Zu Hackstraßenzeiten war sie, mit starkem Kaffee gefüllt, ihre ständige Begleiterin durch den Uni-Alltag. Heute enthält sie Früchtetee. Die Kinder rennen durch den Blätterberg. Der neblige Morgen ist einem sonnigen

Nachmittag gewichen. In neun Wochen ist Weihnachten, und der Himmel ist von einem so durchscheinenden Hellblau, als ob hinter ihm schon Schneewolken warteten.

Das Gärtle ist nicht groß. Vielleicht 200 Quadratmeter liegen zwischen der Rückseite des Hauses, in dem Judith und Klaus mit den Kindern wohnen, und der nächsten Häuserreihe, die auf die vielbefahrene Olgastraße zeigt. In der Lücke dazwischen, gefüllt mit betonierten Höfen mit Parkplätzen und Müllcontainern, ist das Gärtle eine der letzten grünen Stellen. Im Geviert der hohen Sandsteinwände bleibt Wärme lange stehen. Im Sommer kühlen lange Schatten. Judith hat hier unten ein beschütztes Gefühl, wie im Innenhof einer Burg. Die Mauern verhindern, daß der Blick schweifen kann. Es gibt nur den Himmelsausschnitt, über den Wolken, Vögel und Flugzeuge ziehen. Ein Himmel, der über allen aufgeht und nichts verrät. Er könnte genausogut über einer anderen Stadt, einem anderen Land liegen. Klaus lästert manchmal über das »Knastgärtle«. Judith lacht dann mit, verrät ihm nicht, daß ein einzig vom Horizont begrenztes Stück Land ihr nicht die gleiche Geborgenheit vermitteln könnte wie dieser von fünfstöckigen Altbauten eingefriedete Stadtgarten. Die Mumie aus der Hackstraße ist dann wieder da, die sich verkriechen und den Sarkophagdeckel über sich zufallen lassen möchte. Auch wenn Klaus inzwischen viel über Judith weiß, hat sie ihm nie davon erzählt. Ihren Entzug in dem Bett mit der grün glänzenden Überdecke tarnte sie als Serie schwerer Kreislaufzusammenbrüche, ließ sich Wasser, Kamillentee und Knäckebrot bringen, um dann irgendwann wieder aufzustehen und mit reduzierter Tavordosis schwanger zu werden. Die Tabletten stehen im Medizinschränkchen im Bad, neben Globuli, Meerwassernasentropfen und Heftpflaster. Sie nimmt jeden Abend welche, manchmal mehr, manchmal weniger. Biotin steht auf dem Gläschen: für Haare, Haut und Nägel.

Die schwachen Sonnenstrahlen wärmen Judiths Gesicht. Wahrscheinlich ist es der letzte Tag, an dem das Sitzen hier draußen möglich ist. Sie hört die Stimmen der Kinder. Sie stellen ein Märchen aus dem Kindergarten nach: Rumpelstilzchen. Uli gibt Regieanweisungen, Kilian befolgt alles bereitwillig. »Heißt du vielleicht Rippenbiest, Hammelwade oder Schnürbein?« Sie lachen über die Namen, neue Varianten werden probiert. Auch bei Niesel und Kälte blieben sie draußen, um die dünne Eisschicht der ersten Nachtfröste in der Regentonne zu zerhacken, mit alten Kochtöpfen und Holzlöffeln eine Matschsuppe zu rühren oder in der Sandkiste Zwergenhöhlen zu bauen. Dies alles in Frieden zu tun wäre auf dem Kinderbauernhof um die Ecke nicht möglich. Das Gelände ist schön, aber Judith mißtraut der Klientel bei den ›Zaunkönigen‹. Das Gärtle hingegen ist fast wie ein weiteres Zimmer. Hier beobachten Kilian und Uli, wie sich Krokusse, Schneeglöckchen und die Tulpenblätter, spitz wie Papiertüten, aus der Erde bohren, sie sehen, wie an Bäumen und Sträuchern ledrige Knöpfe sich zu klebriggrünem neuem Laub entfalten, warten auf die Rückkehr der Stare. Die struppige Wiese wird ringsherum eingefaßt von einer schmalen Rabatte, auf der die Rosen-Veteranen ihre letzten Blüten zeigen. In jeder Ecke steht ein schmächtiger Obstbaum: Apfel, Zwetschge und Birne sowie ein prächtiger Holunderbusch, dessen schwarzbehangene Dolden ab September Amseln und andere Singvögel in erstaunlicher Zahl anlocken. Ihr violetter Kot kleckert auf die hölzerne Einfassung der Sandkiste und das Dach der kleinen Hütte, in der sich die Kinder neben Gartengeräten und Gießkannen ein Spielhaus eingerichtet haben. Aus der Mauer ihres Hauses, direkt unter Posselts Wohnzimmerfenster, kommt ein Wasserhahn, an den Judith oder Klaus im Sommer einen roten Schlauch anschließen, um Uli und Kilian Badefreuden zu verschaffen und die Pflanzen zu wässern. Jedes Kind besitzt ein kleines Beet. Bei Kilian stehen noch ein paar Ringelblumen, die im Schutz der Hauswände nächtliche Minusgrade überlebt haben.

Judith schließt die Augen und legt den Kopf in den Nacken. Immer wieder stehen Nachbarn am Fenster und schauen auf sie und die Kinder herunter. Denen, die sie kennt, es sind wenige, winkt sie zu, die anderen ignoriert sie. Sie spürt ihren Neid und denkt kurz daran, wie sie selbst gierig aus dem dritten Stock auf dieses eingemauerte Stück Paradies geblickt hat.

Sie hat den Garten für ihre Kinder erobert, strategisch von dem Augenblick an, als ihr Bauch sich über dem amphibienhaften Uli zu wölben begann. Damals lehnte sie stundenlang im Schlafzimmerfenster, die Arme auf ein Kissen gestützt, starrte ins Grüne hinunter und stellte sich eine Hängematte vor, in der sie mit dem Säugling an ihrer Brust schaukelte, während Blätterschatten grünlichgolden über sein Gesicht strichen. Die staunenden Augen verfolgten den Weg der Hummeln, die durch den blühenden Efeu taumelten, nackte Füßchen machten ihre ersten Schritte im Gras, nicht auf Asphalt und Stein.

Judiths Idylle wurde regelmäßig gestört durch Herrn Posselt, der mit einem mechanischen Rasenmäher versuchte, das schon kniehohe Gras zu stutzen. Er trug helle Bermudas, die verhornten gelblichen Füße steckten in Flechtsandalen. Über die mageren, weißen Unterschenkel krochen die Krampfadern wie blaue Regenwürmer und ballten sich in den Kniekehlen zu Nestern. Sie wurde gestört durch Frau Posselt und ihr mit linsenförmigen Muttermalen übersätes, locker hängendes Fleisch im ärmellosen Sommerkleid, durch schleimiges Husten über einem Tablett mit Keksen und Nescafé in Henkelbechern. Am schlimmsten fand es Judith, wenn die beiden in ihren Liegestühlen einschliefen. Dann sackten die Köpfe zur Seite oder gar in den Nacken wie bei Unfallopfern, Glieder hingen schlaff herunter, Münder standen offen, Speichel floß. Das hintergründige Brummen des Verkehrs auf der Olgastraße schluckte die feineren Geräusche im Garten, aber Judith war sich sicher, daß beide schnarchten.

Frau Posselts Klagen über die anstrengende Gartenarbeit fanden bei Judith ein offenes Ohr. Klaus' sporadische Mäh- und Jätetätigkeiten wurden zu regelmäßigen Gartenstunden. In die Zivilisationskritik der Greisin – »Wie die Kender heut aufwachset, die habet ja koi Eckle mehr, wo sie frei rumspringe könnet. Da hatten mir's früher besser« – stimmte sie ohne Zögern ein. Und schließlich sagte Frau Posselt: »Frau Rapp, wenn Ihr Babyle dann da isch, machet mir ein Gschäft, mir beide. Wenn Sie net die halb Nachbarschaft vor unserm Stubenfenschter umeinanderhopfe lasset, dann sag ich, und mein Mann sowieso, nehmet Sie das Gärtle für Ihre Familie.«

Judith hielt sich an die Abmachung mit der alten Dame und lud höchstens einmal in der Woche andere Kinder zum Spielen dort ein. Eine Ausnahme bildeten die Geburtstage von Ulrich und Kilian, die beide Anfang September auf die Welt gekommen waren. Dann gab es ein Fest im Garten. Sie liehen sich Bierbänke, hängten Lampions in die Bäume und luden Großeltern, Paten und Geschwister ein, die alle begeistert herbeiströmten. Judith kochte und backte. Es gab eine sanfte Obst-Bowle, Apfelkuchen und große Bleche mit Quiche und Pizza. Von den Fenstern aus sah man auf die weißgedeckten Tische, die Luftballons und die bunten Lichter im Gebüsch. Die Posselts und Schlamper kamen auch und spazierten ein wenig verloren durch die Schar der Feiernden: Ausgewanderte, die nach einem halben Jahrhundert in die fremd gewordene Heimat zurückkehren, sich zögernd an ehemals vertrauten Dingen entlangtasten: »Schau nur Luise, wie der Boskop auf einmal trägt!«

»Mama, Mama, guck mal, was ich hab!« Uli kommt aus dem Gebüsch, in der Hand eine Flasche. Auf dem halb abgepellten Papierschild faucht ein Drachenkopf: Wodka mit Flavour, knallrot eingefärbt. Über den gewölbten Boden schwappt ein Rest der leuchtenden Flüssigkeit, und Uli hat in Windeseile den Schraubverschluß entfernt und die Nase hineingesteckt. »Es riecht nach Gummibärchen!« Kilian kommt herangewackelt, »Uli, was hast du da, darf ich auch?« »Halt, Finger weg!« Judith kreischt, der Junge läßt die Flasche fallen, die Augen weit aufgerissen. Seine Unterlippe zittert, so rasch ist sie von ihrer Bank aufgeschnellt, reißt den Fund an sich und versenkt ihn tief im Grüngutsack. Ihr Herz klopft in der

Kehle, sie fühlt nur Wut, auch auf sich selbst. Wie konnte sie das übersehen!

Uli streckt die Hände aus: »Mama, war das Gift? Darf ich mal anschauen, nur ganz kurz, ich trink auch nichts, ich weiß ja, wie das geht, von Schneewittchen, aber da hat die böse Königin das Gift ja in den Apfel getan und ...« Judith schüttelt den Kopf, ihr Haar fliegt. »Ich hab es weggeschmissen und Schluß. Das ist nichts für dich. Geh zurück zu deinem Bruder. Ihr sollt nicht im Gebüsch rumkriechen. Schau mal deine Hose an.« Ihre Stimme ist laut und schrill. Sie haßt sich für ihr Benehmen und das Unverständnis in Ulis Augen. Er trägt Gartenhosen, die dürfen immer dreckig werden. Auch Kilian macht eine Armsündermiene, er läßt den Kopf hängen wie sein großer Bruder. Sie spüren genau, daß etwas faul ist, denkt Judith. Sie schämt sich, aber sie hat sich entschieden. Also steht sie auf, nimmt an jede Hand ein Kind und geht mit ihnen an die Rabatte, pflückt ein paar Astern. »Schau mal Uli, das gibt einen schönen Strauß für euer Zimmer. Hier ist noch ein Phlox, und ein Zweig Hagebutten würde gut dazu aussehen.« Sie schneiden eine Efeuranke ab und binden das Bukett mit einem langen gelben Grashalm zusammen. Uli atmet tief durch.

Kurz vor dem Mittagessen hatte Judith eine Anzahl vom Regen aufgeweichter Knallfrösche und ungefähr zehn an der Hauswand und am Wohnzimmerfenster der Posselts zerschellte Eier sowie mehrere ausgequetschte Tuben Senf und Zahnpasta in aller Stille weggeschafft, auch das Fenster der alten Leute mit Salmiakgeist wieder saubergerieben. Die Verwüstung war ihr aufgefallen, als sie die Betten zum Lüften über die Fensterbank gelegt hatte. Schleimiges Eiklar trielte von Posselts Panoramascheibe auf den Plattenweg. Die teilweise noch erhaltenen Dotter hatten pupillenlos aus dem feuchten Gras zu Judith emporgestarrt und den Brechreiz der Kindheit zurückgebracht, wenn die Mutter als schnelles Mittagessen »ein Ochseaug'« briet, das Judith dann mit der Gabel anstechen sollte.

Beim Blick in das Wohnzimmer der Posselts wurde Judith klar, daß sie diese Arbeit nicht aus Gefälligkeit gegenüber den alten Nachbarn tat, sondern, um die gestörte Ordnung wiederherzustellen. Sie sah Gummibäume und Philodendron auf der Fensterbank sich gegen die Scheibe drücken, daneben die angelaufene Messinggießkanne und weiter hinten das Dunkel der geprägten Tapeten, braunen Samtsessel und verschlungen gemusterten Orientteppiche. Der schlafende Schlamper lag in seinem Korb, die Schnauze auf den gekreuzten Vorderläufen. Der lange Rükken des Tieres hob und senkte sich regelmäßig. Es war kurz vor zwölf. Posselts aßen bestimmt in ihrem Eßzimmer, das auf die Olgastraße zeigte. Heute war Mittwoch, also gab es dort Buchteln mit Mohnfüllung. Das Rezept stammt wie Herr Posselt aus dem Sudetenland. Die lange und wirre Geschichte von Wenzel Posselts Odyssee aus Böhmen nach Stuttgart kannte Judith genau. Auch die Anfeindungen, denen seine Frau ausgesetzt war, als sie ihr urschwäbisches »Läpple« gegen den Flüchtlingsnamen tauschte. »Er war halt einfach der Charmanteste, da konnte kein Schwab dagegen an.« Frau Posselts Kämpfe mit den Finessen der böhmischen Küche waren Judith vertraut. »Noch nie hat ich so ein Zeugs kocht, niemand konnt es mir zeige, kei Schwiegermutter, die man frage konnt. Der Wenzel hat versucht, immer wieder, den Kopf gschüttelt und glacht. Und jetzt wechslet mir ab: montags gekochtes Rindfleisch mit Krensoß, dienstags Linsen mit Spätzle, Mittwoch Buchteln, Donnerstag Gaisburger Marsch …« Judith wußte nicht, warum sie diese Dinge behielt, die ihr Gedächtnis belasteten. Und doch durften sie dort nisten und anderes verdrängen. Frau Posselts böhmisch-schwäbischer Speisezettel und ihr endloses Paddeln in einem Ozean trüben Geschwätzes waren immer noch angenehmer als Rückblicke in die eigene Vergangenheit. Judith fetzte wütend Tücher von der Küchenrolle und beseitigte die Verunreinigungen. Es war ihr Garten, in den man eingedrungen war, der Platz ihrer Kinder, den irgendwelche verwahrlosten, fernsehsüchtigen Monster geschändet hatten.

»Mama, dürfen wir jetzt die Gutsle haben, bitte?«

fragt Kilian und legt den Kopf schief. Sein rechter Fuß scharrt im Gras. Uli steht ein paar Meter hinter ihm und grinst. Judith weiß, daß er den kleinen Bruder vorgeschickt hat. Sie bewundert die beiden. Wie schnell sie sich auf etwas Neues einlassen, an der Giftflasche vorbeidenken können. Sie hofft, daß auf den zisilierten, fein gedrehten Strängen ihrer DNA ihre eigenen Gene – sie stellt sich violette bis schwarz leuchtende Stäbchen vor, phosphoreszierend wie die Tischbeleuchtung in einem Club – weitgehend ausgemerzt sind. »Ich hab's doch gesagt, die gibt's erst, wenn der Mattis kommt. Schaut mal, ob im Häusle auch nichts fehlt! Hat jeder einen Teller und eine Tasse?« Die Brüder stürzen in die Hütte, um die Tischordnung zu überprüfen, denn in einer Viertelstunde sollen Mattis und seine Mutter Hanna kommen.

Sie wohnen nebenan. Ihr Haus ist ein glatt verputzter Zweckbau der Fünfziger, kleinfenstrig, vierstöckig, typisch für eine Bombenlückenbebauung, zum übrigen Bild der Straße passend wie ein toter Zahn im gesunden Gebiß. Judith kennt Hanna und ihren lebhaften Sohn schon lange. Sie treffen sich häufig auf der Straße. Judith erfährt dann die neuesten Schreckensmeldungen über Mattis' letzten Krankenhausaufenthalt und die derzeitige Therapie. Mattis geht in den katholischen Kindergarten oben in der Sonnenbergstraße, ist aber trotzdem regelmäßiger

Besucher im Gärtle und darf auch im Kinderzimmer zum Erstaunen und zur Freude von Judiths Söhnen Aufruhr im Ostheimer-Bauernhof verursachen: »Los, wir schießen auf den Ochsen, der fällt um, und dann kommt eine Bombe durch das Dach, das knallt dann runter auf die Schweine, und der Bauer, der stürzt in die Todesfalle, das Schwein und die Kuh hinterher …«

Hanna ist offensichtlich dankbar und hilfsbedürftig. Dazu kommt, daß Uli und Kilian den wilden Springteufel, wie Judith Mattis insgeheim getauft hat, gern haben. So landet hin und wieder ein Zettel im nachbarlichen Briefkasten: »Kommt doch heute nachmittag ins Gärtle, wir sind da.« Daß Mattis, dessen winziges Kinderzimmer neben dem üblichen Holzspielzeug auch Playmobil und zahlreiche überdimensionale Stofftiere beherbergt, nur als Gast, keinesfalls als Gastgeber auftreten darf, ist eine stillschweigende Übereinkunft, an der Hanna noch nie gerüttelt hat. Mattis' Gesundheitszustand sorgt ohnehin dafür, daß nur jede dritte Verabredung zustande kommt.

Judith spürt ihre eigene Aufgehobenheit, wenn sie Hanna mit ihrem Kind blaß und hektisch die Straße entlanghetzen sieht, wenn sie, unterstützt von ihrer Mutter, den wöchentlichen Großeinkauf aus dem Kofferraum ihres alten Renault wuchtet und sich dabei unter deren Wortschwall duckt wie unter einer kalten Dusche. Die Tatsache, daß diese Frau alles alleine bewältigen muß, niemanden hat, auf den sie Verantwortung abwälzen kann, erfüllt sie mit Bewunderung und Furcht. Sie weiß genau, daß sie nicht in der Lage wäre, ihre Jungen ohne Klaus' Hilfe zu erziehen, zu ernähren, daß ihre Lebensform eine aussterbende ist: Alleinverdiener in Hausfrauenehe. Wenn sie Mattis und Hanna stundenweise in ihre Welt Einlaß gewährt, hat sie das Gefühl, bösen Mächten ein Opfer zu bringen. Und es ist wirklich ein Opfer, die fernsehgeschulten Kampfschreie aus dem sonst so friedlichen Kinderzimmer zu hören, in die ihre Jungen einstimmen, als hätten sie nie etwas anderes getan. Es ist ein Opfer, von Hanna, die an Judiths Eßtisch sitzt und den Tee vor sich kalt werden läßt, tief hineingezogen zu werden in das Leben eines Familientorsos. Judith schiebt den Kuchenteller in Hannas Richtung, in der Hoffnung, sie werde zugreifen, sich von selbstgemachter Rüblitorte den Mund stopfen lassen, ein Bollwerk aus Möhrenraspeln, Haselnüssen und Zimt gegen weitere Botschaften aus dieser tristen Welt. Natürlich funktioniert das nicht. Hanna spricht von laktosefreiem Joghurt und Sojamilch, von schwallartigem Erbrechen und wäßrigem Stuhlgang. Judith nickt und murmelt, dann schiebt sie ein Lob für Hanna ein, weil sie nicht weiß, was sie antworten soll. Eine leichte Röte zieht über Hannas blasses Gesicht, sie lächelt, ein seltener Anblick:

»Ja, das sagen alle, daß die Mutter das meiste leistet. Nur meine Mutti glaubt das nicht so richtig.« Vielleicht sollte sie hier einhaken, Hanna aus der Reserve locken. Vielleicht möchte sie ihr Herz ausschütten, über die Mutter sprechen, die sicher viel für ihren Enkel tut, aber anscheinend ein Problem für ihre Tochter ist. Da kommt Mattis aus dem Kinderzimmer, ein riesiges, aus Matador-Holzklötzen zusammengehämmertes Gewehr in der Hand, rote Flecken auf den Wangen und das Nackenhaar dunkel von Schweiß. Er legt seiner Mutter das Werk in den Schoß: »Schau, das hat der Uli mit mir gebaut!« Judith erschrickt über die Präzision, mit der ihr Ältester aus dem seit über hundert Jahren bewährten Bausatz, aus dem sonst Tiere und Gebäude aller Art entstehen, eine Waffe konstruiert hat. Sie erschrickt über Abzugshahn und Magazin, die Mattis jetzt fachmännisch erläutert, erschrickt so sehr, daß sie nur aus den Augenwinkeln registriert, wie Hanna sich von ihrem Sohn abwendet und jetzt den Kuchen ißt, den Tee trinkt, kommentarlos, den ganzen Körper von Mattis wegdrehend, ein einziges »Hm« in seine Richtung, bis Kilian und Uli kommen und ihren Gast wieder ins Kinderzimmer ziehen.

Judith hat eine Abneigung gegen Mattis' Oma, die laut, dicklich und mit Couperose auf den Wangen über das Schicksal ihres einzigen Enkels klagt und die alternative Ernährung für seine Krankheiten verantwortlich macht. Ihre eigene Schwiegermutter mußte zwar auch überzeugt werden, zu Weihnachten keine Plastikkräne oder Teletubby-Figuren zu schenken, ist aber hilfsbereit und freundlich und mischt sich nicht über Gebühr ein. Sie bewundert Judiths Einsatz im Haushalt und die Gesundheit der Kinder: »Es wird schon was dran sein an der Waldorf-Erziehung.« Judith ist dankbar dafür, daß ihre Kinder mit der homöopathischen Hausapotheke auskommen. Nie stellte sich die Frage nach Stärkerem, Antibiotikum etwa oder Kortison. Was würde sie tun, wenn sich diese kleinen Körper im Schmerz aufbäumten, wenn Fieber nicht mehr ein unentbehrlicher Helfer beim Gesunden, sondern Lebensgefahr bedeutete?

Judith sieht auf die Uhr, es ist schon halb fünf. Die Mauern färben sich dunkelgelb, dann rötlich. Bald wird es dunkel sein. Ab fünf ist Aufräumzeit im Gärtle. Klaus wird dazukommen, dann gibt es Abendbrot. Sie gestattet den Jungen nun doch einen Griff in die Keksdose und überlegt. Hanna ist bestimmt bei der Arbeit aufgehalten worden. Mattis' Kindergarten hat bis fünf Uhr geöffnet. Die Jungen werden enttäuscht sein. Gerade als sie darüber nachdenkt, mit Uli und Kilian ein Ballspiel anzufangen, hört sie aufgeregte Stimmen, hohes Zwitschern, eindeutig kleine Mädchen. Da kommen sie auch schon um die Hausecke gerannt und laufen über die Wiese zur Sandkiste. Sie tragen identische Jeansröcke mit aufgestickten Blumen, Lackstiefel mit pinkfarbenem Fellfutter und leuchtende Steppjacken. Von Mützen und Schals hängen viele tanzende Bommel. Was sie anhaben, könnten auch Sechzehnjährige tragen. Die Rökke enden weit oberhalb der Knie und zeigen Beine in rosa Wollstrumpfhosen. Die Mädchen beginnen sofort mit der Eröffnung eines Restaurants. Sie räumen begeistert Löffel, Töpfe und Siebe aus der Holzkiste, die Ältere kommentiert laut jeden Gegenstand: »Das ist der Mixer! Und hier die Fritteuse, da machen wir Pommes!« Sie brüllen den erstaunten Ulrich aus der Hütte, der zuerst stutzt, dann aber grinst und mit Kilian an der Hand dazukommt.

Leonies rotes Haar leuchtet vor dem Hintergrund der efeuüberwucherten Hausmauern. Sie trägt ein Kostüm, dazu einen hellen Tweedmantel und Stiefel mit hohen Absätzen. Über der Schulter baumelt eine Lederaktentasche. Mit schnellen Schritten kommt sie durch das Gras auf Judith zu. Judith ist gespannt, ob sie im feuchten Grund einsinkt, aber sie setzt die Füße so geschickt, daß sie ohne jedes Malheur neben ihr auf der Bank zu sitzen kommt. »Ich wollte immer bei euch anrufen, aber es hat irgendwie nie gepaßt. Ich hab gedacht, wir schauen einfach vorbei. Der ist ja wunderschön, der Garten, das erwartet man gar nicht hier hinten. Traumhaft, mitten in der Stadt! Und eine Sandkiste habt ihr auch!«

Judith mustert Leonies Gesicht, die geschminkten

Lippen, das helle Make-up und die zarten rosa Flekken am Hals. Sie merkt, daß ihre Nachbarin sich nicht so locker fühlt, wie sie tut. Im Gegensatz zu ihren Kindern ist es für sie nicht selbstverständlich, hier hereinzuplatzen. Ich habe sie mit Absicht nicht eingeladen, und nun sind sie doch gekommen. Judith atmet tief durch. Sie haßt Überraschungen. Mattis und Hanna sind immer noch nicht da. Sie schaut unauffällig auf ihre Armbanduhr. Das wird heute auch nichts mehr. Zwischen Sandkiste und Hütte hat sich ein reges Treiben entwickelt. Uli und Leonies Ältere haben das Kommando übernommen und schicken die beiden Jüngeren abwechselnd als Kellner und Gäste herum. Hagebutten, Sandkuchen und Steine werden serviert. Uli wickelt mit Hilfe von Gräsern Maultaschen aus Efeublättern zusammen, füllt Matsch hinein, Lisa versucht, es ihm nachzumachen. Mit Stolz sieht Judith, wie liebevoll Kilian auf die jüngere Felicia eingeht. »Wir haben eigentlich Besuch erwartet, das Nachbarskind«, Judith nennt mit Absicht keine Namen, »aber anscheinend sind sie verhindert. Möchtest du einen Tee?« Das Öffnen der Kanne, der Griff in den Weidenkorb zu ihren Füßen, der Aufbau von Tassen, Löffeln, Papierservietten, der Blechdose mit Gerstenmalzwürfeln gibt ihr das Gefühl von Sicherheit zurück, zumal sie Leonies Bewunderung dafür spürt, hier draußen die Utensilien für ein Teekränzchen hervorzaubern zu können.

In der Sandkiste sind Felicia und Kilian aneinandergeraten. Beide heulen laut. Judith kann nicht erkennen, worum es geht. Leonie steht sofort auf. »Feli, was ist los?« Sie übersetzt das Geheule ihrer Tochter. Kilian steht bockig daneben. »Du willst nicht der Gast sein? Was willst du dann sein? Die Köchin? Und Kilian?« Er brummelt vor sich hin. »Auch der Koch?« Leonie geht vor den beiden in die Hocke, sie kümmert sich nicht um ihre Stiefel oder den Mantel. »Wißt ihr was? Ich bin der Gast, ich habe furchtbar Hunger. Und ihr kocht mir was. Was gibt es denn bei euch zu essen?« Kilian lacht schon wieder. »Maultäschle und Spätzle und Ofenschlupfer!« Felicia piepst hinterher: »Und Puddi!« Sie läßt die Hand ihrer Mutter nicht los. Die beiden älteren Kinder kommen dazu. »Ich will auch mit dir was kochen!« ruft Uli. »Ich auch!« schiebt Lisa hinterher. Leonie greift nach dem Eimer, den Uli ihr hinhält. Sie füllt Förmchen und benutzt den großen Holzlöffel. Ihre Nase glänzt, sie lacht. Uli redet eifrig auf sie ein, zeigt ihr die Sandelsachen. Daß eine Erwachsene an ihren Spielen teilnimmt, in eine Rolle schlüpft, Anweisungen befolgt, ist für Judiths Kinder neu. Es gefällt ihnen, sie lachen und reden wie aufgezogen. Dabei haben ihre Gesichter einen skeptischen Ausdruck, als erwarteten sie, daß diese Situation jederzeit umschlagen könnte in etwas Unberechenbares, der Besuch sich verwandeln könnte in ein zwielichtiges Wesen. Judith bastelt zu

Hause mit den Jungen. Sie pressen Blätter, flechten und weben. Sie läßt sich auch von ihnen bei der Hausarbeit helfen, wenn sie Lust dazu haben, aber sie spielt nicht mit ihnen. Die Kinderwelt, in der ein paar Kissen und Stöcke die Traumlandschaft eines ganzen Tages stellen können, ist heilig. Sie darf nicht durch die Vorgaben der Erwachsenen gestört werden. Und auch im Waldorfkindergarten stehen die Erzieherinnen nur als Modell zur Nachahmung bereit, arbeitend wie eine Mutter des 19. Jahrhunderts in Haus und Garten, mit Getreidemühle, Rührschüssel, Waschbrett. Wenn die Kinder wollen, können sie sich beteiligen.

»Hmm, wie lecker! Ihr habt gut gekocht. Ich will noch mehr!« ruft Leonie und klopft sich auf den Bauch. Die Kinder schleppen sandgefüllte Gefäße herbei, sie reißen Laub und Blüten ab und legen alles vor Leonie nieder. Judith muß an Eingeborene denken, die ihr Götzenbild bedienen. Trotzdem gefällt ihr, wie Leonie mit ausgestreckten Beinen auf der Sandkasteneinfassung sitzt, wie sie die Augen schließt und genießerisch schnuppert, als Uli ihr dicke Matschkugeln auf einem Efeublatt dicht unter die Nase hält. Gleichzeitig weiß sie, daß der ungewollte Besuch der Nachbarin Störungen bringen wird. Lisa und Felicia haben abwaschbare Glitzer-Tätowierungen auf den Handrücken, Kaugummis in den Backentaschen. Ab und zu ziehen sie lange rote Gummiwürmer aus ihren Steppjacken und teilen sie mit den Jungen. Die schmatzen begeistert, der Geruch von Erdbeeraroma breitet sich aus. Kilian zupft an Leonies Bettelarmband: Ernie, Bert, Krümelmonster und Grobi klimpern silbrig-bunt um das sommersprossige Handgelenk. Judith besaß in der Hackstraße eine Hello-Kitty-Umhängetasche. »Wer sind denn die?« Unterstützt von ihren Mädchen, erzählt Leonie von der Sesamstraße. Sie staunen, als Uli ausruft: »Wir haben keinen Fernseher!« Heute abend wird es wieder Fragen geben, zwischen zwei Brotbissen, vom Klositz aus gerufen und unter der Bettdecke hervorgeflüstert. Fragen, die zu beantworten Kraft kostet, die Unsicherheit und Verwirrung stiften, vielleicht auch Zweifel wecken, darüber, daß Judith ihre Kinder von vielen Dingen so lange wie möglich fernhalten will. Judith kippt den kalt gewordenen Früchtetee hinunter. Er schmeckt sauer und läßt Speichel strömen. Am liebsten würde sie ausspucken. Sie ärgert sich über Hanna. Warum kommt die blöde Kuh nicht pünktlich? Dann hätte sie Leonie elegant abwimmeln können. »Schau, wir haben Besuch, vielleicht ein andermal.« Und die Rothaarige sitzt da und läßt sich begaffen, merkt nichts. Uli berührt vorsichtig ihre schimmernde Strumpfhose: »Warum bist du so schön?« Sie bringt alles durcheinander, fragt nicht einmal, ob Kilian und Uli Süßigkeiten essen dürfen.

Judith steht auf und geht zur Sandkiste. »Uli, Kilian, nehmt mal die Äpfel und die Gutsle. Ihr könnt mit Lisa und Felicia im Kinderhäusle essen.« Die Aussicht auf Kekse beendet das Spiel. Uli trägt stolz und vorsichtig die Blechdose, Lisa geht neben ihm, ihre Schwester und Kilian kommen langsam hinterher, jede Hand um einen gelben Apfel geschlossen. Aus der Hütte hört man Klappern und Ulis energische Stimme mit Anweisungen für Sitzordnung und Kekszuteilung. »Gebacken hast du auch noch? Ich kann das gar nicht. Manchmal kaufe ich diese Fertigmischungen für Muffins. Die dürfen sie dann verzieren, mit Smarties und Liebesperlen.« Leonie lacht, sie reibt ihre erdigen Finger mit einem parfümierten Erfrischungstuch wieder sauber. »Bei uns gehört es schon dazu, daß man darauf achtet, was man zu sich nimmt«, sagt Judith leise. Sie versucht eine Grenze zu ziehen. Es wäre leichter, wieder allein zu sein, Sonne auf dem Gesicht, eingemauert, nur sie und die Kinder, Klaus vielleicht, wenn er dann kommt, die Aktentasche unter dem Arm, leuchtende Augen, Freude, die sich in den Gesichtern der Jungen widerspiegelt und auch auf Judith zurückscheint.

Inzwischen hat Leonie etwas gemerkt, sie dreht ihr schmutziges Tüchlein zu einer Wurst und stopft es in die Manteltasche, tritt zwei Schritte zurück, den Körper in Richtung Hütte neigend und lauschend: »Wie schön die da drinnen spielen, ganz friedlich.«

Judith nickt nur und stellt das Teegeschirr in den

Korb zurück. Leonie nimmt die leere Thermoskanne, geht zum Wasserhahn an der Hauswand. Wie hat sie denn den so schnell entdeckt? Sie ist patent, spült die Kanne aus, reicht sie Judith. Eine Frau, mit der man sofort losziehen könnte, Lippenstifte ausprobieren, Schuhe kaufen, vielleicht sogar ein zweites Bettelarmband für Judith. Schon in der Hackstraße waren nicht Männer, sondern Frauen Mangelware. Judith findet die meisten ihrer Geschlechtsgenossinnen schwierig und anstrengend. Als Konkurrentinnen waren sie nervig, als Mütter, Angehörige dieser unterprivilegierten und idealistischen Kaste, sind sie nur in kleinen Dosen erträglich. Klaus hat einen großen Freundeskreis: Uni-Kollegen, Leute von der Band, sogar alte Schulfreunde hat er sich erhalten. Judith kocht gerne für diese Runde, aber wenn Fühler ausgestreckt werden, Angebote kommen – »Wir könnten doch nächstes Wochenende zusammen am Bärenschlößle grillen …« –, zieht sie sich zurück.

Leonie hat sich abgewandt, ihre hängenden Schultern drücken Ratlosigkeit aus. Beim nächsten Pieps aus der Hütte wird sie ihre Mädchen zu sich pfeifen und gehen. Es tut Judith leid. Sie möchte keine Zicke sein. Und die Kinder haben ja wirklich nett zusammen gespielt. Oben im Eßzimmer wird ein Fenster geöffnet. Sie berührt Leonies Arm. »Schau mal, der Klaus ist nach Hause gekommen. Vielleicht kocht er uns einen Kaffee.« Das Gesicht der anderen Frau erhellt sich, schnell ist das Lächeln wieder da, breit und ausgelassen. Sören hätte sie nicht gefallen, die schmale Sportlerfigur, das rote Haar, zu kleine Titten, dazu ein energisches Kinn. Sicher hätte sie nicht jahrelang die Hackstraßengeliebte gegeben, Tabletten gefressen und die Beine auf Abruf breit gemacht. Sie ist normal. Hinter dieser glatten Stirn gibt es keinen Tavor-Nebel. Das *working girl* mit ihrer Tasche und den eleganten Büro-Klamotten trägt einen nicht unwesentlichen Teil zum Haushaltsbudget bei. Bestimmt beschäftigt sie eine Putzfrau. Sie kann in den Spiegel schauen, ohne daß ihr eine Verliererin entgegenglotzt. Das ganze Studium, die Schinderei bei Baumeister-Canetti, alles nur, um Dinkelklößchen zu rollen und Hosenflicken aufzunähen? Sie ahnt nichts von der verdorbenen Brühe, die in deiner Hirnschale schwappt. Gib ihr ein koffeinhaltiges Heißgetränk und laß sie in Frieden ziehen. Sie wird nichts von dir erfahren, was sie erschrecken könnte, und du kannst auf deinem Weg weitergehen. Leider ist es kein Privatweg, mit großen Verbotsschildern. Es fehlt der Mut zum scharfen Schnitt, wie ihn die Amish-People wagen: weiße Hauben und Pferdefuhrwerke, Brotteig kneten und Wasser am Brunnen holen, Heirat nur untereinander und das eigene Stück Land mit der Schrotflinte verteidigen.

Judith ruft nach oben: »Klaus!« Die Jungen stürmen aus dem Häuschen und stellen sich neben ihr auf, aus voller Kehle »Papa« brüllend. Wie die beiden Mädchen gucken – ein Vater, der bei Tageslicht nach Hause kommt. Das kann sie Leonie vorführen. Da oben, der Kerl, ein Kerl wie ein Pfund Wurst, breitschultrig, hellhaarig, inzwischen Professor, der jetzt aus dem Fenster schaut wie der Kuckuck aus der Uhr, das ist mein Mann. Mein Mann, der mich ernährt, obwohl ich krank und verrückt bin und gut im Bett und eine Supermama. Das erste weiß er nicht und das zweite, das gefällt ihm natürlich. Nachts regelmäßig blasen und lutschen, oben liegen, rumstöhnen und morgens vegetarische Paste auf die Stullen schmieren – da schaut dir keiner ins Tablettenschränkchen. Biotin für Haare und Nägel, damit du noch schöner wirst.

Klaus lacht und winkt, die Jungen hüpfen vor Begeisterung: »Komm runter Papa, komm!« Dein Mann kommt spät, nicht wahr? Er gehört nicht zum Alltag, er arbeitet, genau wie du, um deine italienischen Stiefel zu bezahlen, die beiden Autos und die fremden Leute, die jeden Tag auf eure Kinder aufpassen. Aber meiner, der ist hier, gleich bringt er mir einen Kaffee mit aufgeschäumter Milch, denn er liebt mich, von Herzen, mit Schmerzen, über die Maßen, kann's gar nicht lassen. Und wenn ich jetzt die Augen ein bißchen zusammenkneife, in diesem bläulich zerlaufenden Dämmerlicht, kann ich mir einbilden, es sei Sören, der hier herunterwinkt, auf seine Söhne, blond und schön, die er mit mir gezeugt hat. Sören würde nicht lachen und winken, er würde aus dem Fenster runterkotzen, auf diese ganze Idylle: Garten, Kinder, Hausfrau mit Teetasse, das unanständige Schafsglück der Bürgerlichen, die sich blöde lächelnd aneinander reiben und vermehren. Ihr Horizont ist nicht höher als der Rand einer Müslischale, blind für die Verwerfungen der Welt. Kindersoldaten reißen in Namibia Frauen die Gedärme raus, während du dir Sorgen machst, ob dein Kind vielleicht Hammerzehen hat. Und die Chinesen bauen Geländewagen und feinmechanische Instrumente für ein Zehntel des hiesigen Preises, während Meeresspiegel und Gesundheitskosten steigen.

Judith formt die Hand zum Becher und führt stumme Trinkbewegungen durch. Klaus grinst und ruft: »Kommt sofort!« Judith lächelt Leonie an. Sie erzählt von Klaus' Arbeit an der Uni. »Die Uni hier ist gut, da kommen viele Studenten von außerhalb, das ist oft ganz spannend. Heimwehkranke Rheinländer und Araber, denen die Schwaben auf die Nerven gehen. Klaus lädt sie dann zu uns ein, und sie kriegen Kässpätzle, Maultaschen und Trollinger, damit sie sehen, daß nicht alle hier bruddelig und mufflig sind.« Leonie lacht und zieht den Tweedmantel enger um sich. »Und du? Bist du auch Professorin?« Judith schüttelt den Kopf. Sie hat darauf gewartet, daß der geschminkte Karrieremund diese Frage stellt. Du bist nichts, Hausfrau und Mutter. Niemand spricht für dich, nur bayerische Trachtenträger und minderbemittelte Nachrichtensprecherinnen brechen eine krumme Lanze und machen alles noch schlimmer. Ihre Antwort kommt prompt. Sie hat sie schon hundertmal gegeben. Die Worte purzeln aus ihrem Mund wie ein Goldstück aus dem Hintern des Esels Streckdich. Leonie soll sie gierig aufsammeln und behalten. Es gibt nichts hinzuzufügen. Erst Karriere, dann Kinder, wie es sich gehört. Ihre Nachbarin wird nie herausbekommen, daß Judith ihre Magisterarbeit nicht fertiggeschrieben und in der Galerie Dr. Fenchel monatelang nur Kaffee gekocht und Bilder aus Bläschenfolie geschält hat. Leonie nickt beeindruckt.

»Es ist selten, daß junge Leute, die zu uns kommen, so wenig Engagement erkennen lassen. Ihretwegen habe ich ein paar Dutzend Ihrer sicherlich befähigteren Kommilitoninnen abgeschmettert. Ich werde mit Herrn Professor Baumeister über Sie sprechen. Er hatte Sie mir wärmstens empfohlen!« Frau Dr. Fenchels gepudertes Gesicht unter der blauschwarz gefärbten Geisha-Frisur, der lackrote Mund und die arrogant hochgezogenen Brauen geistern manchmal noch durch Judiths Alpträume. Dabei war das Gesamtkunstwerk, wie sie ihre Chefin heimlich nannte, vollkommen im Recht. Judith gab eine grauenvolle Praktikantin ab. Sie telefonierte aus dem Büro nach Tübingen und Kirchheim, kam andauernd zu spät, vergaß Termine und schien sich ständig in einem Nebel der Gleichgültigkeit zu befinden. Es war einfach Pech, daß dieses lang ersehnte Praktikum, das ihre berufliche Zukunft sichern und sie mit einem Schlag aus der Brotlosigkeit herauskatapultieren sollte, mit ihrer Sören-Sinnkrise und dem damit verbundenen Tavor-Peak zusammenfiel.

Judith war in ihrer letzten Woche nicht mehr in die Galerie gegangen. Sie holte ihr Zeugnis nicht ab, es wäre ohnehin nichts zum Vorzeigen gewesen. Und ihre Flucht aus der Hackstraße war nicht alleine eine Flucht vor Sörens Stimme auf dem Anrufbeantworter. Auch der näselnde Ton der Galeristin gehörte zu den Dingen, vor denen sie sich schützen wollte.

Klaus kommt in den Garten. Er trägt das bemalte Holztablett aus Chiavenna, darauf zwei Kaffeetassen. »Mesdames, für Sie, wohl bekomm's.« Klaus drückt Judith an sich. Sein Griff ist fest, als müsse er sich vergewissern, daß sie tatsächlich bleibt, nicht wieder in einem Astloch verschwindet, so wie die schöne Trud dem Bauernburschen abhanden gekommen ist. Sie riecht sein Rasierwasser und den vertrauten Klaus-Geruch, sauber und ungefährlich. Judith schließt kurz die Augen und lehnt sich an ihn. Sein Herz schlägt ruhig und gleichmäßig unter dem kratzigen Pullover. Sie möchte sich bei ihm verkriechen, als kleines Tier in seiner Achselhöhle wohnen. Klaus gibt Leonie die Hand, sie plaudern kurz. Uli und Kilian sind gekommen und hängen sich an seine Beine, um dann wieder mit den Mädchen im Häusle zu verschwinden. »Ich geh mal hoch und deck den Tisch. Überbackene Käsebrote, das war doch dein Plan für heute abend?« Judith nickt langsam. »Und der Rote-Beete-Salat steht im Kühlschrank, oben links, vergiß nicht, noch mal abzuschmecken.« »Das wird den Kili freuen, mal wieder rot pinkeln! Tschüs, Leonie, bis bald!« Judith trinkt ihren Kaffee in großen Schlukken, schaut ihm hinterher. Kein Hintern in der Hose. Ein schlappriges Nichts an der Stelle, wo sich die Jeans runden sollten. Nicht zu prall, sondern genau richtig, wie bei Dürers Adam, Michelangelos David, wie bei Sören. Judith schüttelt sich, sie haßt die Hartnäckigkeit und physische Präsenz solcher Erinnerungen. Es ist, als habe ihr Körper ein eigenes Gedächtnis entwickelt für Dinge, die ihr Verstand längst verdrängt haben will. Trotzdem sitzt Klaus' Hose nicht. Was Leonie wohl denkt, die ihrem Mann ebenfalls hinterherschaut und sich den Milchschnurrbart von der schmalen Oberlippe wischt? Die meisten Frauen mögen Klaus, ob das nun die Sekretärinnen des Fachbereichs sind, die Mamis im Waldorfkindergarten oder Frau Posselt. Er ist groß, kompakt und hat immer warme Hände.

»Echt witzig, dein Klaus. Ihr kennt euch schon lange, oder? Und er ist immer noch total in dich verliebt«, sagt Leonie und schließt kurz die Augen wie in einem sentimentalen Kinofilm. Judith nickt nur, sie will nicht noch mehr Goldstücke speien. Die Sonne bringt es an den Tag, irgendwer wird sie verraten, irgendwann. Sie wäre es wert, erzählt zu werden, die Story von Judith und Klaus, dem guten Jungen und dem Biest, der Verrückten im Bett des braven Mannes, dem Dornröschen, das nicht wachgeküßt, sondern durchgeschüttelt wurde, mit verklebten Augen aus dem schweren Tablettenschlaf gerissen, um sich anbrüllen zu lassen: »Du trampelst eh nur auf mir rum. Jetzt geht's dir schlecht, da kommst du angeschissen. Ich habe Annett, ich wollte dich vergessen, und jetzt das! Wie bist du hier reingekommen?«

Leonie macht ihr Schweigen nichts aus. Sie redet weiter, als hätte sie nur darauf gewartet, von sich erzählen zu können. »Weißt du, daß ich dich beneide, um einen Mann, der schon so früh nach Hause kommt? Bei Simon wird es in letzter Zeit immer später. Ich komme mir schon vor wie alleinerziehend. Die Mädels werden auch traurig davon. Und zickig. Soll ich dir sagen, wann wir das letzte Mal was zu zweit unternommen haben?« Judith zuckt mit den Schultern.

Die Kinder haben ein neues Spiel begonnen – wilde Pferde – und selbstgehäkeltes Zaumzeug aus dem Gartenhaus angelegt. Es wird das letzte für heute sein, die Messingglöckchen glänzen in der Dämmerung. »Sie haben viel Phantasie, deine Jungs. Das gefällt Lisa und Feli natürlich. Es gibt so viele Kinder, die gar nicht richtig spielen können.« Judith nickt, sie erzählt von den Spielmaterialien im Kindergarten, gesichtslosen Puppen, einfachen Holzklötzen, die sicher dazu beigetragen haben, die Einbildungskraft von Uli und Kilian zu stärken. Aber Leonie hat dieses Thema, bei dem Judith sich sicher fühlt, nur gestreift. »Meine beste Freundin feiert heute abend ihren Geburtstag. Sie wohnt in Tübingen, das ist doch wirklich keine Entfernung. Wir haben auch eine Babysitterin, unsere Putzhilfe. Ich möchte so gerne zusammen mit Simon da hingehen, ohne Kinder, wie ein Liebespaar. Manchmal habe ich das Gefühl, wir sind nur noch Eltern.« Judith räumt das Geschirr weg, stellt die leeren Tassen ineinander. Sie denkt an ihre Abende, wenn die Jungen schlafen und sie mit Klaus im Wohnzimmer sitzt. Sie hören Musik, planen die Wochenenden, reden über den Kindergarten, den nächsten Großeinkauf, Klaus' Studenten und Projekte. Wenn sie miteinander schlafen, ist es ruhig und langsam. Ein Mal gleicht dem anderen, wie Schwimmen am Warmbadetag, angenehmes, wenig aufregendes Geplätscher.

Judith ruft ihre Kinder. Sie kommen gleich angetrottet, während Leonie Lisa und Felicia schließlich an den Handgelenken aus der Spielhütte zerren muß. Sie droht mit »wenn-dann«-Formeln – kein Fernsehen, kein Betthupferle – und gerät dabei außer Atem.

Judith weist Kilian und Uli an, das Sandspielzeug aufzuräumen und die Hütte abzuschließen. Sie sind müde und hungrig, gehorchen aber, ohne zu mekkern. Noch ein kleiner Triumph über die andere, die sogar bereit ist, diese Niederlage einzugestehen, und den Sieg dadurch schmälert: »Deine Kinder sind viel ruhiger und vernünftiger als meine.« Die Abschiedsrufe der Jungen auf dem Gehweg vor dem Haus gehen im Wutgeheul von Lisa und Felicia unter: »Wir wollen nicht heim! Mama, du bist ein Blödie!« Leonie winkt ein letztes Mal, dann überquert sie die Straße, dirigiert die weinenden Mädchen ins Haus. Die geschnitzte Eichentür schließt sich mit einem dumpfen Knall. Ulrich und Kilian trotten hinter Judith her, die den Korb trägt. Bei Hanna sind die Fenster noch dunkel, auch der Renault parkt nirgends. Die Jungen haben nicht einmal nach Mattis gefragt. Das Essen wird bereits auf dem Tisch stehen, gefolgt von den vertrauten Ritualen des Abends: Zähneputzen, Waschen, die Geschichte vom Zwerg, der ins Reich der Trolle wandert, ›Der Mond ist aufgegangen‹, alle Strophen. Sie selbst wird durch das Ende des Tages gleiten wie auf einer langsamen, sanft erleuchteten Rutschbahn, an deren Ende der Schlaf steht. Und davor das Tavor, beim Zähneputzen heruntergeschluckt mit minzigem Atem.

Auf der anderen Straßenseite läuft eine Gruppe Jugendlicher. Sie kicken eine leere Dose vor sich her, die scheppernd Hauseingänge und Kellerfenster trifft. »Paß auf, du Spast!« »Fick dich, Alter, fick dich von hinten!« Judith erkennt sofort Nâzıms Verwandten, Murat mit den silbernen Turnschuhen, und daneben Marco und die beiden anderen. Murat dreht den Kopf weg, aber der Schöne, Fußspitze an der Büchse, fixiert Judith und ruft: »Hey Mutti, du bist geil, weißt du das? Hastu Bock, ich kann dir's voll besorgen. Gib mir deine Handynummer, ich ruf dich an, wenn Papi schaffen geht!« Seine Kumpane bleiben wie am Vortag kichernd im Hintergrund. Sie schiebt ihre Kinder vor sich her, »Schnell nach Hause, der Papa wartet mit dem Essen.« Ihre Wangen brennen.

Uli und Kilian rühren sich nicht von der Stelle. Sie glotzen die Jugendlichen an. »Ey ihr kleinen Wichser, kann eure Mutti blasen?« Marcos Stimme kippt, er jodelt das letzte Wort hervor. Judith schiebt die Kinder über den Bürgersteig und nestelt nach dem Schlüsselbund, findet ihn nicht, läutet schließlich Sturm. Klaus' Stimme klingt unwillig aus der Gegensprechanlage: »Jungs, laßt den Quatsch, es nervt!« Dann springt die grüne Tür auf.

Marco

Marco öffnet die Wohnungstür und riecht sofort, daß er nicht da ist. Sein Atem wird ruhiger, und sein Puls wechselt aus dem Maschinengewehrtakt in einen gemäßigteren Schlag. Das süßliche Zeugs, das er sich literweise draufknallt, hängt zwar noch in der Luft, hat die Wohnung völlig durchseucht, aber der Geruch ist nicht frisch, nicht vermischt mit der Körperwärme dieses ständig schwitzenden, von Gebäudereinigung und Muckibude aufgeheizten Kadavers. Er hat immer heiße Hände. Nicht warme, sondern heiße, als ob er innerlich kocht. Wenn er zuschlägt, fühlt es sich an, als wenn einem zwei Schnitzel, frisch aus der Pfanne, um die Ohren klatschen.

Marco steht in der offenen Tür und schaut. Den Schlüssel hält er mit der Spitze nach vorn in der Hand wie eine winzige Pistole. Am Schlüsselbrett fehlen ihre Schlüssel. Alle beide, Anitas blöde Diddl-Maus und sein beschissener Tigerzahn mit dem ganzen Geklingel dran: Wohnungen und Büros ohne Ende. Nix davon gehört ihm, er macht dort nur den Dreck weg. Je mehr Schlüssel, desto mehr Verantwortung, da kann man gleich erkennen, wer's zu was gebracht hat. Aber eine alte Karre fahren und im Hochhaus am Olgaeck zu dritt auf 35 Quadratmetern wohnen. Erst gestern nacht war Marco mal wieder an Pornostars Brieftasche. Fatzeleer. Es war nichts zu holen, wie schon so oft. Der kauft sich Latschen mit Luftpolster und Knöchelstütze, atmungsaktive Trainingsjacken, Protein-Shakes, die Dose zu acht Euro. Wenn Marco was braucht, hat es keinen Sinn, sich an Pornostar zu halten.

Marco hängt seinen Schlüssel nicht auf. Er trägt ihn um den Hals, an einem Band mit Totenköpfen drauf, weiß auf schwarz. Hat ihm Anita mal geschenkt. Er wird das Band auch mitnehmen, wenn er weggeht, zur Erinnerung. Nicht an die neue Anita, die dünne, deren Haut vom Solarium so braun und knittrig geworden ist wie das Papier, das Oma Bine im Ofen unter die Tiefkühlpizza gelegt hat, sondern die andere, die verschwunden ist. Die dünne Anita ist blond, so blond, daß ihr Haar fast weiß aussieht. Sie sprayt und föhnt es vom Kopf weg, flauschig wie eine Pusteblume. Die dünne Anita sieht toll aus, keine Frage. Das ist deine Mutter? Hammer! Sie ist nur an den richtigen Stellen dick, nicht überall, so wie früher. »Gut, wenn die Frau überall ein bißchen rund ist, das gefällt uns, nicht wahr, *karu*?« hatte Eino gesagt und die dicke Anita gedrückt. Die verzog zuerst das Gesicht, aber Eino hatte ihr Marco in die Arme geschoben. Dann drückte sie ihn an sich und lachte kurz auf. Die dicke Anita. Schwabbel-Anita.

»Wie fett ich geworden bin, das werd ich nie wieder los. Scheiß Babyspeck.« Aber sie hatte dann doch Softeis gekauft, das kringelig aus der Waffel wuchs wie eine fettige Haarlocke, eins für sich und eins für Marco. Er war mit der Zungenspitze in der kalten Masse die staubige Königstraße hochgelatscht, immer einen Schritt hinter Anita, damit er nicht an ihre knisternden Tüten stieß: C & A, H & M. Die dikke Anita trug gern enge bunte Fummel und mochte Flecken darauf überhaupt nicht. Sie kreischte mindestens dreihundert Mal am Tag – »Marco, du Spast!« »Marco, du machst mich krank!« »Wenn du nicht wärst, da hätt ich das schönste Leben!« Wenn er ins Bett machte, drehte sie aus dem nassen Laken eine harte Wurst, mit der sie ihn durchwalkte. Aber sie rieb auch ihre Nase, klein und knubbelig, an seiner, daß es kitzelte wie verrückt. Sie schenkte ihm Brezeln, Aufkleber, eine Wasserpistole und las ihm, wenn sie sehr gute Laune hatte, aus einem alten Mikkymaus-Taschenbuch vor. Und sie hatte in der Samstagsschlange bei Lidl, klein, blond, mit Straßstein im Schwabbelnabel, Eino angelockt. Eino, den Esten, der eigentlich bloß einen Kasten *vesi* kaufen und zu seiner Baustelle zurückschlappen wollte, schweigend Leitungen legen und Drähte zusammenlöten.

Nein, Marco hängt seinen Schlüssel nicht ans Brett, zu Porno und der dünnen Anita. Er wischt sich die feuchten Handinnenflächen an der Hose ab. Es ärgert ihn, daß es jedesmal wieder losgeht. Kaum ist er im Treppenhaus, fängt es an, er kann nichts dagegen tun. Es ist genau wie bei diesem Hund, von dem Bio-Laupp mal erzählt hat, der mit Sabbern loslegt, sobald eine Glocke klingelt. Er will nicht sein wie ein dummer Köter. Und erst recht nicht wie Mini-Marco, der neunjährige Pupsi, der manchmal vor Angst in die Hose schiß, im Dauerabo ins Bett pißte. Die kleine Heulsuse, zu doof zum Verrecken, kann nichts, weiß nichts, aber frech wie Rotz. Das kommt von dem Russen, der hat ihn falsch programmiert. Da ist alles verloren, den hätte man gleich nach der Geburt ersäufen sollen. Mini-Marco, Anitas Spast, Pornostars Russenratte, Oma Bines Fetz, Einos *karu*. Mini-Marco ist verschwunden. Der hat sich tatsächlich in Luft aufgelöst, wie es gewünscht wurde.

Statt dessen Marco, bald 13 Jahre alt. Nicht mehr ein Meter zwanzig, sondern ein Meter siebenundsechzig. Für den gibt es keine Klamottenkontrolle mehr und keine Schultaschenkontrolle und keine Pißfleckenkontrolle im Klo. Er hat ein paar Haare bekommen, auf der Brust, an den Armen, auf den Eiern. Alles an ihm ist gewachsen. Noch nicht lange her, da hat Pornostar sein Pensum reduziert, als ob er roch, daß Marco kein Kurzer mehr war. Natürlich schlägt er noch zu, aber es ist nicht mehr wie früher. Vielleicht haut er nicht mehr so fest zu, vielleicht ist er schwächer geworden, älter, kleiner. Es tut nicht mehr richtig weh. Dadurch ist es jetzt ruhiger in

Marcos Kopf. Sachen fallen ihm wieder ein, an die er ewig nicht gedacht hat. Zum Beispiel Einos Zettel, im Futter der Matratze, ganz hinten. Selbst wenn man sie umdreht, kann man nicht erkennen, daß hier ein Versteck ist. Marco hat die Naht ganz vorsichtig aufgetrennt, mit der Nagelschere. Er fummelt auch nicht dauernd dran rum, damit es nicht ausleiert und auffällt. Das hat er sich überlegt. Doof ist er nicht, auch den Schulkram schafft er irgendwie. Murat, Hassan und Ufuk dagegen, die kacken wirklich ab.

Wahrscheinlich kommt der Grips von seinem Vater, dem Tobi. Dem Früchtle, wie ihn Oma Bine immer nennt. Außer Oma Bine spricht niemand mehr vom Tobi. Die dünne Anita redet sowieso kaum noch mit Marco. Aber die dicke Anita hat Mini-Marco gerne angezetert: »Über Väter reden wir net, wir schaffen's auch allein.« Was die dicke Anita schaffte, das wußte er damals nicht so genau. Sie hing gern vor der Glotze, sah sich Shows und Serien an, mit Mini-Marco zusammen auch Trickfilme. Sie telefonierte mit ihren Freundinnen oder stritt sich mit Oma Bine. »Wie soll ich schaffen gehn, wenn ich den Marco an der Backe hab? Den nimmt mir keiner ab. Du bestimmt net, oder? Da stellt mich keiner ein.« Manchmal machte sie Frauen, die sie vom Spielplatz oder aus dem Block kannte, in der Küche die Haare oder die Fingernägel. Abends ging sie aus – »Bißle tanzen, daß ich weiß, daß ich noch leb« –, besprühte sich mit ihrem Duft, malte die Lippen glänzend und hängte sich riesige Ohrringe in die fleischigen Läppchen: Pfauenaugen, goldene Sonnen, silberne Vögel. Mini-Marco blieb allein auf seiner Matratze neben der Ausziehcouch und konnte nicht schlafen. Er wußte, daß sie immer wiederkam, ewig mit dem Schlüssel im Schloß herumstocherte, nach Rauch und Bier stank und am nächsten Tag schlechte Laune hatte. Sie brachte nie jemand mit. Eino hatte damals am Nachmittag bei ihnen geklingelt, den Wasserkasten noch vor dem Bauch, eine Familienpackung Eis am Stiel, knallgelbes Caretta, zwischen den Flaschen steckend. Das feuchte Einwickelpapier riß geräuschlos auf.

Marcos leiblicher Vater, der Tobi, wird heute in Marbach nur der Elektro-Breining genannt. Außer von Oma Bine. »Daß ich nicht lache«, sagt sie, »das Früchtle! Ich sag immer noch Tobi, wenn ich den auf der Straße treff. Na Tobi, was macht die Familie? Dann wird er ganz rot und haut ab. Genau wie damals mit der Anita.« Denn Anita war schwanger vom Tobi. Mit 16, du lieber Schieber. Weil aber der Tobi mit seinen 17 Jahren immer noch ein Pfetschekindle war und auch keine Lust hatte, mit der Anita Mama-Papa-Kind zu spielen, war er nach ein bißle Geflenne vor dem Eiscafé in der Fußgängerzone abgedampft. Marco hat Tobi noch nie gesehen. Aber er glaubt, daß ein Typ, der sich mit Technik und so auskennt, nicht ganz dämlich sein kann. Und wenn Marco vielleicht sogar versetzt wird, obwohl er ständig andere Dinge im Kopf hat, dann muß das auf Tobis Konto gehen, denn Anita ist dumm. Sie hat Eino gehen lassen und Pornostar angeschleppt, also muß sie dumm sein. Totaler Durchzug da oben. Ein kleiner Käfer mit Leuchtbatterie im Arsch, der durch die Nacht torkelt und Viechzeug anlockt, egal welches. Porno ist hinterhergeflogen und hat sich festgebissen, ein dicker stinkender Mistkäfer mit Zangengebiß.

Zwölf minus neun ist drei. Das kann Marco locker im Kopf ausrechnen. Diese Aufgabe bedeutet, daß das Arschloch seit drei Jahren hier ist. Marco kichert. Dreijähriges Dienstjubiläum, herzlichen Glückwunsch. Marco zwingt sich, ruhig zu atmen. Es ist niemand in der Wohnung. Er ist beim Reinigungsservice und Anita auch. Porno hat ihr den Job besorgt. Da hat er sie den ganzen Tag unter der Fuchtel. Wenn sie nach Hause kommen, ist es schon dunkel. Sie werden denken, er ist hinter dem Vorhang, aus der Schußlinie. Dabei wird er längst weg sein, über alle Berge. Und jetzt hat er erst mal Zeit, massig Zeit, für sich ganz allein.

Marco geht durch den schmalen Flur. Die Klotür steht noch offen, Toilettendeckel und -brille sind hochgeklappt wie ein Riesenmaul mit Wulstlippen.

In der weißen Fresse schäumt blauer Reiniger. Alles muß immer offenstehen, Durchzug, Stoßlüften. Die Klobrille war mal aus Holz, bevor Porno sie rausgerissen hat. Plastik ist hygienischer. Eino hatte das Holzding mitgebracht. Marco hat vergessen, wie das Holz hieß, er ist nicht gut in so was. Es hatte dunkle Kringel drin, wie Vogelaugen. »Ist doch klar, Anita, daß der Junge ins Bett macht, wenn es so kalt ist auf dem Klo. Das ist gutes Holz, haben wir auch viel in *Eestimaa*, das ist warm am Po, wird er gern draufsitzen, gell *karu*?« Die dicke Anita hatte gejault damals, es sei Unsinn, schon wieder Geld auszugeben für den kleinen Pisser. Da sei ohnehin alles verloren, der hätte jede, aber auch jede Woche, seit sie denken könne, mindestens einmal unter sich gemacht. Bei ihr genauso wie bei Oma Bine, sie hätten alles versucht, es wäre ihm egal, er mache es wahrscheinlich mit Absicht. So wie er damals unbedingt auftauchen mußte, als sie ihn am wenigsten brauchen konnte. Ihr ganzes Leben sei von dem Tag an eine einzige Scheiße gewesen. Keine Nacht hätte er durchgeschlafen, dauernd war er krank, ein Ding nach dem anderen: Bronchitis, Lungenentzündung, Angina. Nichts habe er ausgelassen. Mit über 15 Monaten konnte er nicht mal laufen und gesprochen habe er keinen Pieps. Jetzt müsse Eino nicht auch noch so tun, als ob er alles besser wisse als sie. Aber Eino hatte nur den Kopf geschüttelt: *Pea suu, kallis*. Das sagte er immer, wenn die dicke Anita auf Mini-Marco schimpfte. Der durfte ihm die Schrauben reichen, während er die Holzbrille montierte, und Eino lobte ihn.

Marco geht am Klo vorbei in die winzige Küche. Auch hier steht ein Fenster offen. Der Lärm vom Olgaeck röhrt hinein: Die Straßenbahnen, vier Linien, juckeln hier den Berg hoch oder in den Tunnel rein, auf der vierspurigen Hohenheimer Straße kreischen und hupen die Autos rauf und runter. Busse fahren über den breiten Verkehrsteller der Planie, halten vor dem fernen Aufbau der Schlösser ganz hinten. Sie sind ziemlich hoch oben. Man sieht den orangefarbenen Klotz mit dem Biergarten hinter dem riesigen Eisentor, die Türme, irgendwelche Kirchen, keine Ahnung. Marco schaut runter in den Hof. Paar Bänke um die Sandkiste voller Katzenscheiße, durchgerostete Klettertürme, Schaukel und Rutsche, übervolle Mülleimer an der Wand. Kein Mensch ist unten. Das Hochhaus hat 15 Stockwerke. Als er zwei war, ist er hierhergezogen, mit der dicken Anita, in die erste eigene Wohnung. Ein Zimmer, Küche, Bad, der schmale Flur und die fensterlose Abstellkammer hinter einem Vorhang. Aus der hatte Eino die Bretter rausgerissen und Platz gemacht für Marcos Matratze, die Mickymaus-Leuchte und den Bananenkarton mit seinem Kram. »*Karu* muß eine eigene Höhle haben, ein Versteck.« Eino holte Anitas Bettwäsche und blätterte mit seinen großen Händen durch den Stapel wie durch ein Babybilderbuch mit starken Pappseiten, rosageblümt, hellblau, Tigerfell, schwarz. Marco konnte sich nicht entscheiden, Eino wählte für ihn: »Nimm die blaue, das ist die beste Farbe, wirst schlafen wie im Himmel.«

Marco reißt den Kühlschrank auf. Es ist nichts zu essen da. Nie gibt es hier was zu fressen. »Hier wird nicht gekocht, das macht nur Dreck. Der Kerl hat doch in der Schule gegessen, wofür zahlen wir denn jeden Monat?«

Eino hatte abends oft was gekocht, meistens Kartoffeln. Und »*Sööma*!« gebrüllt, wenn es fertig war. Er stand total auf Kartoffeln, machte *kartulipuder*, Kartoffelbrei mit Speckstückchen, *frikadellisupp* aus Möhren, Kartoffeln und kleinen Fleischklößchen. Er schleppte seltsames Zeug an, das Anita kopfschüttelnd betrachtete und Mini-Marco neugierig probierte: harte, in Fett gebackene Schwarzbrotstreifen, die wie geschnittene Baumrinde aussahen, Fischkonserven, Rote Beete, getrocknete Pilze.

In der Kühlschranktür stehen eine Flasche von Pornostars widerlichem Gin mit Cranberrygeschmack und eine Packung Margarine. Marco schraubt den blauen Verschluß ab und trinkt, bis er keine Luft mehr bekommt. Die künstliche Süße läßt sofort Speichel laufen und die Zähne schmerzen, dann fließt das Zeug mit leichtem Brennen die Speiseröhre hinunter und kleidet seinen leeren Magen mit einer wärmenden Folie aus. Er macht das Radio an. Robbie Williams röhrt. Im Schrank über dem Herd findet er eine Büchse Ravioli. Er ißt direkt aus der Dose. Kurz vor dem Blechgrund macht er schlapp. Wenn Anita und Pornostar jetzt hier wären, würde er die nach Tomatensoße und fettigem Hack schmeckende Luft leise ausströmen lassen. Aber so, allein mit Robbies Stimme und der fahlen Nachmittagssonne, die einen Streifen auf das Linoleum wirft, läßt er einen Rülpser rausknallen. Er fühlt sich gestopft, aber nicht satt. Ein paar Schlucke aus dem Wasserhahn, es schmeckt nach künstlicher Zitrone. Weiße Spritzer eingetrockneter Scheuermilch kleben im Spülbecken. Pornostar hat geputzt. Die Abtropffläche schimmert silbern. Marco sieht seinen Umriß, die Mütze sitzt noch auf dem Kopf, er schleudert sie auf einen Stuhl. Dann noch mehr Gin. Der gerillte Glasbauch der Flasche ist deutlich leerer geworden, Pornostar wird es garantiert merken. Marco muß plötzlich grinsen. Er schraubt die Flasche wieder auf und öffnet die Knöpfe seiner Cargos. Mit einem raschen Griff holt er den Penis aus der Unterhose. Er ist klein und schlapp wie eine ungebackene Teigwurst. Damals beim Schulpraktikum in der Bäckerei fühlte sich der Hefeklumpen, aus dem er Brezeln formen sollte, so ähnlich an. Warm, schlaff und wie lebendig. Marco hält seinen Schwanz in der Hand. Er wiegt fast nix. Ein ungefährliches Ding. Er kann sich nicht vorstellen, daß ein Mädchen nicht loskichern muß, wenn sie sich näher damit beschäftigt, auch wenn er deutlich anders aussehen kann. Hey Alter, es gibt Arbeit. Nichts, was dir wirklich Spaß machen würde, aber dafür in einer abgefahrenen *location*. Er zieht die Vorhaut zurück und drückt die Eichel auf den glatten Wulst der Flaschenöffnung. Es ist nicht ohne, kühl und klebrig, er muß schnell pissen, nachher hängt ihm die Pulle am Ständer. Er hat selten einen Ständer. Die anderen scheinen ja zu wichsen, daß ihnen die Tröten fast abfallen. Die reden dauernd darüber wie lange, wie weit, meine Fresse. Und Weiber, sie quatschen über die Weiber in der Stufe. Als ob man nicht genug Ärger hätte. Noch eine Tuss', die wahrscheinlich genauso rumzetert wie Anita und nur Streß macht. Am besten links liegenlassen. Was nicht so einfach ist. Marco weiß, daß die Mädchen, Aysel, Sinem, Aliki und wie sie alle heißen, ihn Georg nennen, weil er diesem Tokio-Hotel-Bassisten ein bißchen ähnlich sieht. Es fühlt sich auch gut an, wie sie gackern, wenn er vorbeiläuft, aber er kann so was jetzt nicht brauchen.

Endlich kommt ein Strahl hellgelber Urin. Das künstliche Rot des Getränks verändert sich nicht. Dafür ist der alte Pegel wiederhergestellt. Die Büchse läßt er auf der Spüle stehen, der Löffel zieht eine lange Schliere Tomatensoße über den Silberglanz. Er schmeißt ein paar Ravioli dazu, sieht aus wie Teile von etwas, vielleicht Augen. Pornostar wird ausrasten. Wirklich schade, daß Marco sein Gesicht nicht mehr sehen wird, vor allem dann, wenn er sich ein Gläschen von seinem Gesöff hinter die Binde gießen will. Normalerweise würde Marco die Sauerei jetzt aufwischen, die Dose im Mülleimer verstecken, alles heimlich, wie eine Ratte, ein Schädling. Das hat er gelernt in den Jahren mit Porno. Daß es damit ab heute vorbei sein wird, fühlt sich so seltsam an, daß Marco einfach nur steht und vor sich hinstarrt, den Oberkörper leicht vorgebeugt, die Hände in den Hosentaschen. Er muß nachdenken.

Früher, als er noch Mini-Marco war, hat er sich immer den Kopf über sein Versteck zerbrochen. Sein Klamottenversteck. Das war tausendmal wichtiger als Vokabeln oder Mathe oder welche Aufgaben der beknackte Bundespräsident hat. Mini-Marco brauchte immer eine saubere Hose. Er paßte tierisch auf, spielte nicht mehr mit Fußball, ging nicht mehr zu den ›Zaunkönigen‹. Manchmal versteckte er sich sogar im Klassenzimmer im Schrank, damit kein Pauker ihn an die frische Luft zerrte. Es konnte immer passieren, daß was auf seine Sachen kam. Und dann hatte er »eingesaut«, wie Pornostar brüllte. Eine Plastiktüte gab es, da waren Hose und Shirt drin. Das Ganze hatte er so klein wie möglich gefaltet und im Jungensklo in der äußersten rechten Kabine hinter das Wasserrohr gestopft, das da die Wand langlief. Mini-Marco war voll beschäftigt nachzuschauen, ob die

Sachen noch da waren, ob nicht vielleicht der Hausmeister oder ein Handwerker sie entdeckt hatten. Damit konnte ein Kurzer wie Mini-Marco schon viel Zeit verbringen, ganz zu schweigen von den Gedanken an die Schnitzelhände und das Staubsaugerrohr und die dünne Anita, die nicht mehr mit Oma Bine sprach und zu Marco nicht mal mehr »Spast« sagte, sondern überhaupt nichts mehr. Andere Gedanken, über sich selber, über Eino und Estland, hatten da wohl keinen Platz mehr. Dafür kommen sie jetzt massenweise, poltern durch seinen Schädel wie nasse Fetzen, die in der Waschmaschine im Kreis rumfliegen. Er weiß nicht, wo er zuerst hinschauen soll, und muß aufpassen, daß er nicht dusselig wird. Sonst schafft er es nie, hier wegzukommen. Zum Beispiel wie alles anfing, mit Porno, das kommt immer wieder. Er kann gar nichts dagegen tun, will nicht daran denken, und trotzdem rattert es los, und er muß hinschauen: Grundschüler Marco Knopp saß auf dem Sofa und glotzte fern. Es war eine Kinderserie, genau, Schwammkopf. Sponge Bob hatte aus Versehen Gerrys Schneckenmedizin genommen und wurde selbst zur Schnecke, fing an rumzuschleimen und Miau! Miau! zu rufen, so hoch und piepsig wie Gerry das immer tat, und dazu der Schleim, voll eklig, matsch-matsch. Das fand Mini-Marco übelst komisch. Er hatte halb auf der Couch gehangen und sich gekringelt. Er liebte Schwammkopf. Neben ihm lag eine Tüte Mäusespeck, weiß-rosa gestreift, mit Kokosspänen oben drauf, schon halb leer gefuttert. Die hatte Oma Bine neulich mitgebracht. Sponge Bob tropfte der Schleim von der langen Nase. Mini-Marco griff mit der Hand in die Tüte, tief in die weichen Bällchen. Er muß noch heute kotzen, wenn er das Zeug bloß riecht. Dann wurde die Mattscheibe plötzlich schwarz. Nur noch das rote Lämpchen unten an der Glotze leuchtete. Es war still, und er sah in der dunklen, glänzenden Oberfläche des großen Bildschirms sich selbst, sah das Blättermuster des Sofabezugs, braun, gelb, lila, darüber seine Jeansbeine und die nackten, schmutzigen Füße. Er war bei den ›Zaunkönigen‹ gewesen nach der Schule, die fetten Schafe füttern, mit Stavros und den anderen Abwerfen spielen. Auf seinem T-Shirt war ein großer Fleck, ungefähr in der Magengegend. Tomaten-Paprika-Soße, das war das Essen aus der Schulcafeteria. Mini Marcos Haar war ganz hell von der Sonne, es wurde im Sommer immer so. Anita mußte färben. »Schau dir den an, der wird total blond, richtige Strähnchen kriegt er, es ist doch ungerecht.« Im schwarzen Glas des erloschenen Bildschirms sah Mini-Marco die schlappe Palme mit den Herzchen-Lichterketten und den Tisch mit vier Stühlen. Er sah das Regal, in dem ihre Teller und Gläser standen und Anitas Stofftiere obendrauf. Er sah die Wanduhr und den Stoffblumenkranz von Oma Bine, Anitas Sarah-Connor-Poster daneben. Er sah den braunen Türrahmen mit den Disney-Aufklebern, der auf den Flur hinausführte, zur Küche, zum Badklo und zu seiner Kammer hinter dem Vorhang.

Im Türrahmen stand der Mann mit der Fernbedienung in der Hand. Der Mann hatte die Arme vor der Brust verschränkt. Er trug ein Muskelshirt, Shorts und Basketballstiefel. Er füllte den Türrahmen aus, stieß mit den Ellbogen links an Micky, rechts an Donald. Sein Haar war kurz geschnitten, es stand stachelig nach oben.

»So, Sportsfreund, Feierabend.« Marco fand seine Stimme komisch. Er sprach ganz weit hinten im Hals, so belegt, als hätte er was Fettiges gefressen. Und er redete so, als ob er nicht von hier wäre. Schon Deutsch, aber nicht Schwäbisch, das Anita, Oma Bine und die meisten Kinder in der Schule sprachen. Auch nicht wie Eino, der das R rollte und die Sätze verdrehte, wenn er müde war, estnische Wörter reinflickte. Wo kam der bloß her?

Er kam langsam näher und schleuderte die Fernbedienung über den Couchtisch. Mini-Marco konnte das süßliche Deo des Mannes riechen und sah die großen Tätowierungen, die auf seinen Oberarmen wucherten wie schwarzer Ausschlag. Der Mann nahm die Mäusespecktüte in die Hand und drehte sie oben zusammen, als wollte er sie erwürgen. »He!« sagte Mini-Marco, »das sind meine!« »Du mußt Marco sein. Ich bin der Achim. Ab heute werde ich bei euch wohnen. Ist alles besprochen mit deiner Mutter. Sie und ich, wir kennen uns schon 'ne Weile.« Er atmete durch. Seine dicken Lippen glänzten, als hätte er sie mit was beschmiert. »Fotzenkopf«, dachte Mini-Marco. Und dann kam's. Achim schleuderte ihm die Tüte ins Gesicht. »Schaff das Zeug raus, aber dalli. Hier gibt's keine Sauerei im Zimmer. Hast du verstanden?« Mini-Marco hatte natürlich nicht verstanden. Er war *karu*, auch wenn Eino weg war. Einfach abgehauen, seit Monaten schon. Nichts als einen Zettel hatte er dagelassen. Aber Mini-Marco war immer noch *karu*. Und ein *karu* ist vielleicht langsam, auch nicht so fix im Reden, aber er läßt sich nichts sagen. Er ist stur. Sagt so was wie: »Was soll das, du hast mir gar nix zu sagen!« Achim setzte sich neben ihn auf die Couch. Die Polster sanken tief ein. Anita schlief schon ewig darauf, erst allein, dann mit Eino, dann wieder allein. Achim sah Marco in die Augen. Seine Augen waren klein, blau und wäßrig. Ganz anders als Einos. Der hatte auch blaue Augen gehabt, aber richtig blau, so wie sich Mini-Marco das Meer vorstellte, das er noch nie gesehen hatte, das Meer um das Land, aus dem Eino gekommen war, Estland. *Eestimaa*, von dem Eino eigentlich immer redete, wenn er mal den Mund aufmachte. Achims Gesicht war, wie die Arme und Beine, sehr braun. Überall sah Marco Adern und Muskeln, kein einziges Haar. Und alles glänzte ölig. »Pornostar«, dachte Mini-Marco noch. Achim sah aus wie einer von diesen ächzenden, schwitzenden Typen, die er neulich bei seinem Schulkumpel Didi besichtigen mußte, auf einer DVD. »Voll krasses Teil, hab ich von meinem Alten aus dem Nachttisch. Die ficken da wirklich. Willst du gucken?« Sie hatten geguckt. Mini-Marco fand es langweilig und ziemlich eklig. Irgendwie konnte er sich nicht vorstellen, daß Erwachsene so etwas tatsächlich taten und dabei so kreischten und jodelten wie bei Oma Bines Volksmusik. Eino und Schwabbel-Anita hatte er nie gehört oder gesehen, obwohl zwischen ihnen nur der Vorhang gewesen war.

Achim räusperte sich, fettiges Krächzen. Pornostar, was willst du hier? Er drehte Mini-Marcos Kinn in seine Richtung. Die Finger stanken nach Rasierwasser. »Ich red nicht gern viel, deshalb sag ich es nur einmal, verstehst du? Ich arbeite viel und hart. Und wenn ich nach Hause komme, dann ist hier Ruhe. Keine Glotze, kein Dreck. Der Russe, der da vorher bei euch gewohnt hat, dem hat das vielleicht gefallen, Geschmiere auf den Möbeln und ein Gör, das vorlaut ist und keinen Respekt hat und keine Manieren. Die kennen das auch nicht anders, die Russen. Sind versoffen. Machen nur Ärger. Aber damit ist jetzt Schluß, verstanden?« Mini-Marco hatte nicht verstanden, warum er aus dem Zimmer ging, in die Küche, er wühlte da rum, es klirrte. Was kam jetzt?

Es war komisch, und Anita war nirgends zu sehen, sie war noch nicht zu Hause, wahrscheinlich hing sie irgendwo in der Stadt rum. Dann kam Pornostar wieder, den Staubsauger in der Hand. Marco wußte noch genau, daß Mini-Marco damals dachte: »Aha, die Krümel, die Kokoskrümel vom Mäusespeck, die auf dem Sofa rumliegen wie kleine weiße Würmchen, jetzt muß ich die wohl wegsaugen.« Mini-Marco dachte, daß das ja eine schöne Scheiße war, putzen mit Pornostar, der nicht mal weiß, daß Eino kein Russe ist, sondern Este. Eino hätte ein bißchen gelacht, aber nicht richtig. Er wurde nicht gerne für einen Russen gehalten. Erst dann war bei Mini-Marco was eingerastet, als er checkte, daß Pornostar nicht den ganzen Staubsauger mitgebracht hatte, sondern nur das Rohr mit dem Saugding vorne dran.

Das armdicke glänzende Teil blitzte in seine Richtung. Er versuchte abzuhauen, zur Tür. Aber Pornostar sorgte dafür, daß Mini-Marco gegen die Wand gedrückt wurde, *no way.* Er schleuderte ihn zu Boden. Es war nicht möglich, wieder hochzukommen. Und dann kniete er sich über seine Beine. Mini-Marco konnte seinen fetten Arsch spüren und die knochigen Stelzen, an denen die harten Muskeln zuckten wie ekelhafte Tiere. Volles Rohr ging es auf ihn runter, und je mehr er schrie und zappelte, um so schlimmer wurde es.

Mini-Marco konnte einen Knuff vertragen, so war

es nicht. Natürlich hatte Eino ihn mal angepfiffen. »*Karu*, du bist zu laut! Halt die Klappe, *karu*.« Wenn er es zu wild trieb, hatte Eino so einen Griff draufgehabt, hinten um den Nacken, daß Mini-Marco das Gefühl hatte, in einem Schraubstock festzusitzen, und noch Stunden später den Kopf nicht drehen konnte. »Hast du genug?« hatte Eino dann gefragt, leise und sauer, und Mini-Marco hatte sein Ja herausgebrüllt, weil er nicht nicken konnte in diesen Pranken. Außer Einos Spezialgriff kannte er noch Anitas Backpfeifen, die knallten und Fingerabdrücke hinterließen, und die Schläge mit dem eingeseichten Laken. Oder es gab einen Arschvoll von Oma Bine, mit der bloßen Hand, die ihr bald weh tat und sie schnell aufhören ließ. Oma Bine hatte auch »Katzenköpf« und »Watschen« verteilt, und Mini-Marco dachte daran zurück wie an die billigen Kaubonbons, die sie ihm immer in alle Taschen stopfte, wenn er ging, und die weichen gelben Kekse mit Orangenfüllung, die es nur bei ihr gab.

Er brüllte unter dem Rohr, kreischte um Hilfe, nach Anita, die einfach nicht auftauchte. Er brüllte nach Oma Bine, nach Eino, zuletzt seinen eigenen Namen, nicht Marco, sondern *karu, karu, karu* gegen die furchtbaren, kalten und schneidenden Stöße des Rohrs. Doch jedes Geräusch ging unter im Dröhnen von Pornostars Stimme: »Halt's Maul, du kleine Russenratte, ich bring dich um! Dir werd ich's zeigen, das machst du nicht noch mal. Hast du's jetzt kapiert? Hör auf zu jaulen, hör auf mit dieser Drecks-sprache, hör auf!« Mini-Marco wurde still und spürte die harten, hastigen Schläge, mit denen sein Herz Blut durch den Körper jagte, hörte ein hohes Pfeifen, wie von einem Tier, das er erst später als das eigene Atmen erkannte, und langgezogenes, leises Gewimmer, das mit Speichel, Blut und Rotz vermischt, aus seinem Mund kam. Er war unter das Sofa gerollt. Da lagen Krümel und so ein gelbes Plastikding aus einem Überraschungsei. Die dicke Anita war keine große Putze. Der Staub bildete Flocken, Nester, manche so groß wie Mini-Marcos geballte Fäuste. Sie schlichen sich vor sein Gesicht, wanderten träge vor seinen halbgeschlossenen Augen herum. Er schaute ihnen zu, wie sie da wuselten. Eins kam ganz nah an seine Hand, und er streckte den Zeigefinger aus, um es zu berühren. Es blieb sitzen, und er fühlte, wie weich es war, wie es atmete und sich bewegte.

Mini-Marco roch den fettigen Kupfergeruch des eigenen Blutes. Es roch genau wie der Hase, den Eino an einem Morgen in den Sommerferien gefangen hatte. Sie waren unglaublich früh aufgestanden und mit der U-Bahn bis Türlenstraße gefahren. Es war noch dämmrig. Auf der Heilbronner Straße war kaum ein Auto unterwegs. Überall piepten Vögel, aber sie waren nicht zu sehen. Marco erinnerte sich, daß Mini-Marco versucht hatte, Eino zu den noch geschlossenen Motorradshops jenseits des Fahrdamms zu zerren. Aber Eino hatte ihn beim Kragen genommen und durch die Lücke eines Bauzauns geschoben. Sie stiegen eine wacklige Metalltreppe runter und kamen auf eine Riesenprärie mitten in der Stadt. Gestrüpp, Büsche, kleine Bäume, höher als Mini-Marco, wucherten hier auf einer Ebene, die gar nicht aufhörte, sich im Dunst verlor. Mini-Marco sah den Fernsehturm, der sich ins graue Gewölk spießte, Hochhäuser, den Turm des Hauptbahnhofs, die waldigen Hügel rings um die Stadt. »Das hier ist eine Baustelle, die nicht fertig wird. Sieht den Deutschen gar nicht ähnlich. Mußt jetzt ganz leise sein, *karu.*« Eino hatte sich mit raschen, kaum hörbaren Schritten einen Weg durch das Gesträuch gebahnt. Seine starken Arme schoben Zweige weg, gaben den Blick frei auf eine kleine Lichtung, bewachsen mit struppigem Gras und verschiedenen Blumen. In einem Gebilde aus Paketschnur und sorgfältig zurechtgestutzten Ästen zappelte ein großer graubrauner Hase. Sein weißer Bauch leuchtete. Die glänzenden gelblichen Augen schienen nach allen Seiten gleichzeitig zu blikken. Eino hatte dem Tier mit seinem Messer sekundenschnell die Kehle durchgeschnitten. Er sprach mit ihm, brach ein Stück Zweig ab, das er hinter die starken Vorderzähne schob. »*Jänes*' letztes Fressen. Muß man machen. Gehört sich so für einen guten Jäger.« Eino hängte den toten Hasen an den Ast eines hohen Busches. Die langen, flaumigen Ohren mit dem zarten blauen Geäder baumelten im Morgenwind. Er schnitt das Fell oberhalb der langen Pfoten mit den ledrigen Ballen an der Unterseite rundherum durch, schob das Messer zwischen Haut und Fleisch und schnitt so an den Innenseiten der Beine bis zum haarigen Hodensack und Pimmel, die er abtrennte. Als öffne er ein Päckchen Butter, löste er das Fell von den Oberschenkeln und zog es dann wie einen zu kleinen Anzug vom Körper ab. »Das können wir nicht mit nach Hause nehmen. Deine Mutter wird es nicht mögen.« Aus herumliegenden Steinen bauten sie eine Grillstelle und sammelten trockenes Gras und Zweige. Sie brieten das Hasenfleisch an Stöcken und aßen es mit einer Mischung aus Pfeffer und Salz, die Eino in einer kleinen Papiertüte in seiner Jacke stecken hatte. Braune winzige Vögel stiegen aus dem Gras in den hellen Himmel. Es roch nach Rauch und Heu. »Ein richtiger Jäger braucht nur ein gutes Messer und eine Schnur. Du mußt nicht schießen, du mußt denken wie der *jänes*. Ich habe seinen Dreck gefunden und die Falle gebaut. Er kommt nur, wenn er sich ganz sicher fühlt.« Fell, Kopf und die Eingeweide, ein blutiges Häufchen von ineinandergeschlungenen Schläuchen, vergruben sie sorgfältig. Der *jänes*, zäh und fasrig, reichte gerade für beide. Eino hatte auch Brot dabei, das sie in den Saft tunkten. Anschließend lagen sie auf dem mit fedrigen

Gräsern bewachsenen Boden und ließen sich von der immer heißeren Sonne wärmen. Der Verkehr hinter dem Bauzaun wurde lauter, die Straßenbahn quietschte. Kein Mensch in der Nähe.

Irgendwann saß Mini-Marco wieder auf dem Sofa, gewaschen, in einem sauberen T-Shirt und mit Scheitel. Porno hatte ihm einen nassen Kamm durchs Haar gezogen. »Wenn du einen Pieps zu ihr sagst, bist du tot. Verstanden?« Mini-Marco hatte genickt und zugeschaut, wie Pornostar seine Sporttasche und einen braunen Kunstlederkoffer auspackte, Schuhe, Jakken, Hemden in den Schrank neben dem Fernseher hängte, neben Anitas Fummel, in das leere Loch, wo Einos Klamotten gewesen waren. Mini-Marco schniefte leise und ging ins Bett. Anita, die bald danach zur Tür reinkam, Porno Küßchen gab und Einkäufe auspackte, klang ganz fröhlich: »Habt ihr euch bekannt gemacht?« »Ja, klar, aber der muß noch viel lernen, der Junge.« Sie sah, als sie den Vorhang zur Seite schob, im Schein der Flurlampe nur noch seine Haare, die blondgesträhnte Bürste. Das Gesicht war tief im Kissen vergraben. »Der kleine Spinner schläft schon.«

Marco

Hinter dem Vorhang knipst Marco die Lampe an. Mickymaus grinst wie eh und je. Ein Ohr ist geklebt, aber sie ist immer noch da und leuchtet zu seiner Begrüßung auf. Schade eigentlich, sie wird hierbleiben müssen. Paßt nicht in den Rucksack. Micky wirft ihren gelben Lichtkreis auf die Matratze, auf die hellblaue Bettwäsche, die an vielen Stellen schon löchrig ist und so leicht reißt wie Klopapier. Marco schmeißt seinen Rucksack in eine Ecke und hockt sich hin. Der winzige fensterlose Raum riecht nur nach ihm selbst. Bis hierher ist Pornos Gestank nicht vorgedrungen. Sein Herz klopft wieder, anders als vorhin an der Wohnungstür. Er ist aufgeregt, aber es fühlt sich nicht schlecht an. Er wühlt in dem Karton, der am Fußende steht, zieht seinen Gameboy raus. Er ballert ein bißchen rum, dann fühlt er sich ruhig genug für den Zettel. Marcos Finger wandern unter die Matratze und ziehen ein mehrfach gefaltetes Stück Papier heraus. Anita hat es damals in den Müll geschmissen, deshalb ist es fleckig und hat einen langen Riß. Marco streicht es glatt, so kann man die mit blauem Kugelschreiber ordentlich hingemalten Wörter noch lesen: »Ich halt's hier nicht mehr aus, ich geh heim nach *Eestimaa*. Kommt nach, wenn ihr wollt.« Und dann Name und Adresse, die klingen wie ein Zauberspruch: *Eino Rännumees, Pedassaare, Rahu mois, Lääne-Virumaa. Eestimaa.*

»Sein Scheiß-Estland, das kann er sich sonstwohin stecken, ich geh da nicht hin, niemals!« Die dicke Anita heulte, ihr lief die Wimperntusche runter, sie wischte sich mit den Fäusten schwarze Streifen über die Backen. »Das blöde Arschloch! Sein Mistland am Ende der Welt ist ihm wichtiger als wir. Du kannst ihn echt in die Tonne kloppen.« Marco war ausgerastet: »Er wollte, daß wir mitkommen! Warum sind wir nicht mitgegangen? Du bist schuld! Ich hätte es gepackt, ich kann schon ein paar Sachen sagen, der Eino hat mir alles beigebracht: *palun*, *aitähh*, *kiisu*, *kurat*. Jetzt kommen wir nie ans Meer!«

Eino konnte es in Stuttgart nicht mehr aushalten, weil ihm das Meer fehlte, der Geruch und die Kraniche, die im Spätsommer jeden Abend da rumflogen. Eino hatte gesagt, ihr Geschrei höre sich an wie Hundegebell. Fliegende Hunde über dem Meer. Marco wollte das hören. Eino wußte genau, was er vorhatte: »Meine *vanaema* hat ein Haus, es heißt *Rahu mois*. Wenn du in der Küche stehst und abwäschst, kannst du aus dem Fenster das Meer sehen und davor Kiefern, die wachsen bis zum Strand runter. Und die Kartoffelrosen, die blühen da auch, büscheweise, mit Blüten, so groß wie deine Hände. Meine *vanaema* wohnt da ganz allein, und sie ist ziemlich alt. Das

Haus ist ein bißchen kaputt, es regnet durch das Dach, und man müßte es neu anstreichen, aber das ist eine gute Arbeit. Du könntest mir dabei helfen, *karu*. Es gibt einen Garten und ein Gewächshaus für Tomaten, Gurken und so, und im Meer Fische ohne Ende, und im Wald kann man Fallen aufstellen, für einen *jänes*, oder mal einen *pöder* schießen. Draußen im Meer liegt ein Felsen, die Alten sagen, der *vanapagan* hat ihn aus Wut da reingeworfen, weil ein kluger Fischer ihn überlistet hat. Da kann man drauf liegen, nach dem Baden, und in den Himmel schauen, dann siehst du die Möwen und fühlst den Wind und die Sonne. Wir machen das Haus schön. Es gibt eine alte Scheune und einen Holzschuppen, ich hab mir das alles überlegt, und die bauen wir aus und machen neue Dächer drauf, legen ein paar hübsche Teppiche rein und gute Betten. Ich hab auch was gespart. Und dann vermieten wir an Touristen. Im Sommer. Da kommen die Finnen und die reichen Russen und in letzter Zeit auch Engländer und Deutsche. Anita kann das machen, die ist doch gut in so was, und *vanaema* kocht *eesti toit*, und ich führe die Leute durch das Moor und den Wald, fahr raus aufs Meer zum Fischen, und im Winter, wenn alle weg sind, sitzen wir am Kamin und trinken *kohv*.«

Schließlich heulten Anita und Mini-Marco beide, standen sich gegenüber, der Tisch war zwischen ihnen, und darauf lag der Zettel, den sie in der Faust zerknüllte. Danach hatte sie sich neu angemalt, um rauszugehen und erst morgens wiederzukommen. Bevor sie die Wohnungstür zuknallte, schrie sie noch: »Und überhaupt, ich kann sowieso nicht mit einem Typen leben, der tagelang kein Wort sagt und bei dem man nie weiß, was er denkt.« Marco verstand das nicht. Er fand es völlig in Ordnung, daß Eino nicht so viel quatschte. Außerdem redete er schon. Mit ihm jedenfalls.

Marco hat die Idee, nach Estland abzuhauen, noch nicht besonders lange. Er kam nicht drauf, wieso es ihm wieder eingefallen war. Komisch eigentlich, denn der Zettel steckt seit Ewigkeiten in der Matratze. Wahrscheinlich hatte Mini-Marco ihn vergessen und vor lauter In-die-Hose-Scheißen keine Zeit gehabt, um daran zu denken. Immerhin hat er dieses wichtige Stück Papier in Sicherheit gebracht, vor Porno versteckt. Und jetzt ist alles wieder da: Eino, Estland, das Meer und der Zettel. Wie eine Tür, die er bloß nicht gesehen hat. Eine Tür, die er nur aufreißen muß, aufreißen und abhauen. Diesmal wird es klappen, das weiß er. Denn da ist noch die Geschichte, die Hassan ihm erzählt hat. Von der Kichererbsendose.

Er braucht Geld, viel Geld. Und wenn er erst mal dort ist, wird er auch Eino finden, mit der Adresse und so. Er kennt sich aus, weiß sogar, wie die estnische Fahne aussieht: blau wie die Kornblume, schwarz wie die Flügel der Schwalbe, weiß wie die Kreidefelsen. Man muß hinfliegen oder mit dem Auto fahren, drei Tage im Auto, über Polen, Lettland, Litauen, Namen, die ihm nichts sagen, aber er weiß das von Eino. Man fährt die Nächte durch, und alles sieht plötzlich anders aus, es riecht anders, vielleicht schon nach Meer.

Marco wird sich nicht wieder so dumm anstellen wie beim ersten Mal. Mini-Marco, der kleine Idiot, war kurz nach seinem zehnten Geburtstag abgehauen. Er wollte zur Oma nach Marbach. Das war einfach. Mit der dicken Anita waren sie fast jedes Wochenende hingefahren. Nach der Schule stieg er am Olgaeck in die U-Bahn, fuhr bis Hauptbahnhof. Dann in die S 4, die dunkelblaue, bis Endstation. Mini-Marco fuhr schwarz und wurde nicht erwischt. Aber in die Schubartstraße kam er nicht mehr, denn vor dem Bahnhof auf dem Parkplatz, wo die Menschentrauben aus dem Zug sich in alle Richtungen auflösten, die die mit Pfeilbüscheln besetzten Wegweiser anzeigten, in den kleinen Park mit dem Springbrunnen wuselten, zum Kiosk, da lehnte Porno in der offenen Autotür, riesig und schrecklich. Mini-Marcos Jeans waren plötzlich naß geworden, das Wasser rann ihm in die Turnschuhe. Er wollte wegrennen und konnte es nicht, stand da wie der Depp. Porno packte ihn an den Handgelenken und zerrte ihn zum Auto. »Du kleiner Wichser, wo wolltest du hin? Paßt es dir nicht bei uns? Ich finde dich überall, ich krieg dich immer, merk dir das. Runter mit den Klamotten, ich hab das Auto erst gestern saubergemacht, du alte Pißnelke.« Er hatte ihm die Hosen runtergerissen und ihn getreten. Es war ein schöner Aprilnachmittag, blauer Himmel, die Sonne schien. Neben ihm in den Parklücken strahlte grünes und silbernes Blech, warf Schatten auf Mini-Marco, der am Boden lag und schrie. Aber keine Sau kam. Porno hatte ihn in den Kofferraum geschmissen, zu einem Karton fettarmer Milch und einem Paar alter Turnschuhe. Nachdem er den Blechsarg endlich geöffnet hatte, auf einem einsamen Parkplatz an der Landstraße, nahm er ihn noch mal in die Zange, flüsterte: »Deine Oma, wenn du noch mal in ihre Nähe kommst, anrufst oder hinfährst, weißt du, was ich dann mache? Ich fahr nach Marbach und warte vor dem Haus. Und wenn sie dann rauskommt, geb ich Gas und mangel sie um. Alte Weiber können nicht mehr gut gucken, sind eine Gefahr im Straßenverkehr. Kleiner Unfall, keiner wird was merken. Willst du das? Nein? Okay, dann weißt du Bescheid.«

Nein, so bescheuert wird er nicht wieder sein. Oma Bine kriegt dann später eine Postkarte mit dem Haus drauf, Einos Haus am Meer. Warum die dünne Anita nicht mehr in die Schubartstraße ging, hatte Mini-Marco nie begriffen. Er fragte sich, ob etwas mit ihr geschehen war, ein Unfall, eine Krankheit, daß sie sich plötzlich so verändert hatte. Mini-Marco hatte auch eine Theorie gehabt. Marco lacht heute darüber, aber Mini-Marco war das ganz logisch vorgekommen. Da gab es diesen Film, über einen Vater, der eine Dose vergammeltes Bier trank und dann zu einem Monster wurde. Mini-Marco hatte sich ernsthaft gefragt, ob nicht mit der dicken Anita etwas Ähnliches passiert war. Ob das nicht sein konnte, daß ein Monster sich in den Menschenkörper einschlich wie ein Einbrecher in ein fremdes Haus. Denn seine Mutter war verschwunden. Es gab nur noch die dünne Anita, die die meiste Zeit hinter der riesigen Gestalt mit dem Rohr verborgen blieb. Ganz am Anfang kam sie abends noch hinter den Vorhang und flüsterte: »Du darfst ihn nicht so aufregen, sei brav, Marco. Wenn du brav bist, passiert auch nichts. Er meint es nicht so. Du mußt dich anstrengen, Marco.« Aber mit der Zeit hatten diese Besuche aufgehört. Und sie schien ihn überhaupt nicht mehr wahrzunehmen. Sie war bei der Arbeit, sie ging zum Sport, mit Porno zusammen, und oft vergaß sie, Marco einen Teller hinzustellen, wenn sie den Tisch deckte. Deshalb konnte es schon sein, daß diese Frau, die da in der Wohnung rumlief, aß, schlief und aufs Klo ging, gar nicht seine Mutter war.

So wie die dicke Anita sich verwandelt hatte, war auch Marco nicht mehr derselbe. Mini-Marco hatte sich versteckt, mausemäßig, unsichtbar, versucht, alles richtig zu machen. Aber seit Marco kein Mini-Marco mehr ist, merkt er, daß er etwas tun kann. Bestimmen, was Sache war, Zähne zeigen, Haare auf der Brust, Wut im Bauch. Mit Murat, Hassan und Ufuk war es einfach. Sie hielten zusammen, da traute sich keiner ran.

Marco wußte nicht mehr genau, wann und wie das mit ihnen angefangen hatte. Plötzlich waren sie dagewesen. Wahrscheinlich hatten sie sich vor der Schule getroffen. Sie drückten sich möglichst lange dort rum, weil keiner Bock hatte, nach Hause zu gehen. Ufuk kannte er schon aus der Jakobschule. Er wohnte auch im Hochhaus. Murat und Hassan kamen später dazu. Es gab niemand in der Stufe, der mit ihnen rumhing. Sie waren sich selbst genug, ließen keinen an sich ran, machten andere fertig. Marco war das egal. Er schaffte es, bei ihnen einzusteigen. Sie waren härter als der Rest und irgendwie näher an ihm dran. Er würde nie wirklich zu ihnen gehören, das merkte er an allen möglichen Sachen. Aber ihre Väter prügelten, genau wie Porno, und dann gab es noch Cousins und große Brüder. Meine Herren, da kam was runter, auf alles, was sich bewegte, die Mütter, die Schwestern. Trotzdem sagten sie: »Das verstehst du nicht, sie müssen das tun, wegen Respekt, wegen Ehre, das kennt ihr Deutschen nicht.« Richtige Scheiße. Aber es war besser, nicht mehr rumzulabern. Diese Wir-Muslims-ihr-Schweinefresser-Gespräche konnten schlecht ausgehen. Ärger gab es zu Hause. Draußen wollte er jemand anders sein, Tokio-Hotel-Georg meinetwegen, wegen dem sich die Mädchen kichernd anstießen, vor dem die Feigen kuschten und an dessen Seite die richtig coolen Typen marschierten, um sich zu nehmen, was ihnen zustand.

Wenn er sein Ding durchzog, wäre es mit ihnen vorbei, das wußte er, und es machte ihn traurig. Aber wenn er jetzt einknickte, würde er irgendwann draufgehen. Wo gehobelt wird, da fallen Späne. Noch so ein Spruch von Oma Bine, aber so war es. Er würde heute noch hobeln, was das Zeug hielt, und die Späne, der Mist, der in den Kuttereimer geschmissen wurde, wenn die Party vorbei war, das würde diesmal nicht er sein, nicht Marco. Das wären dann die anderen: Hassan, Murat, Ufuk und auch Onkel Nâzım, besonders der. Wenn das klappte, was er sich überlegt hatte. Wenn es irgendwo knallte und rauchte, dachte man doch automatisch an Türken. Und es würde heute noch rauchen, ganz bestimmt. Dann konnte er abhauen, die Taschen gestopft voll, denn er hatte einen Superplan, bei dem mehr rüberkommen würde als beim Wühlen in Pornos traurigem Geldbeutel oder beim Abziehen auf dem Schulweg.

Die Story, die Hassan rausgelassen hatte, als sie vorgestern die Constantinstraße raufschlenderten, auf dem Weg zu Nâzıms Laden, die hatte ihn drauf gebracht: »Der Murat, der muß jetzt da schaffen, das will sein Vater, weil der die Schule eh nicht packt. Sein Onkel Nâzım ist voll der erfolgreiche Geschäftsmann. Der hat's echt geschafft, und Murat hat erzählt, der hält nichts von den deutschen Banken, steckt alles Geld in eine Dose, 'ne alte Kichererbsendose. Ist ein kluger Typ, der Nâzım. Und die Dose, die versteckt er irgendwo im Laden. Hammer, oder?«

Marco fand, daß der kluge Nâzım total schwul aussah mit seiner Mütze. Aber das wollte bei Türken nichts heißen, die küßten sich ja auch zur Begrüßung. In seinem Laden mit der gestreiften Markise war Marco vorher noch nicht gewesen. Anita kaufte im Discounter. Es war sowieso komisch, daß er so gut wie nie zum oberen Ende der Constantinstraße kam. Er kannte die ›Zaunkönige‹. Da hatte Mini-Marco oft abgehangen, bevor Porno kam. Den Bopser-Spielplatz direkt bei der U-Bahn gab es noch da oben. Auf dem kasperten sie manchmal abends rum, hingen an der Tarzanbahn, rauchten und tranken. Ufuk hatte dort auch mal eine Schlampe aus ihrer Stufe gevögelt, in dem Kletterhäuschen, ganz oben. Aber dorthin waren sie immer über die Wächterstaffel gegangen. Einmal schnaufen, und schon war man oben. Erst mit Murats Zwangsarbeit erschien der Laden auf seiner Landkarte. Es hatte jede Menge Alk dort gegeben. Zuerst hatte er nur daran gedacht, Murat zu überreden, mal ein paar Flaschen zu klauen. Der schwule Nâzım hätte bei seinem ganzen Gezeter jedenfalls nicht geschnallt, wenn man ihm den halben Laden weggetragen hätte.

Aber diese Dose, die war natürlich viel besser als eine ganze Badewanne voller Alk. Die mußte er haben. Richtig viel Kohle, um endlich wegzukommen, weit und schnell. Estland statt Marbach, das war doch was. Er wird nicht die dämliche S-Bahn nehmen, sondern den Zug, am besten den ICE. Er braucht sich die Knete nur zu holen. Marco faltet den Zettel wieder zusammen und steckt ihn ein. Eino, ich komme.

Es ist klar, daß er die anderen nicht mehr treffen darf, wenn er gleich rausgeht. Sie würden da sein, wo sie immer waren, in der Unterführung am Olgaeck, vor Werners Kiosk, auf den Treppen vor der Tiefgarage in der Blumenstraße, zwischen Lidl und Sexshop. Es wäre nicht schwer, ihnen auszuweichen, ihr Revier ist klein. Er würde einfach hochlatschen bis zur Brunnen-Tuss' und dort warten. Er würde nicht auffallen und hätte Nâzıms Klitsche und die ganze Constantinstraße gut im Blick. Constantin, ein blöder Name, so blöd wie die meisten hier oben: Olga, Alexander, Katharina.

Der Brunnen ist die Grenze, an der sein Revier endet. Unten sind die Häuser zwar alt, aber schwarz und bröckelig. Aus den Kellern mufft es, und in den Höfen liegt Sperrmüll. Dann kommt Marcos Hochhaus, wie ein riesiger Wachturm, unter dem sich die

Constantinstraße und die Charlottenstraße schneiden, wo die U-Bahn fährt und der Verkehr brüllt. Die Brunnen-Tuss' hockt in Zone 30. Sie hockt da mit ihrem hochgesteckten Haar, den spitzen Brüsten, von denen jede, kalt und glatt, genau in eine hohle Hand paßt. Sie sitzt ganz oben, kreuzt die schlanken weißen Beine, zeigt ein bißchen Hintern, der ebenso schmal und hübsch ist wie ihr restlicher Körper. Marco findet, die Brunnen-Tuss' paßt an diese Stelle wie die Faust aufs Auge. Keine von den Weibern, die er kennt, könnte so gucken, schon gar nicht ohne Klamotten. Sie ist wie die Leute, die hier wohnen, in diesen Burgen, vor denen die Superkarren Stoßstange an Stoßstange parken und kein Papierchen auf dem Gehweg liegt. Sie ist wie die Frau, die er am Dienstag nach der Halloween-Party bei den ›Zaunkönigen‹ rausgeklingelt hat. Diese Rothaarige, die in Strumpfhosen aus ihrer Riesenbude gekommen war. Sie hatte mit ihnen geflirtet, richtig geflirtet, Süßigkeiten ausgegeben und trotzdem diesen Ausdruck im Gesicht gehabt: »Ihr könnt mir nix, ich bin cool, und ihr seid Dreck.« Die hatte mehr als genug. Und es war hier, in Stuttgart, drei Straßen weiter, zwei Minuten zu Fuß, nur eine Staffel höher. Und genauso war es mit der Kohle, die er brauchte. Die wartete auf ihn, ganz nah, eingerollt in einer Dose.

Es würde Spaß bringen, so lange Dreck zu machen,

bis auch die Rothaarige anders schaute. Ängstlich. Die Hosen voll. Rumsauen, wo es so sauber war, das brachte es, das hatte Marco schnell gemerkt. Die da oben waren leicht aus der Ruhe zu bringen. Die Alte fiel ihm wieder ein. Die hatte einfach auf dem Gehweg gestanden und in einer Tour den Kopf geschüttelt. Bestimmt über ihn, als er gestern noch mal an Nâzıms Laden vorbeigerauscht war, um alles zu checken. Aber es gab nix zu sehen. Der Typ ließ grade seine Läden runter, Mittagspause. Und Marco sah nur diese Alte, die mit irrem Blick den Kopf schüttelte, als würde er gleich abfallen. An der Leine hielt sie einen tattrigen Köter, der jaulte und zerrte und in der Hand so ein altmodisches Einkaufsnetz, in dem eine einzige Zitrone baumelte wie ein fetter toter Goldfisch.

Das Rumziehen nach der Halloween-Fete bei den ›Zaunkönigen‹ war Hassans Idee gewesen. Murat und Ufuk waren ebenfalls total spitz darauf. Sie hatten Knaller, eine Eierschachtel und ein paar Tuben Zahnpasta. »Für die Arschlöcher, die uns nix geben wollen. Das machen sie in Amerika auch so, die machen da voll Party an Halloween, da traut sich keiner von den Alten vor die Tür!« Murat schlug vor, doch nicht im Hochhaus rumzugeistern, sondern lieber die Constantinstraße hochzugehen. »Da wohnen lauter Deutsche mit viel Kohle.« Marco seufzt und nestelt an seinen Schnürsenkeln herum. Die Sache mit der Dose würde schon anders werden, härter. Er muß sich ausrüsten, für alle Fälle.

Marco wühlt im Putzschrank in der Küche. Porno hat wirklich für jeden Furz eine Giftpulle. Backofenspray, Raumdeo, Ceranfeldreiniger. Aber das, was Marco sucht, ist nicht dabei. Er wirft alles raus, das Zeug kullert über den Boden, paar Dosen rollen unter den Herd. Das können sie dann selber aufräumen, wenn sie heimkommen. Dann hat er endlich in den Fingern, wonach er gesucht hat. Fensterreiniger. *Home Profi.* Spiritus. Hinten drauf das kleine orangefarbene Schild mit dem schwarzen Feuerle. Hochentzündlich. Her damit. Eino, ich komme. Ich pack noch mein Zeug und bin weg. Er verstaut die Glasflasche in einer zerknitterten Plastiktüte. Was braucht er noch? Wann hat er das letzte Mal seine Sachen gepackt, um irgendwohin zu gehen? Mini-Marco im Waldheim, vor 1000 Jahren. Der Rucksack muß reichen, da geht jede Menge rein, Eastpack, coole Marke, hat er von einem flennenden Grundschulspasti gezogen, in der Unterführung am Charlottenplatz. Warme Sachen, am Meer ist es kalt. Und die Fleecemütze. Socken und Unterhosen müssen auch sein. Sein Blick wandert durch den winzigen Raum. Den Gameboy noch, falls es mal langweilig wird. Paar Stunden wird das schon dauern. Scheiße, daß er in den Alk gepißt hat, er könnte noch einen Schluck vertragen. Aber vielleicht ist es gar nicht schlecht. So hat er wenigstens kein Brett vor dem Kopf. Eine Knarre wäre gut, so ein richtig fettes Teil, rambomäßig. Sich den Weg freiballern. Marco läßt den Rucksack fallen und stürzt ins Wohnzimmer. Das ist es! Er reißt den Schrank auf und fetzt Anitas und Pornos Klamotten heraus. Da unten ist sein Krempel. »Meine persönlichen Papiere. Wer da rangeht, ist tot.« Marco stülpt den kleinen Karton um. Schufa, Finanzamt, ätzender Kram. DVDs, Ficksauereien, war ja klar. Aber da, da ist sie. Endlich. Die ultimative Wumme. Wie zehn nackte Wilde hat Porno damit angegeben. »Aus Berlin, vom Brandenburger Tor. Gleich nach der Wende bin ich hin, wollte mir alles ansehen. Da hatten sie alte Armeebestände, von den Sowjets. Hab noch runtergehandelt, die Polacken, die wollen einen ja immer bescheißen.« Die Pistole liegt groß und schwarz in Marcos Hand. Sie fühlt sich schwer an und irgendwie lebendig. Er tastet über den geriffelten Griff. Er schiebt sie vorne in den Hosenbund. Gänsehaut läuft über seine Bauchdecke.

Luise

Wenzel hat sich vollständig unter den Decken vergraben. Im Schein der Nachttischlampe formt das Federbett einen Hügel über seinem Körper. Der stille Hügel duftet nach Weichspüler und raschelt unter keiner Bewegung, so tief schläft er. Wenzels Gesicht bleibt verborgen, nur sein Haarschopf lugt hervor, ein schönes, bläuliches Weiß, nicht dieses Zahngelb, das den Schopf der meisten Männer seines Alters verfärbt. Bei dieser Farbe muß Luise an die Hauer der Wilhelma-Elefanten denken. Wenzels Haar hat sie schon immer gerne gezaust und sich erschrocken, als sie plötzlich weiße Fäden darin fand. Zuerst verlangte er, sie solle sie ausreißen. Eitel war er schon immer gewesen. Dann gab er auf, viel früher als sie, die noch vor zehn Jahren beim Friseur Sprenger in der Pelargusstraße ›Kastanienbraun‹ verlangt hat. Aber auch schlohweiß ist er noch »der schiene Wenzel«. Luise ist stolz, wenn sie neben ihm die Straße entlanggeht. Dieser Stolz, der ihr das Kreuz durchdrückt, daß die Brüste vorstehen und das Kinn sich hebt, unterscheidet sich in seiner Intensität kein bißchen von dem Gefühl, das ihr über sechzig Jahre zuvor auf einer Tübinger Hotelterrasse den knallrot geschminkten Mund zu einem Grinsen auseinanderzog, das um so breiter wurde, je stärker sie versuchte, es zu unterdrücken.

Eine Schar in den Stuttgarter Großraum versprengter, sich selbst Deutschböhmen oder Sudetendeutsche nennender Absolventen der Reichenberger Lehrbildungsanstalt war mit ihren Ehepartnern beim ›Nekkarmüller‹ zusammengekommen. Ihre Hochschulreife nannten sie beharrlich Matura. Als ob es mehr Wert hat als das schwäbische Abitur, dachte Luise, die mit 14 abgegangen war, um in einer Stuttgarter Schokoladenfabrik als Hilfskontoristin zu arbeiten. In Tübingen schien die Oktobersonne, so daß die Frauen ihre Kostümjacken auszogen und die Männer die Manschettenknöpfe herausfummelten. Kastanien knallten aus den gelbleuchtenden Baumkronen zwischen die Kaffeegedecke. Unterhalb der Ufermauer warteten Enten und Forellen auf Brot- und Kuchenkrümel. Ein Korpsstudent sprang vom Stocherkahn in den braungrünen Fluß, einer über Bord gegangenen Bierflasche hinterher, das Johlen und Klatschen der halben Terrasse im Rücken. Die blonde Kopka-Edith warf Luise über Pflaumenkuchen mit Schlagsahne hinweg einen wehmütigen Blick zu und sang in der hohen Tonlage des böhmischen Dialekts: »Das hätt' keine von uns megen denken, daß Schien-Wenzel sich eine aussucht, die nicht von daheeme kommt.« Die Kopka-Edith mit dem schräg gelegten Dauerwellenköpfchen war kein Ripp. Die Jaksch-Hilde oder die

Kretschmer-Liesl dagegen sprachen auch nach Jahren kaum ein Wort mit Luise. Aber an diesem Nachmittag hatte sie die Augen schmal gekniffen. Luise wußte genau, daß sie die Stellen musterte, an denen ihr neues dunkelblaues Sommerkleid eine Idee zu knapp saß. Sie war schon wieder auf dem besten Weg, sich ihre alte Figur zurückzufuttern, mit Schinken, Sahne, Wirtschaftswunderherrlichkeiten. »Dickerle«, sagten Kopka-Ediths Augen, »Dickerle, wie hast du das bloß geschafft?«

Sie zieht die ausgestreckte Hand zurück und verkneift sich die Liebkosung. Er soll noch ein bißchen schlafen. Verdient hat er es, nach dem Affenzirkus gestern nacht. Luise dreht sich stöhnend auf die rechte Seite. Die grünen Leuchtziffern des Weckers zeigen 6:30 Uhr, das Radio daneben babbelt leise vor sich hin.

Vielleicht hätten sie doch die Polizei rufen sollen. Aber die Angst hatte sie gelähmt, die alte Panik, die wieder in ihr hochschwappte, saures Aufstoßen nach einer Mahlzeit, die sie längst verdaut geglaubt hatte. Natürlich waren die Geräusche schuld daran, das hohe Pfeifen der Böller, das Knattern der Kanonenschläge, dazu die Dunkelheit. Im Moment des Hinausstürzens, bloßfüßig, im Hemd, war sie wieder im Keller in der Reinsburgstraße und wartete in Todesangst darauf, daß das Pfeifen der fallenden Bombe in einem alles auslöschenden Knall enden würde, schmeckte die fasrige Bitterkeit des Holzstücks zwischen ihren Zähnen. Das Holz hatte ihr die Büschle reingeschoben, weil sie sich immer Lippen und Zunge aufbiß. Die Büschle wurde dann erschlagen. Von einem Klavier, man stelle sich das vor. »Ein Grotrian-Steinweg!« rief ihr Mann auf der Beerdigung immer wieder. In der Ruine mußte sie rumstöbern. Die Wohnzimmerdecke war runtergekommen mitsamt dem Klavier.

Statt dessen sah Luise Wenzel, der die Übergardinen am Wohnzimmerfenster zur Seite riß. »Nicht, nicht die Verdunklung!« kreischte Luise, aber er enthüllte wie ein wütender Theaterdirektor das Spektakel draußen. Mehrere Jugendliche, schlaksige Figuren in Turnschuhen, trampelten durch das Gärtle. Sie trugen Masken: eine grauenvoll in die Länge gezogene Fratze, ein grinsender Kürbis. Sie bewegten sich schnell und geschickt, johlten, tanzten durch die Beete, warfen mit Fallobst. Plötzlich traf etwas die Scheibe. Luise schrie auf und duckte sich, aber es drang nichts zu ihnen durch. Die kalkigen Schalen barsten, gaben das Eiklar und den verletzten Dotter frei, alles rann nach unten. Während Luise sich an Wenzel klammerte, der hinauswollte, »um denen mal gehörig die Leviten zu lesen«, legte sich der Eierregen als schmieriger Vorhang über das Glas. »Nein, die schlagen dich tot! Du bist alt, bleib hier, ich bitte dich.« Die Gestalten verschwanden in der Nacht.

Sie sprachen nicht mehr darüber. Wenzel war ärgerlich gewesen, weil sie sein Heldentum durch ihr »dämliches Geschisse« verhindert hatte. »Mit denen wär ich gut fertig geworden! Was glaubst du denn? Ach, laß mich!« Die Tür zum Herrenzimmer knallte. Luise war sicher, daß er hinter den Gustav Freytag griff. Dort stand der Cognac. An kalten Tagen brachte er die Karaffe ins Wohnzimmer, um ihren Tee damit zu verlängern, ließ sie dann geheimnistuerisch wieder verschwinden. Luise gönnte ihm das Versteck mit derselben augenzwinkernden Überlegenheit, mit der sie ihrem jüngeren Bruder den halb ausgeschleckten Gsälztopf im Holzschuppen gegönnt hatte. Sie ging noch einmal durch die Wohnung, kontrollierte alle Schlösser und Fensterriegel. Raus traute sie sich nicht. So eine Sauerei. Es waren bestimmt die wüsten Kerle vom Kinderbauernhof. Kinder, daß sie nicht lachte. Da gingen doch nur Spitzbuben hin, verwahrlostes Gesindel, Türken, Albaner, Griechen, das ganze Pack. Als sie endlich ins Bett kam, schlief Wenzel schon.

Im Radio dudelt jetzt Werbung. Sie läßt es nachts gerne laufen, um bei ihren häufigen Toilettengängen nicht allein zu sein. Wenzel schläft in letzter Zeit viel tiefer als sie. Er scheint es zu brauchen, schnarcht sogar, was er früher nie getan hat. Luise vermißt seine Kommentare, wenn sie wieder zurückkommt, erbärmlich frierend trotz hochgedrehter Heizung. Sie will ihn nicht stören, indem sie sich ankuschelt. Immer war er der Nachtmensch, korrigierte Diktate und Aufsätze, las bis nach Mitternacht in seinem geliebten Dehio oder tippte Artikel für das Reichenberger Heimatbuch. Luise hingegen lag schon nachmittags gerne mit Hund und Zeitschrift auf dem Sofa und nickte ein. Seit ein paar Wochen ist es genau umgekehrt. Er legt sich nach dem Essen hin: »Ich mach mich ein bißchen lang, mit dem Dehio.« Wenn sie dann reinschaut, liegt der Dehio neben der Couch, noch nicht mal aufgeschlagen, und Wenzel schläft, die Brille sorgfältig auf dem Glastisch abgelegt.

Luise schlägt die Decke zurück und schiebt die Beine langsam in Richtung Bettkante. Die Huzak muß alles abziehen, das Laken sieht schon ziemlich knittrig aus. Sie besitzen nur weiße Bettwäsche. Das ist ihr von der Mutter in Uhlbach geblieben: Linnen im Schrank, Kante auf Kante gestapelt, an der frischen Luft getrocknet. Früher hat sie die Wäscheleine im Gärtle gespannt, alles selbst zur Mangel geschleppt, runter in die Mozartstraße, Stück für Stück eingesprengt und unter der heißen Walze durchlaufen lassen.

Heute gibt sie alles in die Wäscherei, bügelt höchstens noch Wenzels Hemden mit dem Dampfbügeleisen. Das Wunderding hat die Huzak angeschleppt. Die Huzak ist in Ordnung. Bruni hat sie hergeschickt, lieber nicht nachrechnen, wann. »Tante Luise, bei euch riecht's immer so komisch in letzter Zeit. Seid mir nicht bös, aber ihr schafft das wirklich nicht mehr alleine, mit dem Hund und allem.« Wenzel ging die Putzfrau auf die Nerven: »Nicht zu fassen, sie ist jetzt schon so lange hier und kann immer noch nicht anständig deutsch sprechen. Die sind dazu einfach nicht in der Lage, eine Struktur zu durchschauen, sich zu konzentrieren. In Reichenberg waren die Tschechen in der Regel auch nicht die Hellsten.«

Was ihre Mutter oder die alte Annelies wohl gesagt hätten, zum Dampfbügeleisen, zum Staubsauger, zu diesen Handys, die jetzt jeder hatte, mein Gott! Wahrscheinlich wär es ihnen unheimlich gewesen: »Des goht zu einfach, des ko nix rechts sein.« Sie hatten nur für die elende Schinderei gelebt: am Weinberg, im Garten, im Stall. Als ob die Lauferei nie aufhören durfte. Ein ewiger Kreislauf des Schuftens, der nur durch die Sonntagvormittage unterbrochen wurde. Sonntags, wenn man bei der Predigt vor Langeweile verging. Und am Montag ging es von Sonnenaufgang an weiter, gnadenlos, als ob sie es sich mit Fleiß ausdachten: Träuble zupfen, den widerlichen weißen Schaum vom Sauerkrautfaß abschöpfen, Hühnerstall ausmisten. Wie sie das gehaßt hatte, das Gegacker, den Mist, der kalkig und beißend roch, die kotigen, warmen Eier, die die Tiere pickend verteidigten.

Nein, Frühstücksei wird es nicht geben. Aber zum Türken muß sie gehen, es fehlt noch allerhand für das Mittagessen, und dann kommt übermorgen die Huzak. Sie sollte sich eigentlich die Speisekammer vornehmen, aber nun wird sie statt dessen Fenster putzen, Ende Oktober, nur wegen der Saukerle gestern.

Dreck hat Luise schon zu Hause in Uhlbach immer verabscheut. Wie stolz waren ihre Mutter, ihre Tanten auf akkurat geflochtene Hefezöpfe, selbstgestopfte Würste, die Gläser voller Gsälz. Aber Luise sah immer wieder, wie die Fliegen an den langen Leimstreifen zappelten, die über dem Tisch baumelten, wie sich im großen Geschirrschrank nicht nur Teller und Gläser fanden, sondern auch Büchsen mit Melkfett, Floh- und Zeckenmittel, die Zange zum Kastrieren der Ferkel. Die fließenden Übergänge zwischen Stall und Stube brachten mit sich, daß immer ein paar dreckige Stiefel oder mistige Hosen herumfuhren und alles einander durchdrang. Im Sommer wurde das Haus fast nur zum Schlafen betreten. Draußen summten und saugten Insekten, Gräser stachen und reizten zum Niesen, das Sonnenlicht gerbte die Gesichter. Kaputtgeschafft, das war ihre Mutter, das war ihre Näne, beide krumm wie Sicheln.

So wollte Luise nicht werden. Sie wollte eine Wohnung in der Stadt, mit Gasherd und Wasserklosett. Mit Jalousien, bunten Teppichen, polierten Möbeln. Und Blumenstöcke höchstens auf der Loggia. Immer hatten sie sich über sie lustig gemacht, ihre Lavendelseife von Mouson in den Sautrog geschmissen. Der Sau waren weiße Blasen um den Rüssel gestanden. Die Brüder lachten, wenn sie sich ständig eine saubere Schürze umband, frische Strümpfe rauslegte, ihr Gesicht vor der Sonne schützte mit einem breitkrempigen Hut. Dabei waren sie nicht einmal arm. Die Eltern hatten einen Weinberg, Obstwiesen, Schweine, dazu das Haus mit den blutroten Fachwerkbalken, den riesigen Kellertoren.

Es gelang Luise selten, den Eltern nach dem samstäglichen Markt, wo sie ihre Früchte und Gemüse an die hochnäsigen Stuttgarter Weiber verkauften, einen Spaziergang, gar einen Café-Besuch abzubetteln. Wenn es erlaubt wird, will sie am liebsten rennen, daß der Rock fliegt, aber sie rahmen sie ein. Auf dem Alten Schloßplatz, nein, Schillerplatz hieß der jetzt, zeigt der Vater mit dem Finger auf das Adlerprofil des Dichterfürsten, und sie muß losrattern: Zu Dionys dem Tyrannen schlich Damon, den Dolch im Gewande. Ihn schlugen die Häscher in Bande, immer weiter, bis sie vor dem Königsbau stehen. Die Mutter lächelt jetzt. So ganz schrecklich findet sie es nicht. Man bräuchte ja noch ein paar Meter Stoff für Hosen und Druckknöpfle, und so kommt es, daß sie fast die ganze Königstraße langlaufen bis zum Bahnhofsturm. Der Vater brummt zwar, aber es ist alles gut weggegangen, denn ihr Obst und Gemüse ist meist schon vor halb zwölf ratzeputz weggekauft.

Bei ihnen werden auch keine zerdetschten Erdbeeren unten in die Körble reingelegt, die Gurken sind niemals bitter und die Rosen taufrisch. Sie kommen beladen zurück; beim Breslauer gab's das ganz günstig, der macht zu, Ausverkauf wegen Geschäftsaufgabe. Sie hat alle Filmplakate gelesen und viele schicke Frauen gesehen, in Kostümen, mit Hüten, Handschuhen und hohen Absätzen, ohne Dreck unter den Nägeln. Frauen aus Büros, aus den Kaufhäusern, die nicht wußten, wie schlimm ein Schweinestall stinken konnte oder was für ein Gefühl das war, zu sehen, wenn ein Hühnerarsch sich aufstülpte wie ein kleiner Mund, um das noch warme, klebrige Ei rauszulassen.

Komisch, der Eugen mochte auch keine Eier. Der kannte das auch, das gesunde Landleben. Aus Rohracker war der Eugen, aber kennengelernt hatten sie sich in Stuttgart. Der Eugen war bei der Schutzstaffel, aber keiner von den Bilderbuchnazis. Eher ein Dunkler, bißle viereckig, mit Schultern zum Anlehnen und Ansatz zum Bäuchle. Ein Lustiger, machte immer Späßle: »Der Katz miaut nicht mehr.« Und er war großzügig. Brachte einen Silberfuchs, Korallenohrringe, eine silberne Puderdose und passende Flakons mit französischem Parfum. Der Silberfuchs war mit grüner Seide gefüttert, die ins Rötliche changierte. An der linken Innenseite, auf Herzhöhe, war das Schildchen gewesen. Helene Seligmann, Stuttgart-West. Sie hatte es mit der Nagelschere rausgetrennt. Die kleinen Löcher, durch die das Stickgarn gelaufen war, blieben und schauten sie an, wenn sie den Pelz zurückschlug, um die Beine zu kreuzen. Der Eugen und seine Jungs waren so ein lustiger Haufen, mit denen gab es jede Menge Spaß. Wer wollte den verderben und groß nachfragen. Sie wußten doch alle, woher die Sachen kamen. Und die hatten eh genug. War besser, sie gingen, so wie der Breslauer, ab nach Amerika. Da konnten sie weiter ihre krummen Geschäfte machen, während Deutschland ganz neu gebaut wurde.

Luise tastet auf dem Nachttisch nach ihrer Brille, das Mistding ist wieder nach hinten gerutscht. Sie sieht damit aus wie eine dicke Eule. Die Gläser sind schmutzig, die Putztüchle nicht zu finden. Stöhnend beugt sie sich vor und zieht die Schublade auf. Papiertaschentücher, Ohrstöpsel, Handcreme. Sie wälzt sich zurück aufs Bett und verschnauft.

Der Eugen fiel bei Stalingrad, wo sonst. Von dem hatte es keine Reste, nur eine Postkarte. Später brachte ihr einer, der Herbert hieß, Eugens Uhr. Erzählte ihr was, über die letzten Stunden. Ihr Foto habe er rumgezeigt: »Mein Schätzle«. Das konnte schon stimmen. Aber ansonsten sagte der Herbert bestimmt nicht die Wahrheit, wollte bloß was schnorren. Die Kerle schwätzten den Frauen vom Krieg nur Lügen vor. Eigentlich war es ein Glück gewesen, daß sie mit dem Wenzel ganz neu anfangen konnte. Wie sollte das auch gehen, zwei Menschen, die nicht mehr dieselben waren, die sich jahrelang nicht gesehen hatten. Das konnte gar nicht sein.

Im Sitzen schüttelt Luise ihr Kissen auf. Sie möchte am liebsten noch einen Knick hineinhauen, aber das wäre zu laut. Es tut nicht gut, schon morgens an das alte Zeugs zu denken, aber es schleicht sich halt immer wieder dazwischen. Ihre Blase drückt, sie muß dringend zum Klo. Wenn es daneben geht, ist es schrecklich, Einlagen hin oder her. Wenzel soll schlafen, es ist ja nichts dabei.

Schlamper schnarcht im Korb am Fenster. Seine Pfoten zucken, vielleicht stellt er im Traum die Kerle von gestern. Im Radio läuft jetzt etwas Klassisches, sie stellt immer Klassik ein. Die englischen *Songs* sind ihr zu unruhig. Die Sprache mag sie nicht. Überall schwätzen sie jetzt Englisch: mihting peunt, Reisetrolli, ohkei. Die Amis können sich wirklich freuen. Vorsichtig kriecht Luise raus, weil es jetzt nicht mehr lange gutgeht und langsam auch Hunger und Kaffeedurst kommen. Ein Elend, ein gotziges, wie die alte Annelies immer gesagt hat. Erst die Füße ganz langsam an die Bettkante und dann vorsichtig auf den Boden. Weh tut es in jedem Fall. Sie beißt die Zähne zusammen und jammert leise. Ihr Rücken zieht und sticht. Noch mehr Tabletten. Es sind doch schon so viele: Blutdruck, Niere, Osteoporose, weiß der Kukkuck. Zum Frühstück gibt es die Plastikschachtel mit den vielen Fenstern. Die bunten Pillen schauen heraus wie kleine Köpfe. Wenn sie sich zu schnell bewegt, wird ihr auch noch schwindlig. Es dauert den Rest des Klavierkonzerts und die ganzen Nachrichten durch, bis sie endlich sitzt und auf ihre Füße schauen kann. Diese Füße, die sie jeden Morgen aufs neue entsetzen, die einer Fremden gehören, plump und krallig, von Adern und Altersflecken bedeckt, bläulich an den Zehen. Füße, deren Nägel nicht mehr die Schere, sondern nur der Knipser durchdringen kann und deren große Zehen überkreuz gehen und sich über ihre schmaleren Brüder legen wie eine umgestürzte Zaunlatte. Das ist die Strafe für all die spitzen Büroschuhe, angefangen von dem ersten Paar, den Kalbsledernen mit Spange. Die Mutter hatte beim Bezahlen den Kopf geschüttelt. Stöhnend, eine Hand im Kreuz, tastet sie nach den Lammfellschuhen, versteckt die grauslichen Schlägel.

Traudl, ihre Schwägerin, lief auf flachen Absätzen. Sie war groß. Auch die anderen Frauen aus Wenzels Jahrgang hatten fast alle diesen Naturkind-Schick. Sie benutzten Weleda-Kosmetik, schworen auf Heilerde-Masken, Wasser aus bestimmten Quellen, die heilende Sonne, Turnabzeichen, Morgengymnastik. Hohe Tiere beim BDM waren die meisten gewesen, Sportskanonen natürlich. Bauernarbeit kannten sie vom Landjahr, die schöne, die wunderschöne Zeit!

Wenn Luise mal davon anfing, was für eine Schinderei das Leben in Uhlbach zu jeder Jahreszeit gewesen war, wurde sie schnell wieder still unter den empörten Blicken der anderen.

Ihre Handelsschule, ihr ganzes Stuttgart, das hatte sie nur Onkel Theo zu verdanken. Dem Onkel Theo, der Wut und Scham der Eltern über den sitzengebliebenen Hefezopf und Luises zwei linke Hände mit dem Satz entgegentrat: »Aber im Rechnen, da isch se a Fäßle.« Und weil es für Haus und Hof ja noch die beiden Brüder gab, durfte sie gehen.

Jetzt drückt Luise beide Fäuste in die Matratze und stemmt sich hoch. Der Schmerz packt fest zu, klammert sich in ihr Kreuz und läßt nicht mehr los. Sie schreit auf, läßt sich wieder fallen. Schlamper kommt aus seinem Korb und legt die kühle Nase in ihre Hand, die schweißfeucht vom Bettrand baumelt. Er fiept. Sie streichelt das Fell und genießt die Wärme des Hundekörpers. Der Schwanz klopft ungeduldig auf den Bettvorleger. Dann strebt das Tier schnüffelnd auf Wenzels Seite. Luise greift in sein Halsband. »Guter Schlamper, laß dein Herrle schlafen. Ich laß dich gleich raus, gell?« Sie wird Wenzel mit einem Kaffee rauslocken. Kaffee und Brötchen, dick mit Butter und Schinken. Frühstück wie ein Kaiser. Dafür hat sie immer Brötchen eingefroren, Kochschinken und ein Stück Butter im Kühlschrank, damit keiner morgens laufen muß. Den Hund kann sie schnell in den Garten schicken. Er ist so ein Sauberer, gräbt alles ein, fast wie ein Kätzle. Die beiden kleinen Buben vom Dr. Rapp oben sind noch nie in was getreten. Zu ihrem Kaffee wird sie rauchen. Soll ja so ungesund sein. Kaum zu glauben, wenn man sie und den Wenzel ansieht, seit fast 70 Jahren Raucher und immer noch gut beieinander.

Luise steht jetzt und hält sich am Fensterbrett fest. Vor dem Heizkörper zittert die Luft, drückt heiß und gut gegen ihre nackten Beine. Der heruntergelassene Rolladen versperrt ihren Blick. Sie sieht den gelben Papierschirm der Nachttischlampe im schwarzen Glas, daneben sich selbst im Hemd. Das Haar steht wirr und weiß vom Kopf ab. Ein Gespenst, ein sehr altes Gespenst. Das bin ich, das soll ich sein. Nun gut. Der Kissenhügel liegt als stille Winterlandschaft hinter ihr. Sie macht ein paar vorsichtige Schritte in Richtung Tür. Der Hund folgt ihr.

Jawohl, ein guter Kaffee, der kann Tote aufwecken. Für Bohnenkaffee, da wird er aufstehen. Bohnenkaffee, der durch den Porzellanfilter laufen darf. Noch ein paar Krümel Salz über das Kaffeepulver gestreut, das macht das Wasser weich. So kochen sie in Wien und Prag den Kaffee. Das hat sie von ihrer Schwägerin Traudl gelernt. Die hat ihr viel beigebracht, damals, in ihrer neuen Küche in Obertürkheim. Eine funkelnde weiße Küche mit rotem Linoleumfußboden und bunten Vorhängen vor der Glastür, die in den Garten hinausführte. Schwager Erich hatte dort eine Eberesche gepflanzt. Das Bäumchen war winzig, kaum größer als die Bruni. Die wuchsen im Isergebirge. Der Bruscha-Erich kam aus Böhmisch-Leipa. Der war ein Lieber und lustig, hatte schon mit Anfang 30 kein einziges Haar mehr. Ihr Schwager aß am liebsten Saiten mit Linsen und Spätzle, aber das durfte die Traudl nicht hören. Krebs in der Bauchspeicheldrüse, da war's ganz schnell zu Ende. Gelb wie eine Zitrone war er am Schluß. Und die Traudl hatte der Schlag getroffen, Jahrzehnte später und ausgerechnet in ihrer Küche, längelang auf dem Linoleum, von Mehl überpudert und die schwarze Emailleschüssel umgestürzt neben sich, der Teigkloß darunter wie ein von der Henne verlassenes Ei.

»Buchführung kannst du, aber deine Knedliki, die wird der Wenzel nicht mögen.« Traudl fischte mit dem Schöpflöffel im sprudelnden Wasser nach zerfallener weißer Knödelmasse, aufgequollenen bräunlichen Semmelbrocken. »Es darf nicht richtig kochen. Hast ne aufgepaßt vorhin, newane?« Aber sie grinste dabei und begann, neue Geschichten über die Nachbarn zu erzählen, böse Geschichten natürlich. »Saßen sie wieder draußen und haben sich das Maul zerissen: ›Der Bruscha, der baut da nie!‹ Das hab ich gehert. Und weißt du was: Ich hab es solln heren!« Traudl war glücklich, soweit das möglich war. Sie hatte es geschafft. Bruscha-Traudl und Bruscha-Erich waren zu allen anderen Meriten – Oberlehrerin, Daimler-Ingenieur, Volkswagen, Tochter Bruni auf dem Hölderlin-Gymnasium – auch noch Vermieter. Die Nachbarn mußten neidisch gucken: »Die Flichtling, ha noi, des gibt's ja net.« Sie hatte zeit ihres Lebens nie ein schwäbisches Wort benutzt, aber im Kreise der Familie konnte sie den Dialekt überraschend gut nachäffen, immer in böser Absicht. Ihr rundes Gesicht mit den breiten Backenknochen verzog sich zu einer häßlichen Fratze, und die zarte Haut schlug Falten bis unter den sorgfältig frisierten schwarzen Scheitel. Traudl hatte keine einzige Freundin im Kollegium der Obertürkheimer Grundschule. Sie blühte nur bei den Matura-Treffen auf.

Luise angelt den Morgenrock vom Türhaken. In die Ärmel zu kommen, besonders in den linken, ist eine Quälerei. Dann macht sie einen Knoten, der lommelig bleibt, keine Kraft. Sie lockt Schlamper, der schon hinter ihr sitzt. Im Flur ist es dunkel. Wenzel läßt gerne das Licht brennen, aber sie erträgt das nicht, drückt den Schalter aus, wo sie nur kann. »Du brichst dir noch den Hals mit deiner Sparsamkeit.« Sie geht auf die Toilette, friert, obwohl die Heizung im Bad auf Hochtouren läuft. Der Gasboiler bollert, sie sieht die kleine blaue Flamme züngeln. Es tröpfelt aus ihr heraus. So wenig kommt, aber gedrückt hat es wie nach zwei Flaschen Bier. Der Körper, in dem sie leben muß, ist ein baufälliges Haus geworden, unansehnlich und verwohnt. Die Oberschenkel, an denen sie Nachthemd und Morgenrock hochgerafft hat, werfen Falten und Fältchen, darunter ein Netz von bläulichen Adern wie Flüsse und Nebenflüsse auf einer Landkarte. Brüste, Bauch und Armfleisch sind nicht der Rede wert. Sie folgen der Erdanziehungskraft. Die Hände sind Klauen, aber Klauen mit Nagellack.

Luise hat ihren Körper nie sonderlich gemocht. Da schlug alles an und immer an den falschen Stellen. Dickerle hatte nicht die richtige Figur für das ranke, herbe deutsche Mädel, das von den Plakatwänden leuchtete. Dem Eugen hatte das gefallen: »Du bist eben doch ein Dorfweible, das hab ich gleich gesehen. Komm, tu den Kram runter!« An den Strumpfbändern zerrte er wie ein kleiner Junge an der Weihnachtsverpackung. So war es also, verlobt zu sein. Sie mochte es, wenn er sie zwickte, in die Brüste und den Hintern, nicht zu fest, aber kräftig. Der Eugen. Viele Nächte hatten sie nicht zusammen gehabt, und diese traurigen Zusammentreffen im Hotel am Bahnhof, wo er so angstgeschüttelt war, daß er nichts mehr zustande brachte, die zählten ja wohl nicht. Da war er wie ein Fisch gewesen, still und kalt. Keine Witzchen mehr, statt dessen Schnaps. Gekotzt hatte er, sie mußte die Uniform am Waschbecken ausspülen. In nassen Hosen war er zu seinem Zug gegangen. Kein Grabstein. Und der dicke Hintern, in den er so gern seine Finger gegraben hatte, schmolz dahin in Kellern und Bunkern. Sie kroch unter die Erde und wieder heraus, während sich die Stadt jedesmal veränderte, bis sie zum Schluß nicht mehr erkennen konnte, daß sie je an diesem Ort gewohnt hatte. Ihrem Stuttgart glaubte doch jetzt keiner mehr, daß es mal zu den schönsten Städten des Landes gehört hatte. Kaputtgart, zerschlagen und ruiniert. Wie war das beim Uhland: »Nur eine hohe Säule zeugt von verlorner Pracht. Auch diese, schon geborsten, kann stürzen über Nacht.« Es gab nichts Vertrautes mehr. Auch ihr Körper, selbst ihr Gesicht, waren, ganz ähnlich dieser Stadt, völlig verändert, ausgemergelt, mager, schmutzig und dabei froh, nicht völlig ausradiert worden zu sein.

Stöhnend steht Luise auf, drückt die Spülung. Schlamper klagt jetzt laut und kratzt an der Tür. »Ja, mein Guter, ich komm ja schon!« Sie tastet sich langsam die Wand entlang, Vorsicht, da hängt das Jeschken-Bild, der schneebedeckte Gipfel ragt aus dunkelgrünen Wäldern, sie verschnauft davor.

»Wo fänd ich deinesgleichen, du liebe Heimathöh?
Mir wird ums Herz so eigen, ich muß in Demut
schweigen, wenn ich von fern dich seh.
Wie's treue Vaterauge bewachst du meine Ruh.
Und glaub ich mich verlassen, zieh einsam meine
Straßen, du siehst mir immer zu.«

Traudls Sopran wurde jedesmal schrill vor Rührung. Viele weinten, wenn am Ende der Zusammenkunft das Jeschkenlied angestimmt wurde. Luise war peinlich berührt und gleichzeitig neidisch. Was würden wir denn singen, wenn sie uns vertrieben hätten? ›Auf der schwäb'schen Eisebahne‹ vielleicht?

Draußen dämmert es. Im Wohnzimmer öffnet sie die Glastür zum Gärtle einen Spalt weit. Die kalte Morgenluft schwappt über ihre Pantoffelfüße wie ein Guß Eiswasser. Schlamper schlüpft hinaus, schnüffelt erst einmal gemächlich an der Sauerei vor dem Fenster, verzieht sich dann knurrend hinter den Holderbusch. Luise geht zurück ins Bad, läßt warmes Wasser ins Waschbecken laufen. Sie behält den Morgenrock an, fährt kurz mit dem Frotteelappen über Hals und Gesicht, unter die Achseln, untenrum, Popo. Bei den Füßen hört sie auf. Das Bücken ist so qualvoll, daß sie sich schnell auf den Badewannenrand fallen läßt. Duschen am Morgen ist schon lange abgeschafft. Zu groß ist die Angst auszurutschen. Oberschenkelhalsbruch, Pflegefall, der Klassiker. Auch Wenzel hat Angst. Er kann sie nicht halten, wenn sie aus der Wanne kommt. Sie sprechen nicht darüber, sondern haben, einer wie der andere, wieder zum Waschlappen gegriffen. Lappen und Waschbecken, wie in den schlechten Zeiten. Dabei war sie damals sauberer als jetzt. Da gab es kein Pardon: eiskaltes Wasser auf den ganzen Körper, jede Stelle abgeschrubbt. Sie kam bei durchgedrückten Knien auch noch mit beiden Handflächen auf den Boden. Und die Freude über einen

Riegel Kernseife, meine Güte. Heute hat sie Kölnisch Wasser flaschenweise, das kann man auftupfen und damit übertünchen, was vielleicht stören könnte. Vielleicht sollte sie doch anrufen, bei diesen Johannitern. Es wäre schön, mal wieder ein Wannenbad zu nehmen. Hauptsache, der Wenzel kann mich noch riechen und ich ihn. Und den Schlamper stört's nicht weiter. Wenn's zu schlimm ist, wird die Bruni sich schon beschweren, die kennt da nix. »Tante Luise, den Pullover kannst du nicht mehr anziehen, der ist ja voller Kaffeeflecken. Siehst du das denn nicht?« Nein, mein Mädle. Werd du mal so alt, dann wirst du selbst sehen, daß die Augen nicht mit jedem Tag schärfer werden. Aber daß ich es geschafft hab, in den Pullover reinzukommen, allein, und daß ich meine Strumpfhose angezogen hab, allein, und mein Haar in Ordnung hab, darauf bin ich stolz. Auch wenn du das nicht verstehst. Und ich wünsch dir, daß du sehr lang auf den Tag warten mußt, an dem du denkst: Ach, das hat die Tante Luise gemeint. Sie ist der Bruni nicht bös, die ist da, wenn der Kittel brennt. Das ist ein gutes Gefühl. Denn sonst ist niemand da. Die breiten Hüften, die großen Brüste, diese ganze Landmädle-Figur war nur ein Witz der Natur. Aus dieser Landschaft der Fruchtbarkeit war nie ein Kind hervorgesprossen, obwohl der Eugen wie der Wenzel reichlich darin geackert hatten. Eine leere Hülle, feist und stattlich, gefüllt mit tauben Eierchen, die allmonatlich von der Gebärmutter herausgeweint wurden. Der Wenzel hat ihr nie einen Vorwurf gemacht. Es gab dann die Hunde. Und jede Menge Reisen: Sie pirschten sich langsam vor, Schweiz, Österreich, Tirol, später Florenz, Rom, bis runter nach Sizilien und schließlich mutig ins Flugzeug, Griechenland, Spanien, die Türkei, alles hatten sie zusammen gesehen.

Aber die Traudl, die durfte ein Kind haben, ausgerechnet. Ein schwarzlockiges Mädel mit dunklen Augen, ein Püppchen zum Küssen, Haserle genannt, wenn es nicht gerade geprügelt wurde. Bruni, gestraft mit einem Namen, der jedem zeigte, was ihrer Mutter jahrelang alles bedeutet hatte: Brunhilde. Sie fiel nicht weiter auf. Überall stolperte man über Erdmuten, Ortruden und Winifreds. Der Dialekt konnte sie wie kein anderer abkürzen und eingemeinden: Brunile, Mutle, Trudele.

In der Küche ist es kalt. Luise dreht am Heizungsregler. Es geht nicht weiter, steht schon auf Anschlag, trotzdem zittert sie. Aus dem Fenster sieht sie auf die Olgastraße, der Verkehr braust bereits heftig. Dann füllt sie den Wasserkessel, zündet das Gas an, schnippt das Streichholz in die Spüle, wo es zischend verglüht. Eines Tages stand die Bruni einfach vor der Tür, hier in der Constantinstraße. Es war ein Freitag, eindeutig kein Tantenbesuchstag. Der Geruch von Kochfisch schwebte im Flur, als Luise erstaunt die Wohnungstür öffnete. Regenfeucht hingen die Zöpfe links und rechts neben dem verheulten Gesicht. Über der Schulter baumelte die Schultasche, abgeschabt und tintenfleckig, das Schloß war lose und klapperte. Zwischen den braunen Wollstrümpfen und dem karierten Kleid, das ihr viel zu kurz war, leuchteten blauweiß die Kniescheiben. 13 Jahre, da trugen andere schon Nylons. Erich und Traudl mußten das Haus abbezahlen. Bruni atmete schwer, dann hickste sie es hervor, zwischen zum Schluckauf gewordenen Schluchzern: »Tante Luise, kann ich bei euch wohnen, ich mach auch keine Mühe und eß fast nichts und bin eh den ganzen Tag in der Schule. Ich kann auch bügeln und kochen, alles, was der Onkel Wenzel mag: Knedliki, Schkubanki, Liwanzen. Ihr habt doch die Ausziehcouch im Herrenzimmer, da könnt ich drauf schlafen, bitte, bitte! Die Mutti, die war so ungerecht zu mir, ich will da nicht mehr zurück …« Kasperle witschte zwischen Luises Beinen hindurch und sprang an Bruni hoch. Daß das Kind nicht sofort in die Knie ging und die Liebkosungen des Hundes erwiderte, stimmte Luise besorgt. Schließlich saß sie im Wohnzimmer vor Kakao und mürben Hörnle. Tantenbesuche waren rar, obwohl die Schule oben am Hölderlinplatz nicht allzuweit weg war von der Constantinstraße. »Sie kommt jeden ersten Mittwoch im Monat. Dann kann sie bei dir essen. Punkt fünf schickst du sie los. Und denk an die Hausaufgaben, sie schludert gern.« Das war glatt gelogen von der

Traudl. Brunis Hefte waren Dokumente reinsten Strebertums, sie war immer Klassenerste. Aber bei ihr und der Traudl war schon von Anfang an der Wurm drin gewesen. Dieses Kind, schon mit drei Jahren ein Biest, bereits in Reichenberg hat es fingerlange Zimmermannsnägel in die gute Rüstertischplatte gehämmert. Nicht einen, Gott bewahre, nicht zwei, drei Stück mußten es sein! Das renitente Ding, das auch in Stuttgart nicht spurte, immer Widerworte, ein wahrer Sargnagel.

Traudl war mit Einbruch der Dunkelheit herangerauscht. Ihre braunen Augen funkelten unter dem Schleierhütchen. Auch wenn es in der Wohnung keine Schläge gegeben hatte, im Treppenhaus hörte Luise das Klatschen und Weinen. Daß sie rausgelaufen und der Schwägerin in den Arm gefallen war, führte zu langer Verstimmung. Wenzel war böse geworden: »Was mischst du dich ein! Die haben ihr eigenes Leben. Die Traudl hat's so schwer gehabt, die hat's nie verwunden, was wir alles verloren haben. Die ist hier nie angekommen.« Da war sie wieder, diese seltsame Solidarität, die weit über das Geschwistertum hinausging, diese Verkleisterung mit dem kalten Ort hinter dem Gebirge, daß jeder, der von dort kam, der so sprach, »komm ocke«, und sich bekreuzigte, im Schnellverfahren heiliggesprochen wurde.

Das Kaffeewasser kocht. Luise gießt ein bißchen in den Hundenapf, spült ihn aus, dann ein paar Löffel

Haferflocken, eine Packung ›Cesar‹. Der Deckel läßt sich schwer abziehen. Schon seit einiger Zeit kaufen sie nur noch die kleinen Portionen. Es riecht und sieht aus wie Leberpastete. Damals hätten sie es runtergeschlungen und dazu Halleluja gesungen, heute bekommt es Schlamper. Die goldenen Schälchen mit den bunten Aufdrucken sind natürlich viel teurer als eine Büchse, aber bei der kriegt sie den Deckel nicht mehr auf, auch nicht mit dem Öffner, das kostet zuviel Kraft. Wenzel fragt sie nicht nach solchen Dingen. Sie weiß, daß es ihm genauso geht. Da war dieser Orangensaftkarton, den er schließlich auf den Küchenboden knallte. »Verdammtes Scheißding, ich krieg dich schon klein!« Sie verzichten eben auf Büchsen, auf bestimmte Getränke mit bestimmten Verschlüssen, bohren und schneiden sich andere Öffnungen, um an ihre Milch, ihren Saft zu kommen.

Schlamper kehrt mit erdiger Schnauze aus dem Garten zurück, seine Pfoten sind schmutzig. Er geht gemächlich zu seiner Schüssel. »Du bist ein Guter. Der ruhigste, den wir je hatten.« Der Kaffee duftet stark und belebend. Sie nimmt die Butter aus dem Kühlschrank. Sie müssen einkaufen. Buchteln sind dran, heute ist Wenzels Tag. Was sie früher mit einer Hand erledigt hat, ist jetzt ein Hauptgeschäft geworden. Sie gehen eigentlich nur noch zum Türken. Schweres bringt Bruni mit dem Auto. In der Stadt unten waren sie schon ewig nicht mehr. Zu weit, zu anstrengend. Ist ja auch kein Spaß, alles ist so häßlich geworden, diese Dönerläden und Schnellrestaurants, Dreck und Autos und Gewimmel von Menschen, überall Geschäftsaufgaben, 1-Euro-Läden, nicht mal die Mark gab es mehr. Es ist besser, sie bleiben in der Constantinstraße, da finden sie sich zurecht.

Sie zieht die Vorhänge zurück, Herrenzimmer, Eßzimmer, kontrolliert den Thermostat: 25 Grad. »Tante Luise, Onkel Wenzel, ich muß ein Fenster aufmachen, hier erstickt man ja!« Sie deckt in der Küche, das Wohnzimmer ist ihr heute verleidet, sie mag nicht vor der schmutzigen Scheibe sitzen. Vielleicht kann die Rapp von oben helfen. Die wird ja ohnehin mit den Kindern ins Gärtle kommen. Es gibt einen schönen Tag, das kann man jetzt schon sehen, hinter dem Nebel. Im Nebel ruhet noch die Welt, noch träumen Wald und Wiesen: Bald siehst du, wenn der Schleier fällt, den blauen Himmel unverstellt, herbstkräftig die gedämpfte Welt in warmem Golde fließen. Das läuft noch wie geschmiert. Die Kanne bekommt eine Mütze, von Bruni genäht. Jetzt muß Wenzel aber mal kommen. Luise nippt am Kaffee. Wach werden, ich muß wach werden.

Aus dem Schlafzimmer kommt ein kurzes Bellen, dann langgezogenes Jaulen, das immer wieder von neuem ansetzt und dabei schließlich leiser wird, fast wie das Weinen eines müden Kindes. Luise schreckt auf, sie muß eingeschlafen sein. Das gibt's doch nicht, tatsächlich, es ist bereits halb neun. Sie könnte sich selbst eine runterhauen für diese Greisengewohnheit. Der Kopf fällt auf die Brust, und weg bist du, am hellichten Tag. Luise, es ist doch gerade mal 60 Jahre her, daß man dir auf der Straße hinterhergepfiffen hat! Sie tastet unter der Wärmehaube nach dem Bauch der Kaffeekanne. Das Porzellan ist nur noch lauwarm. Langsam erhebt sie sich und tritt auf den Flur.

Aus den geöffneten Türen der Zimmer rechts und links fallen breite Bahnen aus Herbstlicht auf die Teppiche, die Tapete, Lilien aus nachgedunkeltem Gold auf grünem Grund. Luise liebt die Düsternis des langen Ganges, der ihre Wohnung teilt, die schweren dunklen Möbel an seinen Seiten: Standuhr, Garderobenschrank, Trumeau. Sie säumen den teppichbelegten Pfad wie mächtige Bäume. Weich läuft sie auf dem moosigen Grund. Da ist der Jeschken, Dürers Hase und seine beiden Eichhörnchen schauen sie goldgerahmt von den Wänden an. Schlamper jault noch einmal hinter der halb geöffneten Tür. Luise muß an den Baumannskarle denken, Karl Baumann, ihren Geschichtslehrer in Uhlbach. Er war versessen auf die alten Römer. Sie kann heute noch das eine oder andere Sprüchle aufsagen: 753 – Rom kroch aus dem Ei. Sie denkt an das Bild in ihrem Geschichtsbuch: Varus, der die römischen Legionen im Gänsemarsch durch den dunklen Teutoburger Wald schickt:

nickende rote Helmbüsche, der Adler auf der Stange wird von knorrigen Eichenästen angestoßen. Die jungen Soldaten frieren in der feuchten Kälte. Sie haben dunkle Augen, braune Haut, sind für südlichere Gestade geschaffen. Ihre Sandalenfüße treten vorsichtig auf, sie ahnen nichts Gutes. Eichelhäher schreien, dann blitzen die Kurzschwerter, das Gebrüll ist entsetzlich, als die Germanen über sie kommen.

Sie legt die Hand auf die Klinke, angelaufenes Messing, fast grün und so kalt. Die Tür öffnet sich weit. Im Zimmer ist es dunkel, aber sie sieht Schlamper vor dem Bett sitzen. Jetzt dreht er ihr den Kopf zu. Die braunen Augen glänzen. Er wedelt, blafft kurz. »Wir wecken jetzt dein Herrle. Komm, wir ziehn das Rouleau hoch.« Luise faßt den altersgrauen Gurt und läßt den Laden hochschnurren. Der Gurt schnalzt zurück. Sie tritt ans Bett und schlägt behutsam die Decke zurück. Wenzel liegt auf der Seite. Sein Mund steht offen, die Augen sind geschlossen. Unter dem weißen, wirren Haar sieht sein Gesicht gelblich aus. Luise setzt sich auf die Matratze und greift nach seiner Hand. Die Hand ist kalt.

Luise

Luise ist in der Küche. Sie will warmes Wasser holen. Es muß warm sein, mit einem Schuß Wein. Essig darf es auch sein, aber Wenzel soll keinen Essig bekommen. Meine Kehle ist trocken wie eine Scherbe; sie reichen mir Essig für den Durst. In Uhlbach hatte sie mitgeholfen, wenn die Nachbarschaft diesen letzten Dienst brauchte. Die Schusterin von nebenan war an Lungenentzündung gestorben, einen Tag vor Heiligabend. In der Stube stach die silberne Christbaumspitze an die Decke, die Vorhänge waren frisch gestärkt, überall roch es nach Scheuerpulver. Beim Wäscheaufhängen in der Kälte hatte sie sich den Tod geholt, eine große Frau mit langen weißen Gliedern, zum Waschen ausgestreckt auf dem Tisch im Mantel ihrer aufgelösten blonden Haare. Ihr Gesicht war schrecklich. Die Mutter und die anderen Frauen hatten gleich ein Tuch darübergebreitet, unaufhörlich murmelnd: Der Herr ist mein Hirte, mir wird nichts mangeln. Er weidet mich auf einer grünen Aue und führet mich zum frischen Wasser. Die Züge der Schusterin waren in einem letzten gierigen Schnaufer erstarrt, bläulich die Wangen, dunkelviolett die Lippen des aufgerissenen Mundes, den keine Kinnbinde schließen konnte. Er erquicket meine Seele;

er führet mich auf rechter Straße um seines Namens willen. Die Mutter fuhr schweigend mit dem feuchten Lumpen am Körper der Toten entlang, umkreiste langsam die schweren Brüste, die von vier Kindern zerdehnte Bauchdecke. Und ob ich schon wanderte im finstern Tal, ich fürchte kein Unglück; denn Du bist bei mir. Luise und die Tante Annelies falteten die starren Hände, banden die großen Zehen mit einem roten Faden zusammen. Dein Stecken und Stab trösten mich. Ich werde bleiben im Hause des Herrn immerdar. Hinterher rieben sie sich in der Küche die Hände mit Salz ab, tranken Kaffee und stopften ein paar Brocken Hefezopf nach. Alle, die bei einer Leiche mithelfen, müssen hinterher essen und trinken.

Hinter der Küchentür im Korb steht der Trollinger, den Wenzel beim Türken gekauft hat. Jeden Samstag bringt er eine neue Flasche und macht ein Theater mit dem Korken. Wie wird sie mit ihren Händen die Flasche öffnen?

Die Näne sah ganz anders aus als die Schusterin. Ein Jahr bevor Luise nach Stuttgart ging, war sie auf der Gartenbank eingeschlafen und nicht mehr aufgewacht, im Sommer 1938. Sie bahrten sie in der Stube auf. Winzig und krumm steckte sie in ihrem Sonntagszeug, wie eine kleine Puppe, mit der kein Kind gern gespielt hätte: schwarzer Rock, schwarze Jacke mit Silberknöpfen, das Haar als kleiner Knoten im Nacken, grad wie ein Zwiebele von einem mageren

Acker. Unter dem hochgebundenen Kinn lag die Zitrone als leuchtender Edelstein am Kropfband der Näne. Ihr feiner Duft konnte den Essiggeruch und den Mottenkugeldunst der Feiertagskleider nicht übertönen.

Vor dem Küchenschrank, dessen Türen aufgerissen sind wie Altarflügel am Feiertag, entscheidet Luise sich für die Suppenschüssel vom guten Service. Zwölfpersönig mit feiner Poliergoldlinie. Luise hebt die Schüssel aus dem Schrank. Vier Liter werden da reingehen, mehr kann sie nicht schleppen. Sie dreht den Wasserhahn auf, stellt die Schüssel drunter. Warm muß es sein, um die kalten Glieder zu lockern. Und Kerzen, hat sie noch Kerzen? Sie kramt im Vorratsschrank: Kaffeedose, Knäckebrot – was im Weg steht, schiebt sie zur Seite, es fällt scheppernd runter, egal. Sie muß an die Kerzen, und die müssen brennen, bis sie von selbst ausgehen. In der Tiefe des Schranks findet sie winzige Stumpen, daumengliedlang und dunkelgelb. Sie kleben zusammen und riechen nach Honig. Im Wachs sind Christbaumnadeln eingeschlossen wie Fliegen in Bernstein. Es müssen Dutzende sein, mühsam aus den Haltern gepult, von ihr oder von Wenzel? Aber hier kommt es endlich, ein ganzes Paket, Haushaltskerzen, garantiert tropffrei. Der Preis klebt noch unten dran, 3,75 DM. Rosa sind sie.

Inzwischen ist die Schüssel übergelaufen. Aus dem Hahn strömt es in den Ausguß. Luise wuchtet die

Schüssel aus der Spüle. Sie kümmert sich allein. Niemand weiß, was man für den Wenzel tun muß. Später wird sie jemanden rufen. Die Nummer hat die Bruni sicher noch im Adreßbuch, damals von der Traudl. Oder die gelben Seiten, die liegen im Flur auf dem Telefontischchen.

Die Traudl hat sie nicht herrichten dürfen. »Tante Luise, ich bitte dich, wir sind hier doch nicht auf dem Dorf. Das sollen die Profis machen. Du weißt, wie es mit uns steht.« Gelbe Wangen hatte die Traudl gehabt und einen höhnisch verzogenen Mund, alles von Mehl überpudert. Dennoch lebte sie weiter in Brunis Zorn, den nassen Augen und dem wütenden Gesicht. So war die Schwägerin gestorben, als ob sie selbst in der letzten Stunde ihre Verachtung zeigen wollte. Leckt mich, ihr alle, die ihr nicht von dort seid, von der lieben Heimathöh. Sie hatte ihr leid getan, die Traudl. Es war kein schönes Leben gewesen. Aber das mit der Bruni, das konnte Luise nicht verstehen. Daß ihre Schwägerin etwas prügelte und mit Füßen trat, was Luise selbst für ihr Leben gern gehabt hätte, das ging nicht in ihren Kopf.

Die Bruni war ihr geblieben. Die könnte sie jetzt anrufen, auf dem Handy. Das schleppt sie ständig mit sich rum, fotografiert damit, geht ins Netz, was auch immer das sein soll. Bruni ist rund um die Uhr erreichbar. Aber hier kann Luise die Bruni nicht brauchen. Auch wenn sie wahrscheinlich die richtige

Person wäre, um die Decke hochzuheben und zu sagen: »Tante Luise, es ist, wie es ist. Ich kümmere mich drum.«

Wasser mit einem Schuß Wein. Sie wird alles ordentlich vorbereiten. So, wie es sich gehört. Was haben wir nicht alles überstanden. Wir werden auch das überstehen, der Wenzel und ich, das Jubelpaar. Den Trollinger kriegt sie schon auf. Sie hat schon ganz andere Dinge bewältigt, damals. Mittags das Stück Holz im Maul und am gleichen Abend zum Tanzen gegangen. Man muß die Flasche einfach nehmen und gegen die Edelstahlspüle hauen. Über 40 Jahre hat sie ihre Küche, und die ist immer noch tipptopp. Der Flaschenhals bricht sauber ab, die grünen Glassplitter fallen ins Spülbecken, ein bißchen Wein spritzt raus. Sie gießt den hellroten Wein aus dem zackigen Schlund in die Schüssel, einen ordentlichen Schukker, nicht geizig sein. Das Wasser färbt sich hellrot.

Es fehlt noch der Lappen. Der Lappen muß feucht sein, mit Branntwein getränkt. Der Schusterin und der Näne hat man so einen über die Augen gelegt, damit sie geschlossen bleiben. Wenn man den Schnapslappen später einem Säufer heimlich in sein Glas ausdrückt, ist der von seinem Laster geheilt. Warum sollen die Augen eigentlich geschlossen sein? Es ist doch schade drum. Wenzel hat geschlafen, ist hinübergeschlafen in die Ewigkeit, so sagt man doch. Seine schönen braunen Augen. So gern hätt ich noch mal reingesehen. Wenn der Tote ein Aug offen hat oder beide, dann darfst du net reinschauen, sonst holt er dich bald. O Wenzel, schau mich an, schau mich an. Wir satteln nur um Mitternacht, weit ritt ich her von Böhmen. Ich habe spät mich aufgemacht und will dich mit mir nehmen. Ach Wenzel, erst herein geschwind! Den Hagedorn durchsaust der Wind, herein, in meinen Armen, Herzliebster, zu erwarmen!

Im Herrenzimmer steht der Cognac. Los, geh schon! Was da vorspringen konnte, das ist schon gesprungen, vorhin, als du Kaffee getrunken und gepennt hast. Da ist es gesprungen und hat deinen Wenzel geholt. Oder schon in der Nacht, als du durchgesägt hast wie ein Sack. Madensack, neben dir kann man sterben, und du merkst es nicht. Nichts hast du gespürt, niemand hat dir eine Nachricht geschickt oder eine Ahnung, keine Finsternis, keinen zerrissenen Vorhang. Allein war der Wenzel, ganz allein! Die Schlafzimmertür steht offen. Da liegt er, ihr Mann. Am seltsamsten ist, daß er schweigt und nicht die Augen in ihre Richtung dreht, als sie vorbeihastet.

Die Karaffe ist fast leer, nur noch ein Bodendecker. Fingertapser sind drauf, der Glaspfropfen läßt sich leicht rausziehen. Gestern abend war er wieder dran, hat gerochen wie das Heidelberger Faß. Das war nach dem Knall. Der Wulst der Öffnung ist verschmiert, da hat er draus getrunken. Hier war sein Mund. Luise setzt die Flasche an. Sie spürt die Schärfe und Kälte der braunen Flüssigkeit. Sie schmeckt Wenzel nicht. Der Cognac bleibt stumm. Sie stellt die Karaffe auf den Wohnzimmertisch, die gehäkelte Decke bekommt ein paar Tropfen ab. Was soll sie denn als Lappen nehmen? Etwas Schönes muß es sein. Sie kramt im Buffet, wirft alles raus. Da hinten liegen sie, lange nicht benutzt. Gestärkte Stoffservietten, mit Hohlsaum und gesticktem Monogramm, von der Traudl. Gleich zwei nehm ich raus, da kann ich ihm das Kinn hochbinden. Die Zähne sind im Bad, die darf ich nicht vergessen. Glänzender Stoff, Damast, schön sieht das aus. Das ist noch von daheeme, Wenzel, das wird dir gefallen, von deiner Schwester. Ich hab so was nie gemacht, nur Socken stopfen, das kann ich gut. Sie kippt Cognac auf die eine Serviette, der weiße Stoff färbt sich hellbraun. Es läuft auf Tischtuch und Fußboden. Egal, ich nehm den ganzen Rest, es wird keiner mehr davon trinken. Sag an, wo ist dein Kämmerlein? Wo? Wie dein Hochzeitsbettchen? Weit, weit von hier! … Still, kühl und klein! … Sechs Bretter und zwei Brettchen! – Hat's Raum für mich? – Für dich und mich!

Die schwappende Schüssel kleckert wie verrückt. Mit dem Lappen über dem Arm geht sie daher wie eine Kellnerin. Sie muß kichern. Wenzel, ich bring dir deine Henkersmahlzeit, einen ganzen Hafen voll.

Was hast du gestern abend gehabt? Dein letztes Stück Roggenbrot, hauchdünn geschnitten, mit Quark, dazu Radieschen, Kochschinken, ein kleines Bier. Das soll alles gewesen sein? Mein Gott, heute solltest du mit mir Buchteln essen, und nichts ist im Haus. Keine frische Hefe, keine Pflaumen, kein Mohn. Laß mich nur erst alles hier in Ordnung bringen, dann kann ich noch schnell zum Türken rüber. Dann ist das Essen halt ein bißle später auf dem Tisch. Wir sind doch alte Leute, uns hetzt keiner. Wir können uns Zeit lassen, gell?

Jetzt ist es zehn Uhr. Der Wecker tickt leise auf dem Nachttisch. Früher war er ihr zu laut. Jetzt ist es nur noch ein Flüstern, mit dem sich Sekunde an Sekunde reiht. Sie muß ihn anhalten, so kann das nicht bleiben. Und der Spiegel! Sie zerrt die Überdecke vom Bett und wirft sie über das Glas. Jetzt sind sie weg, alle beide, Luise und Wenzel, Wenzel und Luise. Zum letzten Mal.

Wann hab ich dich zum ersten Mal gesehen? August 45, am frühen Abend. Wie lauwarme Milch fühlte sich die Luft an. Der Himmel war hellviolett und rosa, und es roch auch so gut, trotz der Schuttberge, des brandigen, kalkigen Gestanks, der noch lange Zeit über der Stadt hing. Sträucher und Blumen blühten, Jasmin, Rosenbüsche, Holder überall in den Höfen und an den Straßenrändern. »Das macht der gute Dünger, die Asche und die ganzen

Leut, die da drunten liegen!« hatte der Pfleiderer gealbert, ihr Vermieter, ein uralter Bock. Als es in der Fabrik noch was gab, hatte sie ihm öfter ein paar Täfele mitgebracht. Das war jetzt ihr Glück. Sie hätte nicht gewußt, wo sie bleiben sollte. Zurück nach Uhlbach, zur Mutter und zur Tante Annelies, das wäre nicht gegangen. Und dann hatte sie ja noch ihre Arbeit, Gottseidank. In der Schogladfabrik klapperten zwar nicht mehr die Metallformen mit der heißen, süßen Masse über die Bänder, aber die Amis hatten die Fabrik nicht geschlossen. Es gab keine Schmelztafeln mehr, keine Vollmilch rund in der Dose mit dem Eichelhäher, keine Katzenzungen. Aber dafür Puddingpulver und Sirup aus Kastanien. Luise konnte weiter tippen, Lohnlisten, Briefe. Alles mußte seine Ordnung haben. So blieb sie in der kaputten Stadt, im Kämmerle verkrochen wie ein Fuchs. Luise hatte Brennholz gesucht auf der Karlshöhe, nur einen Armvoll, sich auf ihr Öfchen gefreut, denn sie hatte einen Kanten Brot, ein Stückchen Erbswurst, so lang wie ihr halber Daumen, und ein paar Büschel Brennesseln. Gekocht schmeckte das Zeug wie junger Spinat. Jetzt nutzte es doch mal was, daß sie vom Land kam. Die Städter mußten erst mal ein Heftle lesen »Wir essen Wildgemüse«, damit sie nichts Giftiges abrupften. Nur ans Fressen dachte man damals, es war schlimm.

Zur Fabrik ging sie jeden Morgen zu Fuß an den

Trümmern vorbei. Aber sie hatte wenigstens einen Weg, ein Stück Alltag in all dem Durcheinander. Der fette Schokoladenduft hing schon lange nicht mehr in der Luft. Als sie angefangen hatte, in ihrer süßen Zeit, quollen die Magazine noch über von Zucker und Kakao, dann gab es nur noch Kräutertee, Buchheckernöl und Trockenobst.

Da kam einer die Staffel runter. Ein Großer, das konnte Luise sehen, schwarz wie ein Scherenschnitt, weil die Sonne schon so tief stand. Er trug Windjakke und Mütze wie ein Arbeiter. Luise war in einem alten Strickfetzen mit Lederflicken an den Ellbogen, drunter nur ein dünnes Baumwollkleid und Männerschuhe an den nackten Füßen. Die waren vorne aufgeschnitten, daß die Zehen Luft hatten. Meine Sandalen, todschick. Die Jacke hatte ihr der alte Pfleiderer gegeben, »Des isch meine, i han zwoi. Die hat zwar paar Löchle, aber warm isch se. Ich tät Se ja am liebschte selber wärme, gell?« Der Alte war kaum abzuschütteln, aber er gab ihr die kleine Bude für weniger als nix. An einem Batscher auf den Hintern war noch keine gestorben, da gab es ganz andere Geschichten. Ihr Holz trug Luise in einer Basttasche. Da schauten die Knüppel oben raus, die Brennesseln waren sauber zu Bündele verschnürt. Sie schaute auf den Scherenschnittmann, dem die Mütze schief auf dem Kopf saß. Er pfiff: »Das ist die Liebe der Matrosen«, und dann stolperte Luise. Die Tasche machte sich selbständig, alles polterte die Stäffele runter. Verdammt! Da war er schon bei ihr: warme Hände, die ihr aufhalfen, ein verboten hübsches Gesicht, dem ihren ganz nah. Er roch sauber, der kleine Zahnbürstenbart war sorgfältig gestutzt. Braune Augen, schwarzes Haar. »Mein Fräulein, vor mir müssen Sie aber keinen Kniefall machen!« Du arroganter Kerl, was mußt du auch so blöd pfeifen, und riechst nach Seife, nach Tabak. Dir scheint's ja gutzugehen. Ich hab mich vorgestern zum letzten Mal gewaschen, mit kaltem Wasser im Zinkeimer. Für ein Stück richtige Toilettenseife würd ich sogar den Alten drüberlassen, ich schwör's.

Wenzel brachte sie nach Hause, ein richtiger Abendspaziergang, vorbei an den links und rechts weggekippten Häusern. Sie sah ihn schräg von der Seite an. Angeblich wohnte er gleich um die Ecke »bei einer Arztfamilie in der Johannesstraße. Sieben Zimmer, denen haben sie natürlich jede Menge Leute reingesetzt. Aber zum Lehrer sind alle freundlich, die Schulen machen bald wieder auf, und die Kinder müssen was lernen, egal, wie es drum herum aussieht!« Und er lachte so, daß sie ihm den freundlichen Pauker beinahe abnahm. Nein, ein Lehrer war der nicht! Eher ein Schwindler, zog vom Leder, wie er es geschafft hatte, trotz Zuzugssperre hierzubleiben. Aber sie waren ja alle so schlau, die Männer. Wollte wahrscheinlich auch nur irgendwo unterkriechen,

Zigaretten schnorren, Suppe und Socken, ein Bett für eine Nacht. Vielleicht ein Schwarzmarkthändler, ein Zigeuner, mit diesen Augen. Aber dann hatte er ihr eine Zigarette geschenkt, und sie rauchten zusammen, auf den Stufen vor dem Haus. Am nächsten Abend kam er wieder, mit einem Glas Erdbeergsälz, führte sie ins Kino. Das Union in der Tübinger Straße spielte schon wieder. Sie hatte noch einen Pullover, flaschengrün und eng, den trug sie über dem Kleid. Und schließlich stand er jeden Tag vor der Schogladfabrik und wartete, bis sie die Treppen runterkam und unter dem steinernen Firmenwappen durchging.

Das Fenster muß sie aufmachen. Das hätte sie vorhin schon tun sollen. Damit die Seele rauskann. Wenzels Seele, wo mag sie sein? Hängt sie in der Schlafzimmerlampe? Versteckt sie sich hinter den Gardinen? Welche Farbe sie wohl hat? Es ist aber der Glaube eine feste Zuversicht auf das, was man hofft, und ein Nichtzweifeln an dem, was man nicht sieht. Die Sonne scheint jetzt. Sie scheint im Gärtle auf den Holderbaum, der seine gelben Blätter abwirft. Die Vögel schlagen sich in den schwarzen Beerendolden den Bauch voll, schad drum! Die Rapp mag das Zeug nicht pflücken und Holdersuppe mit Grießklößle kochen. Sie hat Angst vor Gift, kauft nur Bio.

Unten im Beet blühen Ringelblumen, orangegelbe Sonnen. Das sind die richtigen Blumen. Totenblumen. Die darf man nicht benutzen, wenn man orakelt: Er liebt mich, von Herzen, mit Schmerzen, ein wenig, gar nicht. Ein paar davon kommen auf den Nachttisch, daneben die Kerzen, dann ist alles gut. Das Wasser ist noch warm, sie hat es auf dem Bettvorleger abgestellt. Verdammte Fliege, wenn ich dich kriege!

Wenzel trägt seinen hellblauen Pyjama, der steht ihm gut. Dann reiß ich dir ein Bein heraus, dann wirst du operiert, mit Seife eingeschmiert. Erstmal den Cognaclappen über die Augen. Wie bist du so erbleichet, wer hat dein Augenlicht, dem sonst ein Licht nicht gleichet, so schändlich zugericht. Ich werd dir nicht mehr in die Augen schauen, mein Liebster. Mit Lumpen ausgestopft und kommst ins Grabeloch. Und dein Mund, der halb offen steht, schweigt mich an. Ich hab dir deine Zähne mitgebracht. Deine Zunge ist stumm und kalt, formt kein Wort mehr. Du hast mir deinen Namen gegeben, jetzt hab ich keinen mehr, bin kein Vogerl mehr, kein *miláčku*, kein Luiserl. Die Farbe deiner Wangen, der roten Lippen Pracht ist hin und ganz vergangen; des blassen Todes Macht hat alles hingenommen, hat alles hingerafft, und so bist du gekommen von deines Leibes Kraft. Dann kommt der Männerchor, singt dir ein Liedchen vor, dann kommt der Frosch und reißt dir ab den Kopf. Dein Bart ist in der Nacht gewachsen, ich muß dich rasieren. Fingernägel werden wir nicht schneiden, das macht man nicht. Zuerst waschen und anziehen, dann rasieren und frisieren. Was willst du denn anziehen?

Luise geht zum Kleiderschrank. Wenzels Anzüge sind alle gut. Lieber ein bißle teurer, und dafür hat man lange Freude dran. Der dunkle Anzug und ein weißes Hemd. Ist es auch anständig gebügelt, keine Knicks, keine Fältchen? Unterwäsche, ein Hemd und ein Hösle. Und Socken, schwarze Socken, die sind heil, bloß nix Gestopftes. Dazu die schwarzen Schnürschuhe, die Sohlen sind noch ganz glatt, die trägst du nicht gern, zu rutschig. Da brech ich mir ja den Hals. Der Hut hängt im Garderobenschrank, den muß ich jetzt holen. Die Wege sind lang, sie keucht, aber es muß jetzt alles gemacht werden. Noch ein bißle ausbürsten, die Krempe ist staubig, so. Dein Sach kommt auf den Sessel, da hab ich es gleich bei der Hand. Und jetzt zieh ich dir den Pyjama aus. Komm, mach dich nicht so schwer. Die Knöpfle aufmachen, da sieht man gleich die Narbe über der Brust, schlecht genäht, wie ein weißer Wurm, der Granatsplitter, der dich gerettet hat vor Stalingrad. Dann der Blinddarm, 1966 im Marienhospital. Da hab ich solche Angst um dich gehabt. Dauernd sind Schüler gekommen, mit Blumen und Obst. So streng warst du nicht, gell? Unter der linken Sohle hast du noch die Stiche vom Seeigel: Sizilien, die römische Villa mit dem Mosaikfußboden, 40 Grad im Schatten. Du bist überall rumgelaufen, wußtest so gut Bescheid über alles, und ich hab nix behalten. Nur das Paar auf dem Schlafzimmerboden. Die Frau hatte schon einen nackten Popo, der Mann legte seine Hand drauf.

So stark ist deine Brust, so breit, immer noch, Schien-Wenzel. Nur das Haar drauf ist weiß geworden, die Brustwarzen sind wie zwei Sterne. Ich muß mich noch mal anlehnen an dich. Kalt bist du. Wenzel, ich muß dich jetzt waschen. Den Hals, die Schultern, die Arme. Starke Arme, komm, halt mich. Jetzt riechst du nach Wein. Weißt du noch, der Wein, den wir getrunken haben, als wir uns bei mir getroffen haben, im Kämmerle, zum ersten Mal? Das war kein Trollinger, ein Franzose war es, ein Weißwein. Aus einer Ruine hab ich ihn geholt, geklaut. Alle haben damals geklaut. Das war ein ganz teurer Wein, wir hätten ihn auch tauschen können, gegen Brot. Aber wir haben alles ausgetrunken. Jetzt wasch ich deinen Bauch. Du hast eine Fluse im Nabel, jeden Tag kann man eine drin finden, warum ist das so? Und jetzt die Hose runter, du brauchst eine frische. Da läuft alles raus aus dir. Mein Armer, ich mach dich sauber. Es ekelt sie nicht, es ist wie bei einem kleinen Kind.

Nackt bist du jetzt. Wer kommt zu dir und ruft: Wenzel, ich sage dir, steh auf? Oder: Wenzel, Wenzel, komm heraus? Jeden Sonntag waren sie in der Marienkirche. Die zwei schwarzen steinernen Türme, die gehörten dazu, genauso wie das Rumstehen hinterher auf dem Platz, das sirrende, hohe Geschwätz des böhmischen Dialekts. Komm ock rieber! Servus, Traudl, Servus! Viele Katholen waren von daheeme. Aber sprich nur ein Wort, dann wird meine Seele gesund. Wann hat je einer zu ihr gesprochen, zu Wenzel? Welchen Glaubens bist du? Ich bin ein Christ. Warum bist du ein Christ? Darum, daß ich glaube an Jesus Christus und bin auf seinen Namen getauft. Manchmal fühlte sie sich betrogen, es schien etwas zu sein, das nur anderen passierte: Saulus, der vom Pferd fällt, geblendet von einem Lichtstrahl, der eine Stimme hören durfte: Warum verfolgst du mich? So ein armer Teufel wie sie, der sollte alles für bare Münze nehmen, ganz ohne Beweise. Wer da glaubt und getauft ist, der wird selig werden; wer aber nicht glaubt, der wird verdammt werden. Sie hatten nie darüber geredet. Und sie konnte wochenlang gut leben, ohne an den Herrgott, an Jesus Christus zu denken. Ganz anders als ihre Eltern, die Näne, gar die Tante Annelies, die sogar beim Teigkneten singend ihren Glauben ausströmte: Nun danket alle Gott, mit Herzen, Mund und Händen, der große Dinge tut, an uns und allen Enden, der uns von Mutterleib und Kindesbeinen an unzählig viel zu gut, bis hierher hat getan.

Das Katholische war ihr immer fremd geblieben. Schon beim Betreten des Raumes ekelte sie sich, wenn sie die Hand in das Weihwassertröglein an der Wand tauchen mußte. Sie dachte an die Regentonne in Uhlbach, das stehende Wasser, in dem es von Mükkenlarven und Getier wimmelte. Sie führte die tropfende Hand an die Stirn und schlug das Kreuzzeichen. Vor dem Spiegel hatte sie geübt, damit sie sich nicht verhaspelte: Stirn, Brust, linke Schulter, rechte Schulter. Vor der Bank noch eine Kniebeuge zum Altar, zu dem am Kreuz verrenkten Christus und Maria, die blau und golden dastand, die Mondsichel unter dem schmalen Fuß. Warum nur trat sie auf den Mond? In jedem Eckchen stand so einer rum: Antonius, Johannes, Urban, richtige Götzenbilder. Es war ihr nicht wohl. Sie fühlte sich wie in einem fremden Tempel, einem Ort, an dem man Verbotenes tat.

Und jetzt? Was nützt es alles? Wenzels Pater noster schepperte im Mund wie lauter Kieselsteine: *Santificetur nomen tuum. Adveniat regnum tuum. Fiat voluntas tua, sicut in caelo, et in terra.* Dein Wille geschehe, wie im Himmel so auf Erden. Das versteht man und versteht es nicht. Sie versucht die Gebete, wie sie eine umgekippte Suppe, zusammengefahrene Milch kostet. Ist es genießbar, oder muß sie es ausspucken? Gott hat an mir nicht wohlgetan! Was half, was half mein Beten? Nun ist's nicht mehr vonnöten.

Ich muß dich ein letztes Mal anfassen. Das bist du, das ist dein bestes Stück. So hast du immer gesagt. Was anderes hast du nicht über die Lippen gekriegt.

Unsere Mütter haben uns keine Wörter dafür beigebracht. Es gab nur die schmutzigen von der Gaß. Oder so was wie ›untenrum‹. Ich nehm ihn in die Hand, schaue ihn an. Er liegt schwer darin, wird nicht mehr darin wachsen, aufblühen. Es war immer schön, das mit dir zu tun. Sex, wie es die jungen Leute nennen. Auch wieder so ein blödes Wort, wie Handy. Ich bin gerne unter dir gelegen, immer schon. Denkst du noch an diesen Nachmittag, Ende September muß es gewesen sein. Die Sonne hat so geknallt, daß wir die Läden runtergelassen haben, und unten im Gärtle haben die beiden Buben gekreischt, weil die Rapp sie mit dem Gartenschlauch abgeduscht hat. Sicher hat keiner gedacht, daß die beiden Alten da oben im Schatten liegen, nackt, auf ihrem Ehebett, im Altweibersommer. Ja, es geht schon sehr langsam mit uns. Allein das Ausziehen dauert ewig. Aber es geht noch und ist schön, so schön wie früher. Aber anders. Ich schau nicht mehr gern in den Spiegel dabei. Ich seh dann die Alte, das Gespenst mit den runzligen Arschbacken, den Hängebrüsten. Dich mag ich noch leiden, du bist noch stark und hast diese braune Haut, die vielen Haare. Früher ging alles so schnell, da hat man nicht mal ein Bett gebraucht. Weißt du noch, auf dem Küchenboden, im Wohnzimmer, im Flur an der Wand, es gibt kaum einen Ort in dieser Wohnung, wo wir uns nicht geliebt haben. *Miláčku, miláčku*! Schätzle heißt das bei uns. Jetzt kriegst du dein Hösle, komm. Du bist so kalt, das warme Wasser nützt nix, das ist auch schon ganz klamm geworden. Jetzt bin ich ein altes Weib, endgültig. Du hast mich immer noch gewollt, das hat keiner außer mir gewußt. Wer denkt denn das, wenn so ein altes Weib die Straße runterwackelt neben ihrem alten Mann, daß die noch was miteinander anfangen können. Ich war deine Frau, jetzt bin ich das alte Weib, keine Liebste mehr. Das Laken, das muß ich abziehen, später. Jetzt noch die Socken, komm, mein Liebster, komm. Deinen Ring, schenkst du den mir? Ich will ihn dir am liebsten lassen, er ist von mir, Luise, 9.9.1946. Wahrscheinlich kann man's kaum noch lesen. Hast du ihn je abgenommen, um mich zu verleugnen? Ich hab dich nie gefragt. Die Jungen, die reden soviel, ich weiß das von der Bruni, die erzählen sich alles, beichten voreinander. Schien-Wenzel, es gab viele, denen du ins Auge gestochen bist, nicht nur der Kopka-Edith, auch aus dem Lehrerkollegium. Da gab es schicke Frauen, schlanker als ich, mit mehr Bildung, die nicht bloß die Gehaltsabrechnungen für die Schokoladenmädle tippen konnten mit zwei Durchschlägen. Wenn da je was gewesen ist, hast du es barmherzig verschwiegen. Recht getan. Dünn ist der Ring, kalt und glatt. Er paßt mir nicht, sitzt ganz lommelig. Ich muß ihn unter meinen stecken, ein Türmchen aus schlechtem Gold bauen für dich und mich. Wenzel und Luise. Was für eine winzige

Hochzeit: Braut und Bräutigam, der Pfarrer und eine Handvoll Gäste, weil deine Leute alle noch »drieben« waren. Von mir waren nur die Mutter und die Tante Annelies dabei. Der Vater und die beiden Brüder gefallen, das hat die beiden so stumm gemacht, daß sie nicht mal über die katholische Trauung gemuckst haben. Und sie haben dich gemocht. Warst ja immerhin ein Lehrer, eine Respektsperson, freundlich, charmant und hilfsbereit. Luisle, ob der bei dir bleibt? Dickerle hat immerhin goldene Hochzeit gefeiert mit dem schönen Mann aus der Fremde, das haben sie alles nicht mehr erlebt.

Wenzels Arme und Beine sind steif und unnachgiebig. Sie versucht, sie umzubiegen, damit er in das Hemd, seine Anzughose kommt. Luise hört, wie die Nähte ihrer Bluse reißen. Auf der Oberlippe schmeckt sie Schweiß, fühlt ihn kitzelnd den Rücken herunterrinnen. Sie schnauft schwer. Ihr Rücken schmerzt unerträglich. Schließlich nimmt sie die Hand ihres Mannes und ruft. Es gellt laut durch das leere Zimmer, hinein in das Gesicht, das das Vertraute von Minute zu Minute verliert und immer weniger Wenzel, immer mehr jemand Unbekanntes wird. »Wenzel, loß di ozia! Wenzel, i well di ozia! Wenzel, loß di ozia ferd groß Rais!« Ihre Stimme bricht weg bei diesen letzten Worten. Sie ist nicht mehr in Uhlbach, wo die Mutter diese Sätze der steifen Schusterin und ihrer eigenen Schwiegermutter ins stille Gesicht gerufen hatte, damit die toten Glieder sich willig in den Sonntagsstaat kleiden ließen. Sie ist in der Constantinstraße, allein, und ihr Wimmern läßt Schlamper mit eingeklemmtem Schwanz im Türrahmen erscheinen.

Die Rapp putzt das Fenster. Luise kann ihr weißes Gesicht sehen, die steile Falte über der Nasenwurzel. Eine schöne Frau ist die Rapp, aber immer traurig, immer ängstlich. Gift im Essen, der tödliche Straßenverkehr, ein Winter ohne Schnee. Im Krieg haben solche es nicht geschafft. Es gab immer wieder solche, die zuviel nachdachten, die dann Schluß machten, weil sie es nicht ertrugen, die Vorstellung von dem, was kommen könnte. Die Rapp hat eine Rolle Küchenkrepp dabei und einen Eimer mit warmem Wasser. Der Dampf steigt in die kalte Herbstluft auf. Ihr Arm führt den Lumpen mit kreisenden Bewegungen über die Scheibe. Die Rapp kann Luise nicht sehen, die auf dem gestickten Stuhl im Flur hockt und den Kopf gegen den Rahmen der Wohnzimmertür lehnt. Nur der Schlamper ist für sie sichtbar. Der schläft in seinem Körble, mitten auf dem Buchara. Die Pfoten zucken leicht. Luise sieht, daß die Rapp ins Zimmer schaut, kurz den Blick schweifen läßt, sich dann wieder zurückbeugt über ihren Eimer. Der Schlamper ist müde, kein Wunder. Armer Schlamper. Soviel Aufregung heute morgen und kein richtiger Spaziergang. Zum Türken hat sie ihn gezerrt, aber er durfte ja nirgends haltmachen. Sie mußten schnell weiter, wegen der Zitrone für den Wenzel. Unters Kinn hat sie ihm die Frucht gelegt. Das ist sauber hochgebunden mit Traudls Serviette. Seine Haut ist schon fast so gelb wie die dicke duftende Schale.

Von der Markuskirche schlägt es zwei. Höchste Zeit zum Mittagessen. Nein, sie wird nichts kochen heute. Es reicht ein Schmalzbrot. Fettenschnitte sagt der Wenzel dazu. Und einen Kaffee muß sie sich machen, Kaffee und Schmalzbrot und ein paar Tabletten, damit die vermaledeiten Schmerzen endlich aufhören. Mit dem Brot kann sie sich zum Wenzel rübersetzen. Wer essend einen Toten anschaut, dem fallen die Zähne aus. Aber sie hat ja keine eigenen Zähne mehr.

Die Rapp hat längst zusammengepackt. Sicher ist sie oben bei ihren Buben. Ich hör die Glocken von der Markuskirche. Schon Viertel drei. Und ich schaff es nicht in die Küche, ich komm nicht mehr hoch. Wenzel, hilf mir doch! Vielleicht hab ich mich ja getäuscht. Vielleicht bin ich eingeschlafen und hab nur geträumt, man träumt manchmal so lebhaft. Die Prüfung an der Handelsschule, da wach ich ja heute noch schweißgebadet auf. Ich hab nur geträumt. Jetzt ruf ich ihn mal, dann hilft er mir hier aus dem Stuhl, holt mir die Tabletten und ein Glas Wasser. Wenzel! Wenzel! Wenzel!

Er sieht gut aus. Die schwarzen Schuhe sind spiegelblank geputzt, die rotblau gestreifte Krawatte schimmert auf der Brust. Und dazu das weiße Hemd. Sein Hut liegt auf dem Kopfkissen. Die Hände hat sie ihm gefaltet und einen Rosenkranz darumgeschlungen. Die Füße zeigen zur Tür, das Gesangbuch steckt unter den Fersen. Es ist sein ›Gotteslob‹, das evangelische würde er nicht wollen. Wenzel ist frisch rasiert, hat seine Zähne drin, den Cognaclappen über den Augen, das Haar mit Birkenwasser ordentlich zur Seite gekämmt. Den Kamm hat sie zerbrochen, die Waschschüssel, die einmal eine Suppenschüssel war, in Stükke geschlagen, draußen in der Küche. Auf dem Nachttisch brennen zwei rosa Kerzen. Alles ist richtig.

Luise kann sich zu seinen Füßen stellen, die Hände falten und die Worte aufsagen: »Herr, gib ihm die ewige Ruhe, das ewige Licht leuchte ihm, laß ihn ruhen in Frieden. Amen.« Sie kommen leer über ihre Lippen, klappern heraus wie ein dummer Kinderreim:

»Verdammte Fliege,
wenn ich dich kriege,
dann reiß ich dir ein Bein heraus.
Dann wirst du operiert,
mit Seife eingeschmiert,
mit Lumpen ausgestopft
und kommst ins Grabeloch.
Dann kommt der Männerchor,

singt dir ein Liedchen vor,
dann kommt der Frosch,
und reißt dir ab den Kopf.«

Leonie

»Die Feli und die Lisa?« Janets gezupfte Augenbrauen steigen in die glatte Stirn empor. »Aber Frau Munk, Ihr Mann hat die Mädle doch schon abgeholt! Es isch gar keiner mehr hier. Ich wollt grade gehen.« Leonie schaut von Janets babyblauen Augen auf die beiden leeren Garderobenhaken. Über Lisas Namensschild grinst eine Sonne, bei Felicia hängt ein Schmetterling mit viel zu dickem Rumpf. Die rosa Filzhausschuhe stehen ordentlich unter der Bank. Während Leonie starrt, zupft sie sich am Ohrläppchen. Das nackte Fleisch zwischen ihren Fingern läßt sie zusammenzucken. Die breite Goldcreole fehlt, an der sie spielt, wenn sie verlegen ist. Der Schenker war natürlich Simon, zum ersten Weihnachtsfest im Heumadener Häuschen. »Baby, ich bin zwar aus Heslach, aber ...«

Ihre Hand zuckt auf die andere Seite, da baumelt die Creole an Ort und Stelle. Hat sie heute morgen im Büro nicht beide dringehabt? Verdammt! Auf Janets Gesicht macht sich inzwischen ehrliche Verwirrung breit, die dazu führt, daß Leonie die Hände wieder in die Manteltaschen steckt. Ihre Finger zappeln innen weiter, Tempotaschentücher, ein Kaubonbon, sonst nichts. Sie schüttelt das Haar in den Nakken und versichert mit fester Stimme: »Ach natürlich, Simon wollte die beiden heute abholen! Ich hab einfach zuviel um die Ohren. Einen schönen Nachmittag für Sie, Janet!« Dann wirft sie sich mit dem ganzen Körper gegen die mit Papierdrachen und grinsenden Kürbissen beklebte Eingangstür und rennt zum Volvo.

Ihr Auto ist das letzte auf dem Elternparkplatz. Es ist kurz nach vier. Die Sandkiste im Garten ist mit einer grünen Plane abgedeckt. Schaukeln und Rutsche sind regennaß, die Sonne scheint aus tiefem Stand auf die Wassertropfen an Bäumen und Gebüsch. Still hängen die kleinen Sitze an ihren kalten Ketten. Der Himmel ist von einem sehr hellen Blau, als ob dahinter schon Schneewolken stehen. Feuchte Blätter kleben auf der Windschutzscheibe. Für ein paar Augenblicke bleibt sie hinter dem Lenkrad sitzen, schließt die Augen.

Das Handy tönt. Leonie läßt die Mailbox reden. Seit heute morgen ist sie noch kein einziges Mal rangegangen, traut sich auch nicht, die eingegangenen Anrufe abzuhören. Allein Conny ist viermal drauf. Sie will mit niemandem von der Party reden. Simon ist nicht unter den Anrufern. Er muß ja bestens zurechtgekommen sein. Keine einzige Nachfrage, wo die Strumpfhosen liegen oder was die Mädchen als Vesper mitnehmen müssen. Hoffentlich hat er keinen Apfelsaft in die Trinkflaschen gefüllt. Sie möchte ihn anrufen und anschreien.

Gestern am frühen Abend ist sie nach Tübingen aufgebrochen, mit weißen Callas und Champagnerflasche auf dem Rücksitz und der bis zum Moment des Ausparkens genährten Hoffnung, den Fahrersitz doch noch Simon überlassen zu können. Frau Kienzle saß mit den Kindern am Küchentisch und formte mit Akkuratesse Brezeln aus Knetmasse. Sie sollte dableiben, bis Simon kam. Wahrscheinlich nutzte er die Gelegenheit, seinen abendlichen Aufenthalt in der Firma noch länger auszudehnen. Es saß ja kein rothaariges Monster zu Hause, das ihm an die Kehle fuhr, wenn er die verabredete Zeit nicht einhielt. Nur die Mädchen, nachthemdig und bloßfüßig. Der Satz »Papa hat noch zu tun« läßt ihr Gequengel nahezu magisch verstummen. Sie wissen, daß sie sich gegen sein Verschwinden nicht wehren können. Ein kurzer Anruf, ein Schein mehr in Frau Kienzles Briefumschlag, und die Sache ist geritzt. Sie glaubte seiner in den Hörer genuschelten Zusage kein Wort. »Ich bring Lisa und Feli auf alle Fälle ins Bett, bestimmt nicht um sieben, aber ich komme. Du kannst ruhig fahren, aber ich pack das nicht. Hier ist die Hölle los.« Er hatte sich nicht einmal richtig verabschiedet. Aus dem Hintergrund brach die nölende Stimme seiner Assistentin, Paula, einer blondgesträhnten Streberin, London School of Economics. Ein anderer Apparat klingelte, sie legte auf.

Bei ihr im Büro war der Tag zum Glück ruhig gewesen. Sie hatte die Fahnen der neuen Ausgabe korrigiert, stumpfsinnig Fotos verschoben, Korrekturzeichen an die Ränder gemalt und Post-its für die Grafiker aufgeklebt, alles ohne nachzudenken. Niemand störte sie, Ende Oktober ist Streß für die meisten, Jahresabschluß, jede Menge Planungskram. Sie hat damit nichts zu tun.

Ablenkung ist nötig, denn in Leonies Kopf läuft ›Connys Fest‹. In der Totalen kommt als erste Szene Connys entsetzter Blick, als Leonie sie in den Arm nimmt und in besoffenem Dauerfeuer Küßchen auf die erhitzten Gastgeberinnenbäckchen verteilt, dauererrötet über dem straßglitzernden T-Shirt, das die Lehrerkollegen ihr zugedacht haben: ›Ich bin 35, bitte helfen Sie mir über die Straße!‹

»Conny, es war wirklich ein toller Abend, vielen Dank! Aber ich schlafe heute nacht woanders. Ich kriege noch was vorgelesen. Südamerikanische Literatur. Ich ruf dich an!« Bevor Conny etwas entgegnen konnte, hatte Leonie eine Drehung vollführt und in die Runde gewinkt. Auf den Barhockern und in den Sofas des ›Hexle‹ hingen die Gäste in Zwei-Uhrmorgens-Posen. Die meisten hatten ein Tannenzäpfle am Wickel und tranken mit sichtlichem Genuß direkt aus der Flasche. Aus den Boxen kam *Mystify me*. Manche hoben die Hand, andere lächelten. Sie fühlte sich großartig: der Rock mit neonblauem Zickzackmuster umschwang die Stiefelbeine, ein enger Pulli überspannte das klopfende Herz unter den erwartungsvollen Brüsten. Über der Schulter hingen lässig ihr Tweedmantel und die Übernachtungstasche. Da drin steckte das Snoopy-T-Shirt, genau richtig für Connys Klappsofa. Aber ihre Unterwäsche war hübsch, aprikosenrosa, aprikosa, das stand ihr. Sie kicherte. Dann trat Leonie aus der Kneipe in die Oktobernacht: Kopfsteinpflaster, Fachwerk, Studenten auf dem Heimweg. Ein paar drehten sich nach ihr um – *it's a kind of magic*. Der Turm der Stiftskirche schlug zur vollen Stunde. Der Mann ging drei Schritte hinter ihr wie der englische Prinzgemahl.

Die Scheiben des Volvo beschlagen langsam. Leonie durchwühlt ihre Handtasche, findet ein eingetrocknetes Brezel-Ärmchen und einen Kuli, ein Taschenbuch. Sie nimmt es heraus. Der Mann auf dem Cover hat eine Hand in der Jackettasche, die andere hält den Mantel fest, der über seiner Schulter hängt. Sein Blick ist nachdenklich, fast traurig, gleichzeitig erwartungsvoll. Schwarze Haartolle, dunkle Brauen, ein echter Latin Lover. Leonie schlägt das Buch auf. »Für Leonie, alles Glück! In Begeisterung, Tobias«. Sie lächelt, dann stopft sie es zurück. Der Ohrring bleibt verschwunden. »Wenn ihr was verliert, müßt ihr zum heiligen Antonius beten.« Das wußten schon ihre Kindergartentanten. Die Oma hatte einen im Geldbeutel, winzig und schwarz in einer silbernen Kapsel, kaum länger als ein Fingerglied. Leonie schüttelt den Kopf und läßt das Magnetschloß der Handtasche zuschnappen.

Draußen knallt eine Tür. Janet verläßt den Kindergarten in einem auberginefarbenen Stepp-Parka. Sie rahmt ihr blondiertes Haupt mit einer pelzbesetzten Kapuze und stolziert die Sonnenbergstraße hinunter, vermutlich hinein in ein Wochenende voll Shoppen, Ficken und Fernsehen. Keine 25, ohne jeden Klotz am Bein. Leonie ist froh, daß sie sich nicht umdreht. Sie schwitzt, ihr Gesicht im Rückspiegel ist blaß, die Mundwinkel hängen. Sie sieht Krähenfüße und Stirnfalten, Katerspuren. Selbst schuld, Schlampe. Simon, du Arschloch, warum bist du nicht mitgekommen?

Das ›Hexle‹ in der Tübinger Altstadt hatte einen gemütlichen Ecktisch. Dort saß Leonie vor ihrem Weißwein, zusammen mit Connys Schwester und anderen Frauen. Es wurde angestoßen und geplaudert, Kinder, Job, Urlaubsziele. Der Typ, der unvermittelt seinen Stuhl heranschleifte und Leonie ansprach, trug einen Rollkragenpullover und eine dieser übertriebenen Brillen. So ein Pseudo-Intello, ganz in Schwarz. Wer ist gestorben? dachte Leonie automatisch. Die Werbeagentur, die Leonies Bank manchmal heranzieht, beschäftigt solche Leute. Kreative, die sich den Anzugträgern haushoch überlegen fühlen, auch wenn sie wahrscheinlich nicht die Hälfte verdienen.

Der im Vergleich zu Simon kleingewachsene Mann machte eine theatralische Handbewegung in Richtung Tresen. Im Fernseher über der Theke flimmerte die zweite Halbzeit des Mittwochsspiels: VfB Stuttgart gegen Hannover 96, stöhnend und händeringend beobachtet von einer auf Barhockern herumrutschenden Gruppe. Auch Leonies Blick war in der letzten halben Stunde immer wieder dorthin gewandert. Sie mochte Gómez und Cacao besonders und war, genau wie Simon, euphorisiert vom Aufstieg des VfB.

»Fußball langweilt mich zu Tode.« Die Augen hinter der rechteckigen Brille waren braun. Er bewegte sich ruhig und sicher, hatte schöne Zähne und wenig Haare, die ohne peinliche Glatzenverdeckungsversuche frisiert waren. »Worüber möchtest du denn reden, über Weltliteratur?« fragte Leonie und schaute ihn an, spöttisch, wie sie hoffte. »Was gibt es an Fußball auszusetzen?« »Nichts, aber ich schlafe einfach dabei ein.« Unter dem weichen Pullover hatte er einen kleinen Bauchansatz. Vorsichtig stellte er sein Bierglas neben Leonies Wein, dazu ein Schüsselchen Knabberzeug. Hat sich schon gut versorgt, die kleine Couchpotato, dachte sie und streckte selbstgefällig die fitneßgestählten Beine aus. »Ich kann es mir eigentlich nicht leisten, aber das Zeug schmeckt so gut, und unser Geburtstagskind hat doch ausdrücklich geschrieben: Feiern, als ob's kein Morgen gäbe.«

Er drehte seinen Stuhl einmal um, setzte sich breitbeinig, die Lehne nach vorn. Schon wieder mußte er aus der Reihe tanzen. Leonie rückte ein Stück zur Seite, aber er lächelte sie an und schob die Pistazien und Erdnüsse zu ihr hinüber: »Iß mal, du kannst es dir wirklich erlauben.« Sein bewundernder Blick freute sie, sie konnte nicht anders. Sie lächelte zurück, schlug die Oberschenkel übereinander, angelte mit der Zungenspitze ein Tröpfchen Chardonnay aus dem Mundwinkel. Nachdem er sich als Tobias, ein alter Bekannter von Wolfgang, vorgestellt hatte, fing er tatsächlich von Literatur an, einem Buch, das er so toll fand, daß er es gleich Conny schenken mußte und außerdem noch als Bettlektüre ins Hotel mitgenommen hatte. »Julio Cortázar ist ein südamerikanischer Autor, er hat großartige Erzählungen geschrieben. Zu seinem Geburtstag Ende August hab ich ein großes Porträt über ihn gemacht. Dabei bin ich süchtig geworden.« An der rechten Hand trug er einen silbernen Ring mit dreieckigem Ornament, den Leonie genauso affig und gewollt fand wie seine Brille und die spitzen schwarzen Lederschuhe. Die Vieldeutigkeit des Schmucks ärgerte sie. Er konnte alles bedeuten: Treuesiegel des schwulen Lovers, Erinnerung an einen Urlaub in Mexico, Ehering. Bei Leonie ist auf den ersten Blick alles klar: Markenklamotten, Designerhandtasche, breiter goldener Trauring. Bin ich leicht zu durchschauen? Bin ich simpel?

»Ich lese nie«, sagte sie laut und hoffte, mit diesem Satz helles Entsetzen auszulösen. Aber Tobias grinste nur, schüttelte den Kopf und redete weiter: »Bei Cortázar bekommt die Wirklichkeit Risse wie unter einem verborgenen Druck. Menschen und Monster existieren nebeneinander. Oft schreibt er über Kinder, wie sie spielen, sich verkleiden, eine Ameisenfarm bauen. Ein Mann verwandelt sich in einen Molch, einen Axolotl. Delia, eine moderne Hexe aus einem Wohnblock in Buenos Aires, tötet ihren Verlobten mit Verzweiflung und vergifteten Pralinen. ›Der Mond schien geradewegs auf die weißliche Masse des Kakerlaken, der Leib seines ledernen Panzers entkleidet, und ringsherum, mit Pfefferminz und Marzipan vermischt, die Stückchen von Beinchen und Flügeln, das Pulver der zermahlenen Deckflügel.‹« Während er sprach, merkte sie, wie voll und dunkel seine Stimme war. Er klang wie ein Radiosprecher oder Schauspieler. »Bei Cortázar fühlst du dich wie im Urlaub, alle trinken Mate und Anislikör, lesen die ›Última Hora‹, sitzen mit Wassermelone im Patio, hören die Zikaden. Es würde dir gefallen.« Tobias' Augen glänzten, und Leonie wurde wider Willen neugierig. Er redete weiter von Cortázar, der diese wunderschöne und kluge Frau Aurora hatte, sie irgendwann verließ, als bärtiger Hippie in Paris mit einer anderen zusammenkam.

Grölen vom Tresen ließ sie registrieren, daß ihre

Mannschaft auch diesmal gesiegt hatte. Kurz dachte sie an Simon, der vor ein paar Jahren, nach einem deprimierenden Spiel gegen Bayern München, gegen das Sideboard getreten und sich den Mittelfußknochen geprellt hatte. Tobias stellte ein neues Glas Wein vor sie hin. Er sah sie an, bis sie lachend die Augen niederschlug. »Ich habe ewig nicht geflirtet, besonders nicht mit einer Frau, die zugibt, nicht zu lesen.« Leonie strich sich das Haar aus der Stirn. »So ist es ja auch nicht. Ich lese schon. Fachliteratur, Zeitungen und ›Geo‹. Das finde ich interessant. Aber Bücher, ausgedachte Geschichten, die langweilen mich. Erinnern an die Schule.«

Der heilige Antonius versagt. Leonie zieht ihre Hand aus der Ritze zwischen Sitzpolster und Rückenlehne. Krümel und ein Schnuller, kein Ohrring. Es hat keinen Sinn. Sie muß nach Hause. Sie läßt den Volvo an und fädelt sich in den Feierabendverkehr ein, rollt die Sonnenbergstraße hinunter. An der Kreuzung Dobelstraße biegt sie falsch ab, rutscht am Waschsalon seit 1969, dem spanischen Restaurant und dem Bethesda-Krankenhaus vorbei in Richtung Zentrum. Das orangefarbene Rechteck des alten Waisenhauses steht ruhig im Licht der langsam schwindenden Sonne. Dahinter bauen sich die dicken Türme des Alten Schlosses und die beiden ungleichen Stiftskirchentürme zu einer bescheidenen Stadtsilhouette zusammen.

Tobias schreibt ein Buch über Stuttgart. Er hat gestern davon erzählt. »›Die Stadt ohne Gesicht‹ wollte ich es zuerst nennen, denn der Krieg hat ihr ja das schöne Gesicht genommen. So eine Art brutales Facelifting. Jetzt ist sie bloß noch praktisch, man kann leicht mit dem Auto durchfahren. Auf Straßen, die eigentlich von den Nazis geplant wurden. Und alle neuen Häuser sehen wie Würfel aus, Betonwürfel in jeder denkbaren Farbe und Form, winzige Kästen und hochaufgetürmte, in den vielfältigsten Abstufungen gestapelte Kästen. Aber dazwischen steht plötzlich etwas Altes, wie vergessene Dekoration, ein Sandsteinhaus mit Schnörkelfassade, ein Schloß, ein Kirchturm.«

Tobias erzählte von der Schokoladenhochburg, die hier einst gewesen ist – »So viele Schokoladenfabriken in einer Stadt, das muß geduftet haben!« –, von Rudolf Steiners wildem Leben bei den Tischerükkern und Geisterbeschwörern in Berlin, bevor er mit Emil Molts Geld eckenfreie Gebäude auf der Uhlandshöhe errichten ließ, von den Neckarauen und ihrem Idyll. Leonie hatte von den meisten Sachen noch nie etwas gehört. Immerhin konnte sie die schwarzbrüstige Teufelin aus der Heumadener Kirche beisteuern, die ihm natürlich bekannt war. Auf der Toilette zog sie sich die Lippen nach. Sie wollte gefallen, beschwor ihre Lieblingsserie: ›Desperate Housewives‹. »Das sind auch Geschichten. Nicht so klamaukig und albern wie manche Soaps, auch nicht bieder.

Eher schräg und manchmal bitter. Richtig gut eben, ich kann nicht sagen, warum.«

Auf der Charlottenstraße rollt die Blechlawine. Leonie reiht sich ein, kreuzt das Olgaeck. Sie will nicht nach Hause. Vielleicht noch zur Reinigung? Sie hat keine Lust, Simons nach chemischen Dünsten müffelnde Anzüge abzuholen, überhaupt etwas für ihn zu tun. Vor dem Wilhelmspalais dreht sie um und fährt die Charlottenstraße wieder hoch. Die Ampeln stehen auf Rot. Fußgänger drängen sich durch die häßlichen Passagen des Olgabaus. Billigstbäcker, Billigstdrogerie, Billigstklamotten, dazwischen kämpfen ein Optiker, eine Rahmenhandlung und ein Geschäft für Kristalle ums Überleben. Oft stehen Leute davor und halten die Hände gegen die Scheibe, um die Aura der Steine aufzufangen. Die Linie 15 keucht aus dem Tunnel und klingelt ein paar Fußgänger von den Schienen am Übergang. Leonie fühlt jedesmal Erleichterung, die letzte der alten Stuttgarter Straßenbahnen wiederzusehen, eine schwankende gelbe Raupe mit Fähnchen auf dem Fahrerhaus. Sie weiß nicht, wann sie endgültig ausrangiert wird, um Platz zu machen für die kastenförmige Stadtbahn. Sie dreht das Radio auf. Madonnas arrogante Stimme: *Like a virgin, touched for the very first time, and your heart beats, next to mine, like a virgin.* Wenn doch im ›Hexle‹ gestern nur Madonna gelaufen wäre, die macht Leonie nur aggressiv, nicht sentimental.

Aber es lief Spandau Ballet. Was mußte sie auch mit dem Fuß wippen, mitsummen: *This is the sound of my soul, always slipping from my head. My love is like a hard prison wall, why do you make me standing so …* »Wenn dich das so in Bewegung bringt, müssen wir jetzt wohl tanzen, zu diesen Begleitmusikanten des Poppertums.« Tobias legte ihr den Arm um die Schultern. Sie lehnte sich gegen ihn. Es fühlte sich nicht verkehrt an. Conny tanzte mit Wolfgang. In den Drehungen trafen sich ihre Blicke, der letzte war gepaart mit einem Kopfschütteln. Leonie sah weg.

Sie biegt kurz vor dem Gebäude der Technischen Oberschule in die Constantinstraße ein. Das Kuppeldach sitzt unter einem Drahtnetz, ein Taubenschutz für die grünspanigen Verzierungen. Die Hochhäuser an der Ecke ragen wie überdimensionale Tetrapacks in den Himmel. Leonie umfährt die verschmutzte Grünanlage mit den Glascontainern. Rechts liegt das Parkhaus mit der blauen Leuchtschrift über dem Eingang. Eine Treppe führt zu dem kleinen Autohaus hinauf. Hinter der Schaufensterscheibe glänzen ein paar Sportwagen. Simon hält hier immer inne, die Mädchen zerren ihn dann weiter. Sie sieht die hellerleuchtete Bäckerei, eingerahmt von unscheinbaren Nachkriegsbauten. Würfel, jede Menge Würfel. Gelbe Zettel kleben an den Schaufensterscheiben: »Es ist wieder da, unser Weihnachtsgebäck!« Davor steht ein großer kahler Baum. Im Sommer beschirmt er

Plastikstühle und Tischchen, es wird hausgemachtes Eis angeboten. Einmal waren sie zusammen hier. Die Gesichter der Mädchen verschmierten sich mit den ewig gleichen Sorten, Vanille, Erdbeere, Schokolade. Mit geschlossenen Augen bohrten sie ihre Zungen in die kalte Süße, Blätterschatten auf bunten Shirts, staubige Sandalenfüße. Daneben führt eine Staffel hinunter auf die Olgastraße. Über ihre flachen Stufen läuft mit grauen Betonrinnen die Kinderwagenspur. Lisa liebt es, darauf herumzubalancieren, während sie sich am Geländer festhält. Sie ist noch nie gestolpert. Die Constantinstraße steigt steil an, um dann im Fallen ihr Panorama vor Leonie zu eröffnen: Zwei schnurgerade Reihen von Altbauten stehen im Zwielicht. Leonie kneift die Augen zusammen.

Tobias' Tübinger Hotelzimmer war ungemütlich. Sie hatten nur eine Nachttischlampe angeknipst, um die öligen Neckarlandschaften, die grün genoppten Vorhänge und Kissenbezüge nicht genauer ansehen zu müssen. Im Schneidersitz saß Leonie auf dem breiten Bett, seltsam unberührt von der Tatsache, daß der Mann das Loch in der petrolfarbenen Wollstrumpfhose sehen konnte, durch das ihr kleiner Zeh hervorschaute. Sie fühlte sich unbeschwert, aufgehoben, vertraut. Tobias schnürte seine Schuhe auf und kickte sie in die Ecke unter den Fernseher, wühlte in der Minibar, zappte durch die Nachtprogramme. »Zuerst Soaps, dann Cortázar. Jeder soll zu seinem Recht kommen!« Sie tranken Wodka und küßten sich. Er zog ihr die Strumpfhose aus und streichelte ihre Beine, winterlich unrasiert. Die kleinen kupferroten Härchen stellten sich auf, er küßte ihre Knöchel, den Spann, die Hände wanderten höher und verharrten ganz von selbst auf den Oberschenkeln, im selben Augenblick, als Leonie »Halt« sagte. Dann flüchtete sie auf die Fensterbank. Sie konnte bequem darauf sitzen und in die Dunkelheit hinausstarren.

Wenn Simon jetzt bei Conny anrief! Simon, der jetzt die Mädchen bewachte. Plötzlich war sie sich ganz sicher, daß er rechtzeitig nach Hause gekommen war. Er hatte ihnen den verhaßten Kakao schmackhaft gemacht: »Trinkt, sonst werden eure Knochen so bröselig wie Butterkekse.« Er hatte sie in flauschige Schlafanzüge gesteckt und sämtliche Spängchen aus ihren Haaren gepult. Und bei der Gutenachtgeschichte todsicher zu ihrem Lieblingsbuch gegriffen, das Leonie aus purer Langeweile nicht mehr vorlesen wollte: »Eule legt sich in ihr Kissen zurück. Der Mond scheint durch das Fenster. Und Eule ist überhaupt nicht mehr traurig.«

Auf der Constantinstraße ist kaum Verkehr. Leonie fährt langsam, am Zebrastreifen bremst sie. Auf dem Brunnen sitzt die schöne Nackte. Das letzte Tageslicht läßt die weißen Glieder auf dem grauen Granitsockel leuchten. Sie hat den Kopf gesenkt, als ob sie sich schämt. Wahrscheinlich hat sie auch etwas angestellt. Der Körper ist lässig vorgeneigt, als stünde jemand hinter ihr, an den sie sich eben noch geschmiegt hat, jemand, der ihr Sätze sagt, die nicht angemessen sind, nicht zu ein paar betrunkenen Küssen, sehnsüchtigen Berührungen, einem Ständer unter den Jeans passen. Das Gartenbauamt hat der Brunnenfrau schon das Wasser abgedreht. Lisa und Feli können wieder in den leeren Becken herumklettern.

Hinter dem Brunnen steht ein Baum, der Himmel darüber ist bläulichgelb. Am Stamm lehnt ein Junge und raucht. Zwischen seinen Knien steht eine Plastiktüte. Dunkelblondes Haar quillt unter der Mütze hervor. Leonie erkennt den Süßi-Schnorrer aus der Halloween-Nacht. Ein freches Aas. Er hat den Kopf gesenkt wie die Brunnen-Schönheit, die Brunnenschlampe. Genau wie sie sieht er nicht auf, scheint nachzudenken, unangreifbar, undurchdringlich. Ob Simon Milch gekauft hat? Leonie hält vor Nâzıms Schaufenster und schaltet den Warnblinker ein. Vor dem goldenen Hintergrund der Kugellampen steht ein riesiger Lilienstrauß in einer Vase, dahinter ist es schwarz von Leuten, die für den Feierabend einkaufen. Aus der Tür drückt sich Baumwollbeutel-Hanna. Mattis kommt langsam hinter ihr her, sein Gesicht ist kreidig unter der schwarzroten Spiderman-Mütze. Sie geht vor ihm her, überraschend lange

Schritte für so eine kleine Person. Er bewegt sich wie ein alter Mann. Die Fäuste in den Taschen, schlurft er über den Gehsteig. Hanna schaut sich nicht um. Leonie fährt weiter, sie hat keine Lust, im Geschäft lange zu warten, sich Geschichten anzuhören, Laktoseintoleranz, Würfelhusten, großes Blutbild. Ich hab meine eigene Intoleranz, tatsächlich.

Direkt vor dem Haus ist ein Parkplatz, wenigstens das. Die Fenster zur Straße sind erhellt, Küche, Eßzimmer, Wohnzimmer. Warme gelbe Vierecke strahlen aus der Fassade. Leonie ist übel.

Sie lag auf dem Bett. Tobias schlief im Sessel. Bis auf Strumpfhose, Schuhe und Jackett wurde nichts ausgezogen. Gegen Morgen erwachte sie aus einem schweren schnapsigen Schlaf, der von bösen Träumen durchsetzt war: Simon nackt im Schlafzimmer, ein steinerner Apfel löst sich aus dem Deckenstuck, fällt auf ihn herunter, sein Kopf zerbricht wie ein rohes Ei. Die Leuchtziffern des Radioweckers auf dem Nachttisch zeigten 6:30 Uhr. Tobias hing im Sessel, den Kopf zur Seite geneigt. Sein Mund stand halb offen. Schlafen wie ein Toter, so mußte das aussehen. Sie kennt es von Simon, der so tief schläft, daß er den Wecker nicht hört, um sich schlägt, wenn Leonie ihn wachrüttelt: »Laß mich, Mensch, ich bin fertig!«

Sie stahl sich ins Bad, duschte hastig und putzte die Zähne, vermied es, dem Spiegelbild in die Augen zu schauen. Plötzlich stand er hinter ihr, verschränkte seine Hände vor ihrem Bauch, ein lebendiger Gürtel aus rundlichen Fingern.

Simon hat lange, knochige Hände, die Haut springt bei Kälte an den Knöcheln leicht auf. Handcreme mag er nicht. »Bin ich schwul oder was?« Bei beiden Geburten hat er hinter ihr gestanden und sie gehalten. Sie konnte vor Schmerzen weder sitzen noch liegen, rannte in dem kleinen überheizten Kreißsaal hin und her, kniete auf dem Hocker, stöhnte und fluchte. Simons Hände waren schweißnaß, und sie verkrallte sich in ihn, um den Schmerz loszuwerden, indem sie ihn weitergab. Tobias hat auch Kinder. Zwei kleine Jungen, Zwillinge, am ersten Mai dieses Jahres geboren. »Tag der Arbeit, das ist ihr Motto. Sind total süße Kerle, aber sie machen mich fertig. Meine Frau stillt voll, sie kann beide gleichzeitig andocken. Fußballergriff nennt man das. Die Köpfchen sind die Bälle, unter jeder Achsel einen, die Füßchen zeigen nach hinten. Sieht witzig aus.«

Sie drehte sich um, sie sahen sich in die Augen. »Ich muß los, sonst komm ich zu spät ins Büro.« Er umarmte sie. »Fahr vorsichtig. Und vergiß nicht: Lesen bildet!« Er hielt ihr den Cortázar hin. »Leider hab ich kein Geschenkpapier. Und ich hab viel drin rumgeschrieben, für den Artikel.« Sie fegte ihren Kram in die Kulturtasche, sah mit Ekel Zahnpastaspuren wie Vogeldreck auf dem rosa Kunstmarmor des Waschtischs, Tobias' Bartstoppeln im Neonlicht, in jeder Pore steckte ein Stückchen Draht. Der gestrige Alkohol drückte scharf und sauer auf den Magen. Sie verzichtete auf das Frühstück. *These are my salad days, slowly being eaten away.*

Sie steigt aus und holt die Tasche aus dem Kofferraum, legt den Kopf in den Nacken, um die kalte Luft an ihrem Hals zu fühlen. Bestimmt ist er voller roter Flecken, verräterische Signale ihrer Panik, schlimmer als jeder Knutschfleck. Der Himmel ist dunkler geworden. Jetzt sieht Leonie auf einmal die Wolken, weißlichgraue Puzzlesteine mit unregelmäßig gerupften Rändern, die sich mit großer Geschwindigkeit aneinanderfügen. Nur hinten, über dem waldigen Hügel Richtung Degerloch bleibt ein letztes Stück freie Bläue, die sich immer mehr verfinstert, violett wird und schwindet. Ein Windstoß bringt ein paar winzige Schneeflocken, die ihre heißen Wangen treffen, körnig wie Sand. Sie senkt den Kopf und fährt sich mit dem Ärmel über die Augen.

Gegenüber geht Judith um die Hausecke. Sie ist in Hosen und Gummistiefeln, am Arm hängt ein Korb. Kilian und Ulrich rennen ihr voraus, bunte Strickmützen leuchten in der Dämmerung. Sie tragen Laternen an Stöcken vor sich her, einfache Papierballons, die warm in Rot und Blau strahlen. »Mama, komm, wir hängen sie an den Holder!« Leonie duckt sich hinter die aufgeklappte Kofferraumhaube. Scheiß

Idylle da drüben. Seit die Tage kürzer werden, laufen die beiden Jungen mit Judith fast jeden Abend Laterne. Sie ziehen die Constantinstraße hoch und tragen die leuchtenden Bälle vor sich her. Ihr Gesang ist dünn und melodisch. Sie gehen das sogenannte Schlangenwegle hoch, einen gewundenen Fußpfad durch struppige Anlagen, der hoch zur U-Bahn-Haltestelle Bopser führt. Auf dem Straßenschild steht ein Name, den niemand im Viertel benutzt. Durch die Straßen auf und nieder, siehst du die Laternen wieder, rote, gelbe, grüne, blaue, lieber Martin, komm und schaue.

Leonie schließt die Haustür auf und geht durch das Treppenhaus. Hinter ihrer eigenen Tür im dritten Stock tönt Musik, die ruhigen Beats eines deutschen Schlagers. Sicher SWR 4, Ingrids Lieblingssender, dazwischen Felis Quieken, Lisas altkluge Stimme und Simon, der etwas Beschwichtigendes äußert. Auf dem Fußabstreifer kleben Erdklumpen und Blätter. Als sie den Schlüssel herumdreht, springt die Tür schon auf. Lisa und Feli rennen heraus, karierte Schürzen über den Bäuchen. »Mama, Mama, der Papa macht mit uns Pizza! Schau mal, was wir schon alles geschnitten haben.« Leonie tritt in die Diele, die Reisetasche neben sich führend wie einen gefährlichen schwarzen Hund. Es riecht nach Zwiebeln. Kommt nicht näher. Vorsicht bissig. Die Mädchen stürzen sich auf sie, treten ihr auf die Füße, reden ohne Unterbrechung. Feli packt ihren Ärmel, zerrt daran und wiederholt laufend: »Mama, Mama, Feli auch, Feli auch«, um dem Redeschwall der Schwester etwas entgegenzusetzen. »Mama, der Papa hat uns heute ganz früh abgeholt, so früh wie noch nie, und die Feli hat mittags nicht geschlafen! Dann sind wir erst auf den neuen Spielplatz gegangen und dann nach Hause, und der Papa hat mit uns ›Obstgarten‹ gespielt, der Rabe hat verloren, und jetzt machen wir Pizza. Wir dürfen schneiden, denn wir haben heute früh so geweint, und da hat der Papa gesagt, er nimmt sich nachmittags frei, und jetzt sind wir da, und du bist auch da!«

Leonie geht in die Knie, um die Mädchen an sich zu drücken. Sie riechen nach Paprika. Ihre Münder sind mit rotem Saft verschmiert. Sie sind klein und warm, zappelig und schon wieder auf dem Weg in die Küche. Sie windet sich aus dem Mantel, kramt im Garderobenschrank, die Bügel stoßen klingelnd aneinander. Simons After-shave hängt zwischen den Sachen, da ist sein Schal, seine Jacke. Jetzt würde sie gerne Tobias anrufen. Sie schließt die Augen, fühlt seine Hände, die ihren Rücken entlangfahren, plötzlich liegenbleiben, sie lehnt sich zurück, zuckt zusammen. »Hey, Baby, was bist du denn so schreckhaft? Tut mir leid, daß ich nicht angerufen hab, aber die Mädels haben mir ganz schön zugesetzt. Beinahe hätten wir alle drei verpennt heute morgen, und dann haben sie auch noch so ein Theater beim Anziehen gemacht, daß ich sie bestechen mußte, sonst wäre ich zu spät gekommen. Freier Nachmittag war mein Köder. Aber sie waren dermaßen süß, und ich dachte, irgendwas läuft hier doch falsch. Hab mich einfach ausgeklinkt, das schaffen die heute auch ohne mich. Gündert hat geschaut wie Arsch mit Ohren, aber egal. Ich hab so viele Überstunden, und das kann's ja auch nicht sein, daß man seine Kinder nur schlafend sieht.« Simon steht hinter Leonie in der geöffneten Schranktür. Er trägt Jeans und ein Sweatshirt mit grünem Aufdruck: *Let the good times roll.* Sein Gesicht sieht sehr jung aus. Leonie muß an ihre Begegnung auf dem Lehrerparkplatz denken. Ein paar Fältchen und Augenringe sind dazugekommen, aber es ist immer noch Simon, und er wirkt wach und entschlossen. Sie dreht sich um und stellt ihm trotzig ihre zerrupfte Erscheinung entgegen, das ungeschminkte Gesicht, den fehlenden Ohrring. Jetzt muß er fragen. Was soll ich tun? Er streichelt ihr Haar, die Hände sind warm. »Du siehst ganz schön fertig aus. Habt ihr durchgemacht, gestern? Ich hab Conny eine Mail geschickt, mit Musik und Blümchen, aber erst nachdem die Kinder eingepennt waren. Nicht mal das Spiel konnte ich in Ruhe sehen. Die haben gesabbelt und kamen raus: Durst, Klo, Bauchweh, weiß der Hugo. Wie machst du das bloß, daß sie bei dir spuren?« Er merkt nichts, sieht nichts. Sie muß plötzlich niesen, hält die Hände vors Gesicht. »Oje, hoffentlich hast du dir nichts geholt. Hast du Tempos in der Handtasche?« Sie hört das Klicken des Schlosses, das Knistern der Packung, dann lacht Simon: »›Die Nacht auf dem Rücken‹. Ist das Schweinkram oder was? Wow, und trotzdem ein Suhrkamp Taschenbuch. Also Eierkopf-Sex. Liest du mir heute abend draus vor?« Er reicht ihr die Taschentücher und wedelt mit dem Cortázar. Leonie spürt es heiß aus ihrem Magen aufsteigen, sie schluckt. »Halt doch einfach mal die Klappe, du hast doch keine Ahnung.« Sie reißt ihm das Buch aus der Hand und durchquert im Stakkato die Diele. Die Mädchen stehen auf Hockern am Küchentisch und schneiden etwas. Leonie läuft weiter.

Im Schlafzimmer ist das Bett ungemacht. Felicias zerzauster Bert liegt mit ausgebreiteten Armen über einem Deckenhaufen. Kinderschlafanzüge, Simons Boxershorts, ein Haufen Pixi-Bücher und eine halbvolle Milchflasche bilden eine wilde Landschaft. Sie läßt sich in den Korbsessel fallen, wischt die Tränen ab. Sie möchte sich schlagen und auch ihn, der da so schafsdämlich vor ihr steht. Was muß er denn jetzt hinter ihr herdackeln. Die ganze Zeit war er nicht da, aber jetzt steht er vor ihr. Zu viele Überstunden, daß ich nicht lache! Auf einmal geht es, auf einmal kann er nachmittags zu Hause sein! Simon nimmt sie bei den Schultern, sein Gesicht ist ganz nahe. »Leo, was ist los? Ist was passiert?« Sie schaut ihn an, kann nicht aufhören zu heulen. Bäumchen, rüttel dich und schüttel dich, wirf Gold und Silber über mich! Was soll jetzt herunterfallen, oh, heiliger Antonius, vielleicht der zweite Ohrring? Der klemmt wahrscheinlich in der Ritze eines Tübinger Hotelbetts. »Leo, sag doch, was mit dir los ist.« Ihr ist jetzt richtig schlecht. Sie schreit: »Soll ich dir vor die Füße kotzen, damit du weißt, was ich fühle?« Und so viele Äpfel, die hängen alle von der Decke, gleich fallen sie runter, für jeden einer, und wenn wir davon essen, werden wir sein wie Gott und erkennen Gut und Böse. Wer ist denn nun der Böse von uns beiden?

Simon schnauzt zurück: »Du spinnst ja wohl! Ich mach mich hier zum Affen, komm extra früher nach Hause, damit du zu deiner Party kannst, sitz hier mit den Kindern, und du kommst und pöbelst nur rum. Kein Mensch kann was dafür, daß du einen Kater hast! Und die Kinder, willst du, daß sie mitkriegen, wie du hier ausflippst?« Leonie stürzt sich auf diese Worte wie der Köter auf den Knochen. »Du glaubst, du kannst beurteilen, was die Mädchen brauchen? Nachdem du eine Nacht und einen Nachmittag alleine mit ihnen warst? Nie bist du da, und jetzt spielst du den großen Papi, der pädagogische Interessen verfolgt. Wir sind dir doch alle egal, scheißegal!« Sie kostet die Kraftausdrücke und ihre Lautstärke aus, will ihn verletzen. »Nur hinter dem Geld bist du her, aber du wirst es nie schaffen, du wirst immer der kleine Prolet aus Heslach bleiben!« Simon hebt die Hand wie ein Verkehrspolizist. »Leo, ich glaube, du hast deine Tage, hör auf!« Sie kann nicht aufhören. Seine Ruhe macht sie noch wilder. Schließlich brüllt er zurück: »Du bist doch genauso! Wer will denn Volvo fahren und bei Breuninger Exquisit einkaufen! Wer hat nie aufgehört, Papis Gehaltszettel mit meinem zu vergleichen? Du könntest auch zu Hause bleiben, anstatt die Kinder bei diesen dämlichen Katholen versauern zu lassen! Da lernen die nichts fürs Leben!«

Die Schlafzimmertür geht auf. Lisa und Felicia schauen herein. Ihre Gestalten sind ganz klein in dem weißen Holzrahmen. Feli hat den Daumen im Mund, Lisa hält die Hand der Schwester. »Mama, Papi, was …« Sie weichen zurück, als Leonie sie ankreischt: »Könnt ihr einen nicht fünf Minuten in Ruhe lassen! Haut ab, ihr habt hier nichts verloren!« Die Milchflasche liegt in Reichweite. Bunte Schiffchen segeln über weiße Wellen gegen einen gläsernen Horizont. Sie schließt die Hand um das Gefäß und schleudert es in Simons Richtung. Glas klirrt, dann läuft Milch die Wand hinunter. Leonie möchte ihn auslachen, er glotzt sie an wie ein Wesen vom anderen Stern. Ja, so hat er sie noch nicht erlebt. Als ob ihm die Hühner das Brot weggefressen hätten. Ich bin nicht dein Brot, friß mich doch. Sie denkt an diese Delia aus Buenos Aires, die ihrem Mario tödliche Süßigkeiten anbietet. Sie schreien weiter, Heslach gegen Feuerbach. Es steht unentschieden, sie gehen in die Verlängerung, mit Dingen wie »Du kriegst auch keinen mehr hoch«, aber Simon schaut Leonie plötzlich nicht mehr an. Auch nicht die weißgefüllten Scherben in der Ecke. Die Flotte ist zerstreut in alle Himmelsrichtungen, rote, gelbe, grüne, blaue, lieber Martin, komm und schaue. Simon zeigt auf die Tür und sagt: »Die Kinder, wo sind sie?«

Ohne sich anzusehen, hasten sie durch alle Räume. Leonies Büropumps klacken über die Dielen. Aus der Küche kommt Musik, eine warme Frauenstimme, unterlegt von langsamen Streichern: »Tausend Träume weit, bis zum Rand der Zeit, mitten im Paradies«. Auf dem Tisch liegen drei aufgetaute Pizzen, rote Kreise in weißen Teigrändern, Olivenaugen, Tomatennase, Paprikamund, Käsekrümel auf dem Boden, umgestürzte Hocker, ein Hausschuh. Sie öffnet das Fenster und schaut hinaus. Auf dem Gehweg gegenüber läuft der alte Köter der Posselts herum, schnüffelt, bleibt stehen, den Schwanz eingeklemmt. Kein Mensch ist zu sehen, die Straßenbeleuchtung ist an. »Wer sich wirklich liebt, spürt den Zweifel nicht, mitten im Paradies.« »Sind sie im Kinderzimmer?« Leonie wendet sich Simon zu, der sofort antwortet: »Nein, da war ich eben.« Im Flur wühlt er mit beiden Händen die Kindergarderobe durch. Die hölzernen Tiere über den Haken grinsen selbstzufrieden. »Die Jacken sind weg, beide.« Leonie reißt ihren Mantel aus dem Schrank. Der heilige Antonius bringt Verlorenes wieder, du mußt nur feste beten. Sie rennen nebeneinander die Treppe hinunter auf die Constantinstraße.

Die Straßenlaternen schweben an ihrem Drahttrapez über der Fahrbahnmitte in der Dunkelheit, eine Girlande aus weißlichorange leuchtenden Vierecken, die sich bergab verkleinern. Es riecht nach Abgasen und feuchter Abendkälte. Mehr Autos sind jetzt unterwegs, es wird eifrig eingeparkt, gekurbelt, gezirkelt. Leute, die Leonie noch nie gesehen hat, zücken Schlüssel und betreten die Nachbarhäuser, die Hände voller Plastiktüten. »Wo könnten sie hingegangen sein?« Simon ist sehr blaß, er dreht den Kopf unaufhörlich nach allen Richtungen. Leonie zuckt die Achseln. »Ich weiß es nicht. Aber wahrscheinlich haben sie den Weg genommen, den sie kennen. Die Straße runter, Bäcker, Nâzıms Laden.« Simon packt ihre Hand. »Nâzım, das ist es! Da fragen wir, der kennt jeden hier, der weiß doch, wie sie aussehen, hat sie vielleicht vorbeilaufen sehen!« Leonie zieht ihre Finger zurück wie einen geraubten Gegenstand und rennt los. Die Bettel-Litanei in ihrem Inneren – laß sie mich finden, laß sie gesund sein, laß sie lebendig sein – wird immer wieder unterbrochen durch Namen – Dutroux, Tosa-Klause – und Bilder: Stofftiere, Blumen in Folie und Teelichte, Pappschilder mit filzstiftgemalten ›Warum?‹, dazu die schweigenden, erschreckend normal aussehenden Gesichter der Täter. Ich werde nie wieder Schokolade essen, nie wieder lügen, nie wieder ficken, lieber Gott, nie wieder mit ihnen schimpfen. Sie hat sie angeschrieen, in die kleinen Gesichter gebrüllt. Felicias flaumiges Haar, Lisas Schnute. Wie soll ich leben, wenn ich sie nie wiedersehe? Automatisch wendet sie im Laufen den Kopf nach rechts, starrt in den dunklen Schlund einer Garagenausfahrt. Erst stehenbleiben und gukken, das Auto sieht euch nicht. Sie werden heute abend nicht aufpassen.

Nâzım lächelt ihnen entgegen, als sie die Tür aufreißen. Das Glockenspiel bimmelt hektisch. Leonie ist so hastig, daß sie einen Korb umstößt. Zitronen, leuchtendes Gelb zwischen dunkelgrünen Blättern, kullern zu Boden. Nâzım stößt einen überraschten Ruf aus, aber sie dringt weiter vor, ohne auf ihn oder das Espresso trinkende Paar am Stehtisch zu achten. Sie rennt in den Nebenraum mit den Getränkekisten, dem Kühlregal voll schimmernder Gläser und Flaschen, beugt sich vor, um alle Ecken überprüfen zu können. Leonie hofft so stark, daß sie die rosa Winterjacken, die flauschigen Mützen bereits zu sehen glaubt. Aber da ist niemand, auch nicht an der leise brummenden Eistruhe.

Im Raum hängt schwerer Obstgeruch wie in einem Garten. Alle Sorten reifen hier gleichzeitig, dazu blühen im Fenster die Lilien und sondern seifigen Duft ab. ›Götterfrucht‹ liest Leonie auf einer Holzkiste. Darin umkleiden dünne Seidenpapiere jede Orange wie eine Kostbarkeit. Es gibt Ananas mit goldgrüner, rautenförmig eingekerbter Schale und dornigem Kaktusschopf, Pfirsiche, purpurn unter silbernem Flausch und Weintrauben wie poliertes Glas. Daneben liegen die Bananen in gelben Bündeln, glänzende Äpfel zur Pyramide geschichtet, rot, gelb, grün.

Simon ist es, der sprechen kann. Er atmet schwer, aber er ist es, der die Frage stellt, die Turnschuhfüße zwischen den Zitronen, das Getuschel der Espressotrinker im Rücken. Leonie kommt zurück, um sich neben ihn zu stellen und Nâzım mit ihren Blicken zu hypnotisieren: Sag ja, sag ja! Mach, daß er ja sagt: Ja, ich habe sie gesehen! »Nâzım, unsere Mädchen, Lisa und Felicia, wir suchen sie. Sind sie hiergewesen? Oder draußen vorbeigelaufen?« Nâzım runzelt die braune Stirn. Er überlegt und führt die Hand an die Wange, schließt kurz die Augen. Sie sind dunkel und ohne jeden Trost: »Oh, es tut mir so leid, ich habe keine kleinen Mädchen gesehen. Es war sehr voll die ganze Zeit, aber keine Kinder. Nur der kleine Mattis mit seiner Mutter, vor einer halben Stunde etwa. Es tut mir leid. Was ist mit Polizei?«

Leonie hat genug gehört. Sie wendet sich zum Gehen. Jede weitere Minute hier drinnen ist nutzlos. Sie will weg, zerrt an Simons Jacke. Der hockt am Boden und klaubt die verstreuten Früchte auf. Nâzım fällt ihm in den Arm. »Das mußt du nicht tun, laß nur, ich kümmere mich. Soll ich die Polizei …«

Das Glockenspiel über der Tür bimmelt wieder. Es müssen Lisa und Feli sein, die hier eintreten, schweigend und blaß, mit einem Schwall kalter Straßenluft und schmutzigen Schuhen, die Mundwinkel nach unten weisend. Es müssen doch ihre Hände sein, die eine knittrige Plastiktüte halten. Wie kommen sie dazu? Es ist ihnen streng verboten, mit Plastiktüten zu spielen. Sie möchte gerne sprechen, aber es kommt kein Ton heraus. Und warum zetert Nâzım jetzt so? Sie werden gleich anfangen zu weinen, er darf sie nicht so anbrüllen. Er steht mit anklagend ausgestrecktem Zeigefinger da: »Was willst du hier, du kleiner Gauner? Du betrittst mir nicht mehr mein Geschäft, hast du verstanden? Sofort raus hier, du Abschaum!« Während Nâzım die erhobenen Fäuste langsam sinken läßt und einen Schritt zurückweicht, während Simon neben Leonie tritt und »Verflucht, was soll das werden?« murmelt und die Espresso-Frau aufkreischt, sieht Leonie einen schwarzen Gegenstand in der schmalen Kinderfaust. Es sieht häßlich aus. Woher haben sie das bloß? Wahrscheinlich draußen gefunden, gerade Lisa muß wirklich alles aufheben. Sie wird ihnen den Marsch blasen, wenn sie erst wieder zu Hause sind. Sie hört leises Klirren, aus der Tüte zieht die andere Hand eine Flasche und stellt sie auf den Boden.

»Bist du wahnsinnig? Was hast du vor?« Nâzım flüstert.

»Wo hast du deine Kohle, Türkensau? Rück's raus, aber flottiflotti! Sonst knallt's hier, ich schwör's.« Und während Leonie noch denkt: Für diese Sprache sollte man euch mit Seife den Mund auswaschen, sieht sie den Jungen mitten im Laden stehen. Den schönen Jungen, dunkelblond unter der Kappe. Süßi-Schnorrer, Brunnen-Träumer, Tütenbesitzer. Wieder die tränentreibende Enttäuschung. Es ist seine Hand, wirklich zart für einen Jungen, die die Pistole hält, eine schwarze Waffe in einer schmutzigen Hand an einem Arm, der in einem billigen Nylonanorak verschwindet. Die Espresso-Frau und ihr Begleiter haben sich murmelnd weggeduckt. Simon packt Leonie und zieht sie zu sich heran. Sie spürt seinen angespannten Körper. Er murmelt: »So eine Scheiße, verdammt, so eine Scheiße.« Sie liest den Aufdruck auf der Tüte, sieht die Turnschuhe des Jungen, seine tiefhängende Hose, das blasse Gesicht, Nâzıms erhobene Hände. Simon und sie stehen aneinandergeklammert. Der Junge geht noch einen Schritt auf Nâzım zu und schreit: »Rück das Geld raus! Such deine Erbsenbüchse, du schwuler Arschficker, du Opfer!« Nâzım zittert. »Nur, was in der Kasse ist. Ich hab kein Geld im Laden. Nur Kasse!« Die Augen des Jungen sind eng stehend und hell. Die feingezeichneten Brauen ziehen sich darüber zusammen. Er schreit, Speichel fliegt: »Du lügst, du Sau, du lügst!« Leonie wagt nicht, sich zu rühren, Simon atmet scharf aus. Von hinten kreischt es: »Los, tun Sie doch, was er sagt! Geben Sie ihm das Geld!« Der Junge fährt herum, er hält die Waffe jetzt mit beiden Händen. »Runter mit euch auf den Boden und haltet die Fresse, sonst mach ich euch fertig!« Sie liegt neben Simon, die ersten in der Reihe. Löffelchenliegen auf dem kalten gefliesten Boden. Er hält ihren Arm immer noch umklammert. Hinter ihr knistert der Mantel der Espresso-Frau. Ihr Begleiter stöhnt, als er sich auf die Seite wälzt. Der Junge stößt Nâzım die Waffe in den Rücken. Der schwarze Lauf bohrt sich in die gestärkte Weiße seines Hemdes. »Ich mach dir die Kasse auf, ich mach auf, hier!« Die metallene Schublade fährt klappernd nach vorne. Einhändig greift der Junge hinein, holt ein Bündel Scheine heraus, dann klirrt es, Münzen fliegen durch den Raum. »Willst du mich bescheißen? Wo ist die Dose? Die Dose mit all deiner Knete, rück sie raus, verdammte Scheiße!« Nâzıms Gesicht verzerrt sich, Leonie möchte ihn schütteln. Weinend zeigt er auf die Schublade: »Hier, das ist alles!« Die Turnschuhfüße stampfen auf. »Du lügst, ich weiß es, ich weiß es von Murat, her damit, ich brauch die verdammte Dose!« Eine Hand langt herunter und greift nach der Flasche, fummelt am Schraubverschluß, dreht hektisch. Der Deckel rollt über die Fliesen unter ein Regal voll Pasta und italienischen Keksen. »Jetzt werd ich dir's zeigen, ich werd's euch allen zeigen! Rührt euch nicht, ich knall euch ab!«

Fensterputzen, denkt Leonie. Frau Kienzle kommt zum Fensterputzen. Der hellblaue Lappen, das gelbe Fensterleder, die grüne Spiritusflasche. Der Junge schüttet den Flascheninhalt über die Theke, die Obstkörbe und Kisten. Er tut es mit leichter Hand, wie eine Hausfrau beim Wäscheeinsprenkeln, bewegt die Flasche in zitternden Bögen. Es gluckert hell, vereinzelte Tropfen treffen auch ihr Haar, ihr Gesicht. Nâzım steht in einer Lache, sein Gesicht ist starr vor Angst. Die Flasche fällt zu Boden. Dann ist der Junge nur noch ein schwarzer Schatten hinter dem Holzperlenvorhang, der den Verkaufsraum vom Hinterzimmer abtrennt. Er drückt ab. Aus der schwarzen Mündung der Waffe züngelt eine kleine Flamme und leckt am Kopf des Streichholzes, das der Junge zwischen Daumen und Zeigefinger hochhält wie eine winzige Blume, leuchtend gelb mit einem blauen Rand. Leonie schreit auf, sieht Nâzım, der ihren Schrei zurückwirft wie ein Echo mit weit geöffnetem Mund und hochgerissenen Armen, hört hinter sich Simon und das Paar. Sie spürt, wie es aus ihr herausläuft, warm und naß. Der Junge steckt die Pistole vorn in seine Cargo-Hose, schiebt den Vorhang zur Seite und schleudert das brennende Zündholz auf die Theke.

Judith

Der Junge im gelben Schlafanzug zieht dem Holzschwein das schwarze Lederohr wie eine Piratenklappe über das Auge. Dann reißt er es wieder nach hinten und schaut zu Judith hinüber, ein Grinsen auf dem blassen Gesicht. Judiths Lächeln kommt spät, sie muß sich anstrengen, damit die Mundwinkel nach oben gehen. Die Uhr an der Wand zeigt schon zehn nach sechs. Vor der Glasfront im Foyer des Olgahospitals, dem ›Olgäle‹, steht die Dunkelheit, nur unterbrochen durch die Lampen im Garten. In dem großen Raum herrscht eine aufdringliche, weiße Helligkeit, die Judith nötigt, genauer hinzusehen, als sie eigentlich möchte.

Der kleine Junge bohrt dem Schwein seinen Zeigefinger in die Rüssellöcher. Sein Bauch unter dem hochgerutschten Pyjama wirft Speckröllchen. Die dunklen Augen sitzen im Fett wie Beeren in der Puddingschüssel. Die linke Hand des Kindes ist verbunden, ein durchsichtiger Schlauch steckt zwischen den Mullbinden. Überall im Foyer bewegen sich Kinder. Fast alle tragen den gleichen, verpflasterten Zugang für den Tropf im Handrücken, haben zusätzliche Verbände an den unterschiedlichsten Stellen. Ein Mädchen verbirgt den haarlosen Kopf unter einer Ringelmütze. An den Füßen tragen sie Hausschuhe aus Synthetikpelz. Häufig sind es übergroße Tierköpfe, die den Boden abzuschnüffeln scheinen. Die kranken Kinder spielen auf dem Holzschiff, das mitten im Raum gestrandet ist, oder klettern auf den an der Fensterfront aufgestellten Tieren herum.

Die Spielgeräte, die an einer Stellwand angepinnten Fotos vom letzten Sommerfest und den Aktivitäten des Klinik-Clowns wirken auf Judith wie das Pfeifen im Wald, klägliche Versuche, etwas Entsetzliches zu verbergen. Sie muß an antike Mumienporträts denken: mit dem Gesicht des Lebenden bemalte Holzdeckel über einem von gedörrtem Fleisch behangenen Schädel. Seit sie das Krankenhaus betreten hat, jagen sich Bilder dieser Art in rascher Folge. In die Wand ist ein großes Aquarium eingelassen. Gegenüber blickt mild und gipsern die Büste der Stifterin aus einer Glasvitrine, ganz unköniglich unter einer Haube. Am Kiosk gibt es Ständer voll bunter Ratgeberliteratur, Comics und Malbücher. Ein Vater in Lederjacke wirft fünfzig Cent in den Münzschlitz an der elektrischen Eisenbahn. Die Märklin-Züge rollen los, das feine Rattern und die Rufe der Zuschauer locken die meisten Kinder herbei.

Judith sitzt in der Nähe des Kiosks. Überall im Raum sind Tische mit passenden Stühlen verteilt, die auf der riesigen Fläche wirken wie das bei einer Zwangsversteigerung übriggebliebene Mobiliar eines schäbigen Eiscafés. Von ihrem Platz aus sieht Judith die beiden Aufzüge, deren Türen sich ständig öffnen und schließen. Sie beobachtet die roten Leuchtziffern auf der Anzeige und hält jedesmal den Atem an, wenn ›E‹ erscheint und das gleichmäßige Brummen mit einem Ruck endet.

Als es dämmerte, stand Judith auf der Constantinstraße, einen Korb über dem Arm. Rotkäppchen, wohin gehst du, was hast du da in deinem Korb? Äpfel und Knäckebrot für meine Kinder, sie spielen hinter dem Haus im Garten, obwohl es gleich dunkel wird. Hanna und Mattis kamen ihr auf dem Gehweg entgegen. Die breiten Reflektorstreifen an seiner Jakke fingen die Lichter der vorbeifahrenden Autos ein. Judith fiel der schleppende Gang des kleinen Jungen auf. Viel zu lange im Kindergarten gewesen, dachte sie. Hanna strebte vorwärts, den rechten Arm nach hinten gestreckt wie eine gespannte Schnur, die sie mit dem langsam hinterherzockelnden Mattis verband. Judith öffnete den Mund zu einer Begrüßungsfloskel. Sie wollte es so kurz wie möglich machen, bloß kein ausgedehntes Schwätzle, keine Krankheitsgeschichten.

Während ihre Söhne die Lampions vorsichtig in den Holunder hängten, kurz das buntglühende Schaukeln bestaunten, holte Judith eine Schaufel aus der Hütte. Es gab Dreck zu beseitigen, der sie wütend machte: ein bröckeliges Häufchen, direkt neben den

Kinderbeeten. Mit zwei Spatenstichen hob sie ein Loch aus und verscharrte die Hinterlassenschaften Schlampers. Wer sollte es sonst gewesen sein. Es darf nicht einreißen, daß sie jetzt unseren Garten als Hundeklo benutzen, weil sie es nicht mehr schaffen, mit dem Vieh spazierenzugehen. Judith klopfte die Erde fest. Die Jungen waren im Gebüsch verschwunden, begleitet vom huschenden Schein ihrer Taschenlampen. Jubelnd tauchten sie in eine Dunkelheit ein, die nicht annähernd so undurchdringlich war wie die schnittfeste Finsternis im unbeleuchteten Wäldchen von Judiths Kirchheimer Kindheit. Die dichte violette Abenddämmerung über dem schmalen Gartenstück zwischen Constantin- und Olgastraße wurde vielfach durchlöchert von den gelblich strahlenden Vierecken aus den Häusern ringsum, dem orange eingetönten Weiß der Straßenbeleuchtung und den träge gleitenden Lichtbahnen vorüberziehender Autoscheinwerfer. Judith hatte es nicht übers Herz gebracht, Kilian und Ulrich zurückzupfeifen. Eigentlich sollte es in wenigen Minuten zum Abendbrot gehen. Doch heute gestattete sie eine Abweichung. Sie wollte ihnen das Abenteuer im dunklen Garten schenken: die Hand auf dem schartigen Stamm des Apfelbaums, den man nicht mehr richtig sehen, aber plötzlich fühlen und riechen kann. Wie ist es, wenn die Nacht dich verschluckt und du dabei die Hand des Bruders halten kannst, wenn du vielleicht ein Käuzchen hörst oder eine Fledermaus? Es gab beides im Gärtle, denn Judith hatte im ›Haus des Waldes‹ in Degerloch spezielle Nistkästen besorgt und aufgehängt. Sie fühlte sich befriedigt und vollständig anwesend. Dieses seltene Wohlbehagen, das sich immer nur einstellte, wenn ein Ausschnitt ihres Lebens aussah und sich anfühlte wie auf einem Hans-Thoma-Bild, wollte sie genießen, allein, ohne Hanna und Mattis.

Dann brach Mattis in die Knie, niedergestreckt wie von einem Schuß aus der Dunkelheit. Seine Hand glitt aus Hannas Griff. Er krümmte sich nach vorne und würgte, wälzte sich auf dem Boden, nur wenige Meter vor Judiths erdverschmierten Gummistiefeln. Das Zeug, das aus seinem Mund kam, war schaumig und gelb. Judith schrie auf und preßte die Hand gegen die eigenen Lippen. Hanna ließ ihre Einkäufe und Mattis' Kinderrucksack fallen. Spitze braune Obsttüten purzelten aus dem Baumwollbeutel. Unter ihrem Poncho riß sie einen Schlüsselbund hervor, mit dem sie an der Reihe der parkenden Autos entlang bis zu ihrem rostfleckigen, giftgrünen Renault rannte. Sie öffnete die Tür, klappte den Beifahrersitz nach vorne und war schon wieder bei dem würgenden Mattis, den sie hochhob, als wäre er ohne jedes Gewicht. Judith sah mit Entsetzen seine Hände, die an den schmalen Kehlkopf fuhren und dort zu kratzen begannen. Hanna trat auf Judith zu. Ihr Atem war heiß und roch schlecht. »Du mußt uns ins

Olgäle fahren, das sind die einzigen, die uns helfen können. Ich kann nicht ans Steuer, er braucht mich neben sich.« Ihre Stimme klang überraschend laut und einschüchternd. »Aber, ein Krankenwagen, ich könnte einen rufen«, stammelte Judith. Mattis wand sich unter dem schwarzen Gurt, den Hanna ihm über die Brust gelegt hatte, er hing in dem an einer Seite aufgeplatzten, bunten Kindersitz, geschüttelt von krampfartigen Brechanfällen. Weiße Kunstwolle quoll aus dem Riß im Polster neben Mattis' Kopf, und Judith fuhr zurück, als sie in den aufgerissenen Augen ebenfalls nur Weiß sah. Dann kam ein trockenes Würgen. Hanna hatte sich bereits neben ihren Sohn gezwängt. Ihre unscheinbare Mäuschenhaftigkeit war kraftvoller Bestimmtheit gewichen. »Das ist eine typische Reaktion bei ihm. Wahrscheinlich hat er wieder etwas in der Kita nicht vertragen. Ich habe schon so oft gesagt, daß er gegen Nüsse allergisch ist, gegen alle Milchprodukte, gegen Weizen, aber sie passen einfach nicht auf. Wir kennen das schon, nicht wahr, mein Armes? Du bist mein ganz Armes.« Und Judith, in der Hand den Schlüsselbund, der Hannas Körperwärme abstrahlte, nickte mechanisch, drehte sich aber noch mal um. »Ich muß den Kindern Bescheid sagen, wart kurz, ich bin sofort bei euch.«

Die beiden Lampions schaukelten im schwarzen Geäst. Die Jungen hatten den Sandkasten abgedeckt, zwei Schaufeln steckten in einem hastig aufgeworfenen Hügel, sie sah Fußspuren. Aus dem Häusle kam Geklapper, Kichern, irrlichternde Taschenlampenstrahlen. Judith beschloß, sie nicht zu stören. Hart setzte sie den Korb mit dem Imbiß auf die Erde. Die Äpfel kullerten durcheinander. Bei Posselts stand die Glastür zum Wohnzimmer offen, schwankte leicht hin und her. Im Flur hinten brannte Licht. Judith drückte die Tür ganz auf und rief hinein: »Frau Posselt, ich lass' die Buben kurz im Gärtle! Eine Freundin braucht Hilfe, ihr Kind muß ins Krankenhaus!« Eine Antwort hatte sie nicht abgewartet. Die Alten würden schon dasein, sie waren immer da, unverrückbar wie Statuen. Schlamper kläffte irgendwo in den hinteren Räumen kurz auf. Wahrscheinlich waren sie gerade beim Essen. Die Krallen des Hundes klapperten über das Parkett. Judith rannte zurück auf die Constantinstraße.

»*Ane, ane*!« ruft der kleine Junge und strebt auf seine Mutter zu, die zusammen mit drei anderen Frauen mit Kopftüchern und langen Mänteln an einem der Fenstertische sitzt. Wie in einer Choreographie greifen alle vier gleichzeitig mit ringgeschmückten Händen in die vor ihnen stehenden Tupperdosen, angeln süßes Blätterteiggebäck, Fleischbällchen, Weißbrot heraus und halten es dem herantappenden Kind entgegen, das gierig zu essen beginnt. Judith wendet sich ab, denn die Hackstraße kommt zurück: zerknüllte Servietten mit penetrant riechenden Dönerresten unter ihrer Schlafcouch, das eigene Erbrochene als Pfütze daneben. Zuvor der vorwurfsvolle Blick des türkischen Imbißverkäufers, als sie, schwankend auf Stilettos, vor Sörens Augen nacheinander vier wie Minimumien in hellbraunes Papier gewickelte Jägermeisterfläschchen austrank. Gleichzeitig denkt sie an ihre eigenen Kinder, deren braunrötliche Frischluftgesichter wahrscheinlich gerade im überheizten Wohnzimmer der Posselts erbleichen. Sie verleiben sich gierig weiche Kekse mit Orangenfüllung ein, egal, wie muffig sie schmecken, nur, um die verbotene Süße billigen Industriezuckers zu genießen. Sie gießen eiskalten Zitronensprudel hinterher, bis ihre Mägen vollständig verklebt sind. Judith weiß, daß beide die Nacht mit dicken, vorgewölbten Oberbäuchen, ranzigem Aufstoßen und zittriger Blässe über den Bettrand hängend verbringen. Stündliche Gaben von Carbo vegetabilis und Magnesium carbonicum werden nötig sein. Es ist jetzt sowieso zu spät. Sie werden nicht daran sterben. Klaus wird sie abholen. Ich komme irgendwann, aber nicht jetzt. Wahrscheinlich erst viel später. Sie starrt weiter auf die Aufzugtüren.

Schon zweimal hat sie versucht, Klaus zu erreichen, damit er seine Sitzung, diese abendfüllende Donnerstagssitzung, früher abbricht. Er soll die Jungen da rausholen. Das ist doch eine Aufgabe für einen Vater. Noch einmal stellt sie sich in die mit teppichbodenartigem Stoff ausgekleidete Bucht, in der

der Münzfernsprecher hängt. Der Hörer riecht fremd und fühlt sich fettig an. Sie wirft Kleingeld ein und hört Klaus' ruhige Stimme auf der Mailbox: »Eine Nachricht kann nach dem Signalton hinterlassen werden.« Die Nummer des Fachbereichbüros kann sie auswendig. Die Sekretärin nimmt nach dem ersten Läuten ab und erklärt Judith, daß Klaus schon lange fort sei. Die Sitzung, die sie meine, sei immer vormittags. Nur kurz denkt sie an Klaus, der sie heute morgen angelächelt hat, die blonden Locken noch feucht vom Duschen, das hellgrüne Hemd viel zu frühlingshaft für einen Oktobermorgen: »Vergiß nicht, daß ich heute abend später komme, die elende Verwaltungssitzung!« Seit wann gab es sie schon, diese lästige, aber nicht zu ändernde Vorschrift aus dem Dekanat? Ein halbes Jahr, länger? Judith schüttelt den Kopf, dann bespricht sie die Mailbox: »Klaus, ich bin im Olgäle, mit Hanna und Mattis. Es gab ein Unglück. Hol bitte schnell die Kinder bei Frau Posselt ab, ich muß noch hierbleiben. Es kann spät werden.«

Hanna hatte Judith durch den abendlichen Berufsverkehr gelotst. Laut und sicher kam ihre Stimme vom Rücksitz, übertönte die schrecklichen Würgelaute und das Gewimmer des Jungen. Mattis' Atemzüge gingen so schnell, daß Judith aufgehört hatte, zu zählen. Sie schwitzte, ihre Hände packten das Lenkrad fester. »Bei der nächsten Ampel links abbiegen.« Vor dem Krankenhaus dirigierte Hanna sie rechts in die Hasenbergstraße, direkt ins Parkverbot. »Das Parkhaus hält uns zu lange auf.« Sie trug Mattis auf den Armen: eine bebrillte Pietá mit ihrem winzigen Christusleichnam, gestorben an der Kotzerei, bevor er gekreuzigt werden konnte. So lief sie an der Pforte vorbei, kannte den Weg ganz genau, Judith folgte im Laufschritt, die gläserne Drehtür drückte sie ins Innere. Hanna eilte an einem Schilderwald vorbei: Orthopädie, Onkologie, Notfallambulanz. Teddys und bunte Autos klebten an Wänden und Türen, Mobiles baumelten von der Decke, auf Postern grinsten Tigerenten.

Mattis' Kopf hing herab, das blonde Haar war dunkel von Schweiß. Er hatte die Augen geschlossen. Eine Krankenschwester im hellblauen Kittel kam den Gang entlang. »Frau Bodenwerder, schon wieder hier? Der arme Mattis!« Gegen die Wand gedrückt, beobachtete Judith die ablaufende Routine, die sicheren Griffe, mit denen Mattis auf eine mit Papiertüchern bedeckte Liege gebettet wurde. Sie fühlte sich ungeheuer erleichtert, ihn nicht mehr auf Hannas Arm zu sehen. Die Großpackungen mit Medikamenten und Latexhandschuhen auf dem Regal über der Liege, die nierenförmige Pappschale, die Mattis zum Erbrechen angeboten wurde, flößten ihr plötzlich Zuversicht ein. »Der Doktor kommt gleich.« Die Schwester und Hanna waren sehr vertraut. Über den Liegenden gebeugt, der jetzt nicht mehr erbrach, flüsterten sie miteinander. Die Schwester umarmte Hanna kurz. »Sie Tapfere.«

Der Arzt betrat das Zimmer nur wenige Minuten nach ihrer Ankunft. Sie erkannte ihn sofort. Er trug keinen weißen Kittel, sondern Jeans und ein kariertes Hemd. Sein Kinn war unrasiert. Mit raschen Schritten trat er an die Liege, nahm die blaumarmorierten Hände des kleinen Jungen in die seinen. »So Kollege, was machst du für Sachen, daß du schon wieder hier bist? Kennst du Bob, den Baumeister? Der alles wieder heil macht?« Er zeigte auf den Anstecker an seiner Knopfleiste. Judith kannte den knolligen Gesellen in Arbeitshosen. Neulich hatte Kilian bei einem Marktbesuch vor einem überlebensgroßen Bob im Schaufenster von Spielwaren Kurtz gestanden: »Mama, wer isch das?« Judith verweigerte ihm die richtige Antwort: »Irgendein Männle.«

Jetzt nahm Sören, Dr. Sören Rönne stand auf seinem Namensschild, es gab tatsächlich keinen Zweifel, dieses Männle ab und drückte es Mattis in die Hand. »Bob ist mein Kollege. Der und ich, wir reparieren dich wieder. Wir müssen nur genau schauen, was dir fehlt. Deshalb fährt dich die Frau Urban jetzt im Rollstuhl runter zur Sonographie. Das kennst du ja schon. Ich komme gleich hinterher.« Mattis sah die Plastikfigur nicht an. Er schloß die Augen und drehte sich weg. Sören nickte der Schwester zu. Gemeinsam hoben sie Mattis von der Liege in den Rollstuhl. Sören öffnete die Tür, das Gefährt setzte sich in Bewegung. Sie fuhren den Gang hinunter und verschwanden in einem Aufzug. Inzwischen waren weitere Krankenschwestern ins Zimmer getreten und scharten sich um Hanna, die plötzlich laut geworden war: »Ich muß mit meinem Sohn mitgehen. Lassen Sie mich durch! Er braucht mich!« Sören wandte den Blick und sah Judith an, in die Augen, dann sofort auf die Brust unter dem karamelbraunen Pullover. Sie hatte die Augen weit geöffnet, denn nur das fortwährende Lesen des kleinen Plastikschildes – Dr. Sören Rönne, Stationsarzt – konnte Judith überzeugen, daß er es wirklich war. Es blieb realer als seine ganze Erscheinung, die etwas Geisterhaftes hatte, denn Sörens Gesicht sah so jung aus, der Student von damals. Er trug dieselbe Brille, ein aufdringlich blitzendes Metallgestell. Unter seinen Augen saßen dunkle Ringe, aber er hatte keine Falten, keine grauen Haare. Der blonde Bürstenschnitt war dicht und stachelig. Judith spürte die Nacktheit ihres ungeschminkten Gesichts. Sie wußte, daß die Haut an Augen und Hals mürbe und eingekerbt, daß ihr Haar getönt war und man das auch sah, besonders ein Mann wie Sören. Der sah auch die häßliche Jacke mit den Lederflicken an den Ellbogen, die schmutzigen Gummistiefel. Das einzig Gute war der v-förmig ausgeschnittene Pullover, der zartes Fleisch zeigte. Zart, aber nicht mehr fest und glatt. Das Neonlicht machte alt. Sie fühlte sich verwelkt und kraftlos. Wie lange hat sie ihn nicht mehr gesehen? Gerhard Schröder wurde Kanzler und George Bush junior Präsident der Vereinigten Staaten, die Twin Towers brannten und stürzten, Saddam Hussein wurde hingerichtet und Angela Merkel Bundeskanzlerin. Die Landwirte pflanzten Raps, die Bäcker buken Biobrot, der Ölpreis stieg, und durch die Tür trat Dr. Sören Rönne auf Judith Rapp zu, und sie erkannten einander sofort.

Oft hatte sie innegehalten, weil sie glaubte, ihn zu sehen: Bei einem Spaziergang über den Schloßplatz, wenn sein Hinterkopf aus der Menge der zwischen den mächtigen Sandsteinsäulen des Königsbaus flanierenden Einkäufer hervorstach. In der Straßenbahn, wenn sie plötzlich seine Stimme hörte, die zwei Reihen hinter ihr über die Spielleistung des VfB schwadronierte. In der Warteschlange vor dem Teehaus, wenn eine schattengeschwärzte Gestalt im Gegenlicht zwischen den sonnenglühenden Rosenbeeten und mit flüssigem Metall gefüllten viereckigen Teichen erschien, in jeder Hand ein Glas Latte macchiato. Über die dunklen Locken des Latte-Trinkers war Judith so erleichtert gewesen, daß sie Uli und Kilian den Kauf eines Wassereises gestattet hatte.

Hinter ihrer Sonnenbrille hatte sie das Spielchen weitergespielt. Was hättest du getan, wenn er es gewesen wäre? Vielleicht die Kinder vorgeführt, mit der prahlenden Sicherheit der Besitzenden, denn sie war überzeugt, daß er keine hatte. Vielleicht die eigene Haut zu Markte getragen, in der sie sich an diesem Sommernachmittag sicher gefühlt hatte. Sie war kein paillettenbesticktes, Döner kotzendes Hackstraßenflittchen mehr, sondern Frau Rapp mit Ring. Ansonsten kam Klaus in diesen Überlegungen nicht weiter vor. Er kann sie nicht zurückpfeifen: »Laß doch das Arschloch.« Sie steht auf und geht in Richtung Kiosk, denn Sören wollte Kaffee. Er hatte sie aus dem Behandlungszimmer geschoben: »Diesmal haust du nicht ab. Das ist mein letzter Fall für heute. Geh runter ins Foyer, kauf mir einen Kaffee, mit viel Milch und Zucker. Du weißt es ja noch, oder? Ich bin bald fertig.«

Judith sah sich nach Hanna um, die von mehreren Schwestern umringt an der Wand stand. Weiße und hellblaue Kittel, dunkle, blonde und graumelierte Haarschöpfe bildeten eine lebendige Mauer, die sie nicht durchdringen konnte. »Ich muß zu meinem Sohn! Ich muß bei ihm sein! Wo haben Sie ihn hingebracht?« Ihre Stimme drang gellend durch das beschwichtigende Gemurmel. Judith sah ihr kleines Gesicht unter dem samtigen Haarband. Die duldsame Ruhe war verschwunden. Hannas Mund, der so zaghaft den Rand von Judiths Teetasse umfaßt hatte, dann leise sprach, »Ja, das sagen viele, daß die Mutter das meiste leistet«, war aufgerissen. »Seid ihr verwandt?« fragte Sören. »Nein, sie ist meine Nachbarin. Ich habe Mattis und sie hergefahren.« »Es ist besser, du gehst jetzt. Wir haben alles im Griff.« Sören zog sie auf den Gang hinaus. Sie spürte die Wärme seiner Hand. Dann wandte er sich der Schwesterngruppe zu, die auf Hanna einredete. Arme und Köpfe drehten und wendeten sich, Hände streckten sich aus wie Fächer. Judith mußte an Eurythmie denken. Hanna stand inmitten der anmutigen Gestalten, ihre Bewegungen waren nicht im Fluß, sondern zackig und unausgewogen. Auf dem Gang sah sie noch, wie Sören Hanna den Arm um die Schulter legte und sie an der Empfangs-Theke vorbei in das Schwesternzimmer dirigierte. Die Tür wurde mit Nachdruck geschlossen, und Judith betrachtete lange das Schild »Bitte auf keinen Fall stören! Übergabe!«, den rosa leuchtenden Salzkristall auf der Theke, den Asternstrauß daneben, die Kinderbilder an der Wand: »Für Station 12 von Graziella, von Kim, von Mustafa«.

Im Kiosk ist es voll. Es sind hauptsächlich Frauen, die an der Kasse warten. Die meisten sehen müde und vernachlässigt aus. Alle tragen Freizeitkleidung und Hausschuhe. Judith läßt sich zwei Cappuccino geben. Ihre Finger umfassen die vollen Pappbecher, schmerzhaft dringt die Hitze durch. Ich möchte raus. Ich muß unbedingt eine rauchen. Judith versenkt die Fäuste in den Taschen der Gartenjacke und spürt die zusammengeknüllte Packung Rothändle. Sie wird sich neben den Eingang stellen, zu dieser Bronzeskulptur. Gänse sind es und ein Flötenspieler. Schon wieder Tiere. Es gibt zu viele Tiere in diesem Haus. Sie wird sich zuqualmen, damit sie nichts mehr sehen muß von dem ganzen Theater hier. Nur noch Sören, der den dünnen grauen Vorhang mit seinem Blick teilt. Augen wie bläuliche Nebelscheinwerfer. Er hat mich angesehen und alles gewußt. Neben dem Zigarettenpäckchen fühlt sie die emaillierte Schutzhülle der Streichholzschachtel, ein buntes Seepferdchen ist darauf. Sie hat die Laternen der Kinder damit angezündet, vor langer Zeit, auf der Constantinstraße. Jetzt wird sie sich eine anstecken. Kein Versteckspiel mehr, die Hand mit der Zippe locker auf der Hüfte abgestützt, cool wie Anita Berber.

Die Drehtür kreist und befördert wie ein unermüdliches gläsernes Schaufelrad immer neue Menschen aus der Dunkelheit in das Foyer: Väter mit Pizzakartons. Mütter, die laut in ihre ans Ohr gepreßten Handys reden, drinnen angekommen leiser werden, ihr Gerät wegstecken und verstummen. Eine dickliche alte Frau, die in der einen Hand einen braunen Kunstlederkoffer trägt und in der anderen ein riesiges Plüschtier. Sie kommt zielstrebig auf Judith zu. Das Stofftier, eine dicke Schlange mit weit aufgerissenen Plastikaugen, streckt ihr eine lange pinkfarbene Zunge entgegen, korrekt gespalten und flauschig.

Das Gesicht der Frau ist rot und feucht. Tränen

laufen unaufhörlich unter den schmutzigen Brillengläsern hervor, rollen über die feisten Wangen und werden von einem kratzig aussehenden Schal aufgesaugt. »Sie kennet mich, ich bin die Oma vom Mattis. Sie habet ihn und die Hanna hergfahre, gell?« Sie holt ein Papiertaschentuch aus ihrer Jacke und schneuzt sich kräftig. Sie wolle ihren Enkel besuchen, den armen Kerle. Station 12, wie immer. Das Krankenhaus hätte sie angerufen und ihr erzählt, daß die Hanna schuld sei an Mattis' Krankheiten. Sie habe ihm die ganze Zeit Zeugs gegeben, Gift, Abführmittel, Brechmittel. Sie hätten schon letztes Mal sein Blut untersucht und jetzt gäbe es keinen Zweifel mehr. Die Hanna sei schon immer eine Verdruckste gewesen, sie könne sie jetzt gar nicht sehen. Man hätte sie fortgebracht, in eine andere Klinik. Und womit sie selber das alles verdient habe.

Judith ist froh, daß Mattis' Großmutter ihre Antwort nicht abwartet. Sie geht mit ihrer Schlange weiter und stellt sich vor den Aufzug, den Judith ohnehin die ganze Zeit im Blick hat. Sie steigt ein und ist verschwunden. Judith zieht die Schultern hoch. Sie fühlt Mitleid und Grausen, ähnlich wie nach Katastrophenmeldungen aus dem Fernsehen. Aber so, wie sie diese durch einen Knopfdruck ausblendet, schließt sie jetzt die Augen, um ein anderes Bild heraufzubeschwören.

Die Kälte draußen tut gut. Sie läßt die Jacke aufgeknöpft und holt die Rothändle heraus. Mit einem tiefen Seufzer stößt sie den Qualm aus, so daß die Raucherin neben ihr verstohlen den Kopf dreht. Aus der Tasche ihrer Jogginghose, die von Zigarettenpäckchen und Feuerzeug ausgebeult wird, schaut ein vielfach gestempelter pinkfarbener Zettel. »Der rosa Essensgutschein und die Pantoffeln, daran erkennst du, wer dazugehört«, hatte Hanna erzählt, fast ein wenig stolz, als ob es sich um die Mitgliedschaft in einem exklusiven Club handele. Die andere Frau drückt ihre Zigarette in dem sandgefüllten Betontrichter aus. Sie nickt Judith zu, schiebt ihren dicken Hintern wieder rein. Ich bin nicht so auseinandergegangen, nach zwei Kindern immer noch dieselbe Kleidergröße. Das kann er sogar unter dieser Vogelscheuchenkluft erkennen.

Trotzdem fragt sie sich, wie Sören wohl reagieren wird, auf ihren Körper mit den silbernen Rißspuren unter dem Bauchnabel, den gesackten Brüsten, dem zarten violetten Netz der Besenreiser an Oberschenkeln und Knöcheln? Sie spiegelt sich in der Scheibe. Das Gesicht ist nicht schlecht, besonders die Augen. Sie haben den betäubten Schafsblick der Mutter, der Klaus-Frau, der Hausfrau verloren und sind wach und erregt. Sie findet Blumendraht in der verdammten Jacke, eine Blechdose mit Kräuterpastillen, aber keinen Lippenstift, nicht einmal Labello. Sie beißt sich auf die Lippen, damit sie röter aussehen, greift nach den Haarklemmen, um die Hand wieder zurückzuziehen.

Die Gartenkleidung kommt ihr vor wie ein Faschingskostüm. Eine Larve, wie es altmodisch heißt. Eine Larve ist auch etwas, aus dem ein Schmetterling sich hervorschälen kann. Wird sie das heute tun, sich herausschälen aus den erdfarbenen Fetzen, wie das fertige Insekt die braune Chitinhülle abstreift, und etwas Schöneres, Besseres werden? Ein silbrig flimmerndes Lebewesen, das sein Flügelpaar ausspannt, um sich emporzuschwingen. In den betörenden Lichtkreis einer Flamme, die es versengt? In die quetschende Faust eines Unholds? Was will ich sein? Vogelscheuche, Hausfrau, Klausfrau, Mama, breikochend, hinternwischend und fliesenscheuernd? Oder lieber wieder hinaustreten aus dem warmen Mief, hinaus auf die neonweiß umstrahlten Eisgipfel der Hackstraßenlandschaft, wo Wodka und Tequila in klaren Strömen fließen, wo immer künstlich beleuchtete Nacht herrscht und der Tag im Dämmer heruntergerasselter Rolläden verschlafen wird? Wo jede Handlung sich auflöst im Ziel der erwarteten Umarmung, dem Ersticken an Sörens Zunge, dem Begrabensein unter seinem Fleisch, mit dem er sie nie wirklich hatte eins werden lassen?

Warum denkt sie überhaupt daran? Sie wird sich nie wieder vor ihm ausziehen. Warum geht sie nicht sofort nach Hause? Sie kann Hannas Renault nehmen, falls er noch nicht abgeschleppt worden ist. Oder sie wird in die Straßenbahn steigen, an der Schloßstraße. Mit der U-Bahn zum Österreichischen Platz. Das dauert zehn Minuten, und sie ist wieder dort, wo sie hingehört.

Sören kommt durch die Drehtür. Er trägt immer noch die Pilotenjacke, schwarze Jeans, Bikerboots. *Some people call me the space cowboy, some call me the gangster of love.* Über der linken Schulter hängt eine Sporttasche. Er schleudert sie unter die Bank. »Hast du tatsächlich gewartet?« Seine Augen hinter der mit winzigen Tröpfchen gesprenkelten Brille sehen müde aus. Judith nickt. »Jetzt ist endlich Feierabend, und du bist tatsächlich noch da. Ich hab von Jasper erfahren, daß du geheiratet hast, so einen Ingenieursheini.« Judith muß erst Jaspers füchsisches Junge-Union-Gesicht mit dem Schmiß auf der Bubihaut wegschieben, bevor sie antwortet: »Klaus ist Professor an der Stuttgarter Uni.« Sören grinst, der müde Ausdruck ist verschwunden. Er greift nach dem Kaffeebecher und nippt. »Äh, nur noch lauwarm. Seit 20 Stunden auf Station und nur Scheiße. Das da eben, das war noch die Krönung.« Er zerdrückt den leeren Becher in der Faust und runzelt die Stirn. Judith betrachtet seinen Mund. Sie möchte die Hand ausstrecken und mit dem Finger die scharf umrissenen Linien der Lippen nachfahren. »Klaus, das war doch diese trübe Tasse, die mal unter dir gewohnt hat. So ein Blonder. Muß ein Langweiler sein, sonst würdest du jetzt nicht hier in der Kälte rumstehen mit labbrigem Kaffee.« Sören berührt ihren Arm. Judith schließt die Augen, sie will sich in die Berührung stürzen. Jetzt passiert es, und ich lasse es zu, ich lasse die Larve fallen. »Sören, laß das bitte.« Sie flüstert die alte, fast vergessene Formel, die Einleitung zu ihren Zusammenkünften. Er fängt an. Er reißt ihre Sachen runter. Er ist der Bestimmer. Sören greift nach ihrem Arm, aber es ist nicht Judiths sehnendes Fleisch, das er packt, sondern der rauhe Stoff ihrer Jacke. »Wenn man dir vor sechs Jahren gesagt hätte, daß du mal so auf die Straße gehen würdest! Du siehst wie ein Öko aus. Aber Klaus gefällt das wahrscheinlich.« Sie möchte antworten, giftig, zynisch sein, aber sie kann nichts sagen, nur dastehen und warten, bis diese mißtönende Ouvertüre vorbeigegangen ist und die Hauptvorstellung anfängt. Sie ist überrascht von ihrer Gier, dem unverhohlenen Wunsch, von ihm angefaßt zu werden, starrt auf seine Hände mit den kurzgefeilten Nägeln, der vom vielen Waschen und Desinfizieren gespannten Haut. Sie hat nur den Wunsch, von ihm überwältigt zu werden in der Dunkelheit ihres Hackstraßenzimmers, sie hört das Quietschen der Klappcouch und riecht Sörens Schweiß. Wie oft ist das passiert, hundertmal, tausendmal, nur noch einmal. Sören hat ihren Ärmel längst wieder losgelassen. Er nimmt seine Tasche und schüttelt den Kopf.

»Die hundertprozentige Judith. Da steht sie wieder und wartet, wie in alten Zeiten. Allein, wie du mich anschaust. Es war keine gute Idee, das hier. Ich hätte es wissen müssen. Geh nach Hause zu deinem Klausi. Ich hau ab. Ich bin müde, und der ganze Dreck hier kotzt mich an.«

Natürlich ist es billig, hinter ihm herzulaufen und ihn an der kalten Lederjacke festzuhalten. Es ist lächerlich »Du Arschloch, du warst schon immer ein Riesenarschloch!« zu kreischen. Es ist entwürdigend, wie er ihre Hand nimmt und sich losmacht, vorsichtig und bestimmt zugleich, ähnlich wie sie Kilians unter Wutgeheul in ihre Kleidung verklammerten Finger einen nach dem anderen umzubiegen und abzulösen pflegt. Es ist endgültig, wie er an der Pforte vorbeiläuft, mit raschen Schritten im Dunkeln verschwindet und dabei weiter den Kopf schüttelt.

Judith geht langsam durch die mit bunten Metallplatten verkleideten Gänge der Unterführung ›Österreichischer Platz‹. Neben einem der orangefarbenen Fahrkartenautomaten verharrt sie kurz und lehnt das verheulte Gesicht gegen die Wand. Sörens Stimme sitzt in ihren Ohren und wiederholt unablässig die alten und die ganz frischen Beleidigungen. Sie hat ihnen nichts entgegenzusetzen und drückt die Fäuste gegen die Lider, spürt den hastigen Puls dahinter. Sie will nach Hause, zu ihrem Badezimmerschrank, dem Tavor. Wieviel wird nötig sein, um Stille zu schaffen, das schneidende Flüstern in ihrem Kopf zu ersticken?

Sie nimmt den Ausgang Christophstraße. Bergauf keuchend passiert sie das Stadtteilhaus Mitte, die Schaukästen mit Ankündigungen: Kinderturnen, Heilung durch Handauflegen. Auf dem Mozart-Platz bleibt sie erneut stehen, um zu verschnaufen. Das Restaurant an der Ecke ist voll. Judith nimmt keine Gesichter wahr, nur die Zufriedenheit derer, die da drinnen sitzen, unbehelligt, angstfrei.

Die Ampel gegenüber dem Altersheim wird sofort grün. Sie eilt über die Straße und hastet an dem hölzernen St. Martin vorbei, der riesig und schartig über dem zusammengekauerten Bettler aufragt und seinen Mantelfetzen zu ihm heruntergleiten läßt. »Wo ist sein Schwert, Mama? Er hat kein Schwert. Womit hat er den Mantel geteilt?« Kilian und Uli bemängeln jedesmal, daß der Heilige, der doch ein Ritter war, keine sichtbare Waffe trägt. Aber sie ist nicht Mama, sondern eine tablettensüchtige Schlampe, aus deren Vergangenheit man eine Mischung aus Porno und Tarantino-Film drehen kann. Die zierliche Aufgeputztheit ihrer Wohnung, nach der sie sich so sehnt, der warme Schein der Lampe über dem Eßtisch, die Blumen in den Fenstern, der winterlich hergerichtete Jahreszeitentisch mit seinen Filzzwergen, kann sich jederzeit auflösen in ein Panoptikum der Abscheulichkeiten. Statt Haferflocken und Grieß schwimmen dann plötzlich blauschwarze Föten in den Gläsern auf den Küchenborden. Blauschwarz an allen Gliedern war Goethe als Baby, und hinter dem Vorhang im Schlafzimmer lauert der wasserköpfige Junge, den Steiner bis zum Abitur gebracht haben will. Sein Grinsen ist tückisch und die hohe Stirn wie eine in Milch aufgequollene Semmel. Judith rennt jetzt die Staffel am oberen Ende der Bopserstraße hoch, sie schluchzt. Es riecht verbrannt, ein starker, kratziger Geruch, der sie husten läßt. Im Laufen versucht sie, andere Bilder herbeizuzwingen.

Uli und Kilian, die Hans-Thoma-Kinder, apfelbakkig und blondlockig, ausgeglichen und gesund. Sie sind bei den Posselts, es wird ihnen ein wenig übel sein, aber das ist nicht schlimm. Sie kann es wieder kurieren. Klaus kommt zurück, wie jeden Donnerstagabend. Ein paar Geschichten aus der Uni, leichte, trockene Küsse, die Mundwinkel, Wangen, Stirn treffen. Sie reden über die Kinder. Später ein Rotwein auf dem Sofa, sein Arm liegt um ihre Schulter.

Sie will keine Fragen stellen. Die Glocke, in der sie alle schwingen, in Geborgenheit getragen, von Tag zu Tag, soll keinen Riß bekommen, ihr volles, dunkles Dröhnen verlieren, das taub macht für das Geflüster der Angst.

Klaus liebt die Jungen. Er liebt sie so sehr, daß er auch noch ein weiteres Kind lieben würde. Ein neues, winziges, in gelbbräunliche Wolldecken gehülltes

Bündel. Ein Mädchen wäre schön. Sie könnte es Rike nennen, wie bei Mörike: »Schläfst du schon, Rike?« Und Klaus kann wieder die Nabelschnur durchschneiden, mit lachendem, tränenüberströmtem Gesicht, wenn das Kind zwischen ihren weit gespreizten Beinen hervorkommt. Das winzige Kind wird Klaus' Nächte zerschneiden mit dünnem Gejammer und ihn schwächen, seinen Rücken beugen und seinen Penis schlaff machen. Sie sieht Rikes flaumiges Köpfchen in Klaus' Armbeuge – eine winzige Frau Venus, die ihren riesigen Tannhäuser fordert, bis er in einem Berg aus Kissen und Schaffellen einschläft, umschwebt von Milchdunst und Wochenfluß, neben Judiths rubinrot gesaugten Brustwarzen. Er wird wie bei Kilian und Ulrich ein hingebungsvoller Vater sein, der jeden Abend zu Hause ist, auch donnerstags.

Wieder versucht sie sich den Ort vorzustellen, an dem diese erlösenden Ereignisse stattfinden sollen. Nur noch wenige Minuten, dann ist sie da, daheim. Daheim, das kann sie mantraartig vor sich hinmurmeln und dabei die Staffel hochkeuchen, vorbei am Büro des Landesbauernverbandes, aus dessen gläsernem Entree eine schwarzweiß lackierte Kuh ihre spitzen Hörner auf sie richtet. Judith sieht, wie das Schlangenwegle sich den gegenüberliegenden Hang hochwindet. Die Laternen wachsen aus dem Gestrüpp wie seltsame Pilze und beleuchten die Sackgasse davor, auf der ungewöhnlicher Verkehr herrscht. Autos wenden und rangieren, verschwinden brummend in der Gegenrichtung bergab. Auf der Constantinstraße, die Judith jetzt schwer atmend betritt, ist ein Stau vor einer Reihe von Warnblinkleuchten und rotweiß gestreiften Absperrkegeln. Ein Polizist winkt. Die zuckenden Blaulichter der Einsatzfahrzeuge erhellen die Umgebung wie einen kleinen Rummelplatz.

Träge Qualmwolken ziehen unter der Markise von Nâzıms Laden hinweg durch die blauen Lichter, steigen in den rotbraunen Abendhimmel. Das Feuerwehrauto steht am Straßenrand, daneben zwei Rettungswagen, der Gehweg ist abgesperrt. Judith sieht Feuerwehrmänner mit gelben Helmen, Notärzte und Polizisten. Die große Scheibe von Nâzıms Auslage ist zersprungen. Die gläsernen Zacken, die noch im Rahmen stecken, bilden einen riesigen Stern, gefüllt mit Schwärze und Rauch. Judith steht und schaut, eine Gafferin neben anderen Glotzenden, die laut und durchdringend ihre Kommentare abgeben: »Brandstiftung, ganz sicher.« »Islamischten!« »Unsinn, das war die PKK!« »Das ist ein türkisches Geschäft.« »Den Nâzım, den fahren sie grad weg.« Sie hört die metallisch verzerrten Anweisungen aus den Funkgeräten der Einsatzkräfte, die ärgerliche Stimme eines Polizisten: »Hauet Se ab, hier geht's net weiter!« Autotüren werden zugeknallt, dann ertönt das Martinshorn mit schneidender Lautstärke. Judith drückt die Fäuste gegen die Ohren. Den eigenen Kopf festhaltend, als könne er fortgerissen werden, starrt sie auf den zweiten Notarztwagen, der noch parkt. Zwei Personen sitzen zwischen den offenen Hintertüren, grell beleuchtet aus dem Wageninneren. Leonies Gesicht ist dunkel verschmiert, das rote Haar hängt strähnig in die Augen, die aussehen wie Löcher in einem Blatt Papier. Um ihre Schultern liegt eine Decke. Ein Notarzt reicht ihr einen Pappbecher. Ihr Mann sitzt neben ihr, er blickt zu Boden. Judith schlägt die Augen nieder, um Leonies Blick zu entgehen. Vielleicht hat sie sie ja gar nicht bemerkt. Am liebsten würde sie ihr Gesicht in den Händen vergraben wie ein kleines Kind, das glaubt, verschwunden zu sein, wenn es die Augen schließt. Sie steht auf der Constantinstraße und ist doch mitten in den Abendnachrichten, fast verwundert darüber, daß am Bordsteinrand nicht der Tikkerstreifen mitläuft oder das Logo des Senders in einer Ecke ihres Gesichtsfelds auftaucht. So würde es riechen, wenn die Bilder aus Kabul, aus Kandahar, aus Bagdad einen Geruch hätten. Jetzt muß sie Leonie ansehen und ihren Mann, einen großen Sportlertypen, der zusammengekrümmt mit verbundenen Händen dasitzt, dazu den Stern in der Scheibe und die ausgebrannte Dunkelheit dahinter. Hier hat sie gestern noch gestanden, mit Kilian an der Hand. Das alles gehört nicht hierher und hat jetzt doch seinen

Weg gefunden, zwischen Apfelkörbe und Basilikumtöpfe, in ihr Paradies.

Der Notarzt spricht Leonie an, und sie wendet ihr Gesicht von Judith ab. Es ist, als ob ein Bann sich löst. Judith dreht sich um und läuft davon, rempelt ein paar Passanten an. Sie schaut nach oben. Die Häuser am Weg sehen aus wie immer, aber viele Fenster sind geöffnet, schwarze Köpfe in hell leuchtenden Rahmen. Sie hängen sich halb auf die Straße, lassen den Rauch und die Kälte in ihre warmen Zimmer. Judith ist aus dem Laufschritt ins Rennen gefallen, hat jede Zurückhaltung aufgegeben und flieht mit bebenden Nasenflügeln, ein feiges Tier, ein Hase oder etwas Ähnliches, das man als Ragout essen kann. Sie sieht ihr Haus wie ein riesiges Schiff in der Dunkelheit ankern. Das Hutzelmännle zieht noch immer seine freundliche Grimasse über der Tür. Pechschwitzer, Tröster, beschütze mich, laß mich wieder eintreten unter deinem steinernen Grinsen, ein Kind an jeder Hand.

Ihr Blick wandert die einzelnen Stockwerke hoch: Bei Posselts ist es hell, bei Rapp dunkel, schwarzglänzende Scheiben, hinter denen sich nichts bewegt. Auch in den hinteren Räumen und in der Küche ist niemand, um Tee zu kochen oder den Auflauf aufzuwärmen, den sie vor dem Laternenlauf auf der Anrichte bereitgestellt hat. Es ist gleich halb acht, und Klaus ist noch nicht gekommen.

Vor der Tür der Posselts tritt Judith von einem Fuß auf den anderen. Höfliches, kurzes Klingeln wird innerhalb einer Minute zu ausgedehnten Schellattacken. Schließlich nimmt sie den Finger nicht mehr vom Knopf. Die Tür bleibt geschlossen. Hinter den geriffelten Scheiben herrscht Helligkeit wie zum Hohn, und sie hört das Gekläff des Köters, das schließlich in langgezogene Heultöne übergeht.

Im Gärtle findet Judith vier Apfelbutzen auf dem Tisch in der Hütte, auch das Knäckebrot ist verschwunden, ein paar Krümel panieren die Obstreste. Ihr Korb steht in einer Ecke neben den Gartengeräten. Wie Stunden zuvor steht sie an der offenen Glastür zum Wohnzimmer der alten Leute, schiebt den schweren Samtvorhang zur Seite und tritt ein. Mit hochgezogenen Schultern geht sie durch den Raum, der nur vom Flur aus erhellt wird. Die Spitzendeckchen auf den Möbeln leuchten durch die Düsternis. Beim Buffet stehen alle Türen offen. Schubladen sind herausgezogen, auf der Erde liegen Tischwäsche und Servietten, Kerzen und Besteck in wüsten Haufen. Es riecht seltsam, nach Alkohol. Eine leere Karaffe auf dem Couchtisch. Ob die Alten sich betrunken haben? Mein Gott, die Kinder, und warum ist es so dunkel? Judith eilt den Flur entlang. Hier brennt eine Lampe auf dem Telefontischchen, beleuchtet den altmodischen Fernsprecher mit der dunkelgrünen Samthülle. Jetzt hört sie den Hund und Kinderstimmen.

Gottseidank, es ist Uli, Uli und Kilian. Wo sind sie? »Ulrich, Kilian!« ruft sie halblaut. »Frau Posselt, sind Sie da?« Ein Seitenblick in die Küche, da liegen Scherben auf dem Boden, dazu aufgerissene Schränke, wie nach einem Einbruch. Ihr Herz schlägt schneller. Sie hat das Ende des Flurs erreicht. Hier war sie noch nie. Welches Zimmer kommt jetzt? Von der Tapete glotzen der Dürer-Hase und zwei struppige Eichhörnchen, eine Landschaft in Öl, Berge und Wald. Sie steht vor der angelehnten Tür, hinter der die Stimmen ihrer Kinder hervordringen, und stößt sie auf.

Die Jungen stehen zu Füßen des breiten Ehebetts, neben ihnen zwei rothaarige Mädchen in rosa Jakken, Leonies Kinder. Wie heißen sie noch? Auf dem weiß bezogenen Deckbett liegen Süßigkeiten: Bonbons, Würfelzucker und runde, schokoladenüberzogene Kekse. Kilians Kiefer bewegt sich kauend, Uli knistert mit Stanniolpapier. Auch die Mädchen schmatzen leise mit gesenkten Köpfen.

Auf dem Nachttisch neben einem wachsbetropften Kerzenständer, in dem noch kleine Stummel stecken, leuchtet eine Lampe mit fransenverziertem Schirm. Ihr Lichtkreis umstrahlt das Kissen, auf dem Wenzel Posselts Kopf liegt. Das strenge Adlergesicht mit dem weißen Schnurrbart ist durch einen nassen Fetzen über den Augen und eine Zitrone unter dem Kinn vermauert. Er ist bis zur Hüfte zugedeckt, die Arme sind über der Brust gekreuzt. Er trägt einen Anzug,

Hemd und Krawatte. Sein Hut liegt neben ihm auf dem Kissen. Es ist eiskalt im Zimmer, ein Fensterflügel ist gekippt. Trotzdem riecht es nach Essig und Kot.

»Mama!« ruft Uli. Kilian hängt sich an ihr Bein. »Mama, der Herr Posselt ist zum lieben Gott gegangen, und wir passen auf ihn auf. Dafür kriegen wir Süßis. Eigentlich kommen die auf den Sarg, aber der kommt erst morgen, sagt die Frau Posselt.« »Um Himmels willen, Frau Posselt!« Judiths Stimme ist schrill, als sie sich zu der alten Frau umdreht. Sie sitzt in Hut und Persianer im Sessel neben der Frisierkommode. Der Hund liegt zu ihren Füßen. Das dicke, blasse Gesicht unter den verschwitzten weißen Haarsträhnen ist undurchdringlich und starr, die Augen sind geschlossen. Obwohl langsame Atemzüge die groben Nasenflügel blähen, ist sie nicht ansprechbar.

»Mama, dürfen wir noch ein Süßi?« Judith nickt, dann nimmt sie das jüngere Mädchen an die Hand. »Uli, Kilian, wir wollen nach Hause.« Das ältere Mädchen, sie kommt einfach nicht auf den Namen, packt die Hand ihrer Schwester. Kilian und Uli tappen an Judiths Rechter. »Eure Mutter wartet auf euch.« Sie dirigiert die Kinder hinaus und schließt die Tür, ohne noch einen Blick zurückzuwerfen.

Marco

Marco schlingt die Wurst runter. Er verzichtet auf den grünen Plastikdreizack und fischt die heißen Scheiben mit den Fingern aus der leuchtenden Tunke. Das Curryketchup brennt im Mund, wärmt den Magen. Er friert, seit er in die braunrote Bahnhofshalle getreten ist. Es zieht wie Hechtsuppe hier draußen, auch so ein Spruch von Oma Bine. Er hat sich an einen Stehtisch vor den Imbiß gestellt, damit er gleich abhauen kann, falls sie kommen. Hier hat er alles im Blick – die blaue Anzeigetafel und die Masse der Leute, die mit ihren Koffern und Taschen zwischen Freßständen und Läden herumwandern.

Er rupft ein Stück aus dem zähen Weck und tunkt Soße damit auf. Schmerzhaft wird der zu große Brokken runtergepreßt, aber es tut gut, etwas drin zu haben. Der Hunger hat ihn regelrecht angesprungen, als er das ganze Zeug hier sehen und riechen mußte. Es gibt fast nur Freßstände: Burger, Pommes, ganze Berge von Obst, Süßigkeiten, Bäcker, eine Fischbude. Als ob fressen das wichtigste wäre, bevor man sich in einen Zug setzt. Vorsichtig schiebt Marco die Hand in die Innentasche. Die anderen Typen neben ihm schauen in ihre Biergläser und labern sich gegenseitig voll, Koffer zwischen den Beinen, Glatzen und Bäuche. Wenn die wüßten. Er fühlt das Päckchen mit den Banknoten. Es ist nicht besonders dick. Den anderen Teil hat er im linken Turnschuh, die grünen Scheine, Hunderter. Er wußte nicht, daß es auch Hunderter gibt. In der Kasse waren nur drei davon, die hat er unter die schweißige Einlage gesteckt, ein paarmal gefaltet, für später. Es ist ein blödes Gefühl, ständig nach links und rechts zu glotzen wie ein Pinguin. Die drehen den Kopf auch immer hin und her, das hat er mal in der Wilhelma gesehen, mit Eino. Eino, der wird sich wundern. Eino, ich komme. Das hat er gedacht, als er rausgelaufen ist aus dem brennenden Laden. Jetzt klingt es hohl, total bescheuert. Ob Eino ihn überhaupt noch erkennt? Marco trinkt langsam seine Cola. Sie rauscht eiskalt in den Magen, der sich sofort zusammenkrampft. Es geht ihm wirklich nicht besonders. Eigentlich hätte er lieber einen warmen Kakao, Kakao mit Sahne obendrauf. Das gab es manchmal bei Oma Bine. Sprühsahne aus einer hellblauen Flasche, die Mini-Marco beim ersten Mal für Haarspray gehalten hatte. Aber von der Bedienung hätte es vielleicht einen blöden Spruch gegeben, und auffallen, das war das letzte, was Marco wollte.

Als er vom Brunnen zu Nâzım hochgelaufen war, mit seiner Tüte und der Pistole, die vorn im Hosenbund steckte und verheißungsvoll drückte, hatte er sich noch gut gefühlt. Er ging die Straße entlang, stellte sich vor, er wäre ein Megamonster, ein Dino mit riesigen Krallenfüßen, der mit jedem Schritt einen Graben hinterließ, mit seinem Schwanz die Fensterscheiben im ersten Stock einschlagen und feurigen Atem in die Wohnungen dieser Arschlöcher blasen konnte. Er spürte, wie sehr er die Constantinstraße haßte, ihre hohen Häuser mit dem Schnörkelkram, fetten Engeln, die ihn fies angrinsten, die sauber gekehrten Gehwege, die Schilder an den Hauswänden, deren Aufschriften er nicht verstand: Ayurveda. Hawaianische Körperarbeit. Was sollte das sein? Fikken, bestimmt was mit ficken. Wie sonst konnte man sich leisten, da drin zu wohnen? Er sah die mit Terrakottafliesen ausgelegten Eingangsbereiche, die schmiedeeisernen Törchen. Alles schien zu sagen: Hau ab!

Die Wut hatte ihn mutig gemacht, denn ihm war schon ziemlich schlecht gewesen, als er merkte, jetzt oder nie, es wird ernst. Auf der Straße war einiges los, und immer wieder gingen neue Wichser zu Nâzım rein. Dann wurde es endlich ruhiger, nur zwei Spasten, ein Typ und eine Frau, kamen noch angerannt, rissen die Ladentür auf. Die hatten es wirklich eilig. Marco hatte sich selbst in den Arsch getreten: Willst du nun zu Eino, nach Estland, in das Haus am Meer, oder nicht? Da drin ist die Kohle, 'ne ganze Kichererbsendose voll, also, hol sie dir!

Marco wischt sich mit dem Jackenärmel über den

Mund und über den Nasenrücken, auf dem Schweißtropfen stehen. Er schwitzt, obwohl er friert wie verrückt und zittert in der dicken Jacke. Er ist völlig von der Rolle und fummelt schon wieder in der Tasche nach dem Geld. Es ist noch da, wieder rechts-links-rechts geglotzt – wenn das so weitergeht, landet er in der Klapsmühle, bevor er einen Fuß in den Zug gesetzt hat. Aber er hat echt Probleme mit der Scheiße von vorhin, den Idioten im Laden, Nâzım und den anderen, der Rothaarigen aus der Superwohnung. Erst als sie schrie, hat er gemerkt, daß er sie kennt. Eine grüne Strumpfhose hatte sie damals angehabt. Ihr Gesicht war echt hübsch, die Augen, der kleine Mund. Fast hätte er ›Hallo‹ gesagt oder ›Hey‹, sie war ihm gar nicht aufgefallen, er hatte nur den zeternden Nâzım gesehen, der sofort still wurde, als er die Pistole sah. Sie lag am Boden neben ihrem Typen und starrte zu ihm rüber, während Nâzım das Maul offenstand. Schon witzig, wie sie alle einknickten beim Anblick von Pornos Berlinsouvenir, ein Feuerzeug, meine Fresse. Wenn das Ding echt gewesen wäre, er hätte den Knoblauchfresser gerne abgeknallt. Er fühlte, daß er es konnte, ihm das Maul stopfen, auf immer und ewig, allein für die Sachen, die er da rausgeplärrt hatte – Abschaum und so. Na ja, er hatte sein Fett wegbekommen, stand mitten in einer Pfütze von dem Zeugs, und nachher war da nur noch Feuer. Marco konnte das Geschrei eigentlich die ganze Zeit hören. Es war nicht aus den Ohren zu kriegen. Der Vorhang, diese Holzperlenschnüre, war vor seinen Augen rumgetanzt und hatte das ganze Bild, den Ladenraum, das Feuer, in Streifen geschnitten, undeutlich gemacht. Das Feuer fauchte die Regale hoch. Marco war überrascht, wie laut die Flammen waren, ein tiefes, durchdringendes Geräusch, wie ein großer Fön. Dröhnend fraß es sich weiter vor. Er spürte die Hitze im Gesicht und hörte das Kreischen. Klamotten, Haare, Obst, Salatköpfe, daß das alles brennen konnte! Wenn die Knarre echt gewesen wäre, hätte er einfach alle weggeballert, nur um das nicht mehr hören zu müssen. Er war getürmt, es reichte ihm.

Marco hatte die nächste Tür aufgerissen und gelangte auf einen betonierten Hof. Bloß nicht nach vorne auf die Straße rennen, bloß cool bleiben. Jetzt bist du die ganze Zeit cool geblieben, reiß dich zusammen, die sind erst mal beschäftigt. Er sah sich um. In seinem Rücken sprangen die Küchenbalkone und verglasten Wintergärten der alten Häuser in die Nacht vor. Wo Licht an war, sah er Nudelsiebe und Backformen an den Wänden hängen. Sonst waren viele Fenster noch dunkel, ein Glück. Direkt neben ihm plätscherte es wie verrückt, und er fuhr herum. Nur ein fettes Rohr, das außen am Haus langlief, wahrscheinlich war da oben einer aufs Klo gegangen. Von einem Balkon klingelte ein Windspiel, es war zum Ausflippen. Er mußte weg. Vor Marcos Nase standen ein Maschendrahtzaun und ein bescheuertes Holzgitter, an dem man Pflanzen hochziehen konnte. Dahinter ging es abwärts, so drei, vier Meter, in einen dunklen Garten. Gestrüpp, Bäume und dann wieder Häuser, das war die Olgastraße. Durch die Lücken konnte er die vorüberrasenden Autos sehen. Marco krallte sich in den Maschendraht und zog sich hoch, schwang ein Bein rüber, quetschte sich die Eier. Dann schloß er die Augen und sprang, blieb kurz im matschigen Gras liegen, weil er tatsächlich Sternchen sah, rote auf schwarzem Grund, und keine Luft mehr kriegte. Schließlich rappelte er sich wieder hoch, rannte durch den Garten bis auf eine breite asphaltierte Einfahrt, die steil bergab führte. Er erkannte das Altenheim, das mit dem hölzernen Reiter davor, dreieckig vorstechende Betonzacken, winzige leuchtende Fenster, vergitterter Hof, ›Achtung, Feuerwehrausfahrt‹, und stand schnaufend auf der Olgastraße. Gegenüber waren die Erdgeschoßfenster rot erleuchtet. Er sah die Umrisse der nackten Frauen, die sich träge hinter den Scheiben bewegten wie Fische im Aquarium. Daneben war der Holzzaun, hinter dem der Spielplatz liegt, der mit den riesigen bemalten Betonstufen, die runter auf den Mozartplatz führen. Anita war früher mit Mini-Marco ab und zu hingegangen. Auf dem blauen Karussell fuhren Marco und seine Jungs manchmal, abends, wenn keine

Bälger mehr da waren, und drehten sich dann so schnell, bis sie fast kotzen mußten. Anita hatte Mini-Marco auf diesem Karussell angeschuckt. Er erinnerte sich an ihr lachendes Gesicht und ihre winkenden Hände, die wieder und wieder vorüberflogen. Wenn er torkelnd ausstieg, packte sie ihn unter den Achseln und hob ihn hoch.

Dann sah er den Bus. ›43 Killesberg über Feuersee‹ leuchtete es orange. Der Bus rauschte den Berg runter, und Marco begann zu rennen. Die Haltestelle war direkt vor dem Altersheim, er schaffte es noch und sprang rein, setzte sich ganz nach hinten, Käppi tief runter und Gesicht gegen die Scheibe. Draußen flitzte das afrikanische Geschäft vorbei, rotgrüngelbe Streifen, der Baguetteladen, er sah den beleuchteten Automaten mit den Schubladen, aus dem sich die Nutten nachts ihr Futter ziehen, und das riesige fliegende Brot über dem Eingang, die Videothek, Rosebud, Jill Kelly, Leihen und Kaufen, Olgaeck, Übergang zur U-Bahn, bitte umsteigen. Während er auf dem Hochbahnsteig wartete, bekam er auf einmal wahnsinnigen Schiß. Dahinten, in der Blumenstraße, wo die roten Neon-Titten des Frauenumrisses im Sexladen-Schaufenster aufblinkten, da waren jetzt Murat, Hassan, Ufuk und vielleicht auch noch andere. Wenn die erfuhren, was mit Onkel Nâzım passiert war, dann gute Nacht. Die würden ihn einfach abstechen.

Er legt einen Schein auf den Tresen und geht. Allmählich muß er zusehen, daß er wegkommt. In den Torbögen, die auf die Gleise hinausführen und durch die die Nachtkälte hereinweht, steht die Dunkelheit, und mitten in der bläulichen Schwärze liegen die abfahrbereiten Züge auf den Schienen wie schlafende Raupen, umgeben von roten und weißen Lichtern, der unverständlichen Stimme aus dem Lautsprecher, dem Holpern der Rollenkoffer und dem Gelächter und Gerede der Reisenden.

Ob Eino damals mit dem Zug abgehauen ist? Er kramt den Zettel hervor und liest noch mal die Adresse: *Eino Rännumees, Rahu mois, Pedassaare, Lääne-Virumaa, Eestimaa.* Es ist schrecklich, denn er merkt, daß er nicht weiß, wohin er jetzt fahren soll. Er schaut von der estnischen Adresse auf die Anzeigetafel und von der Anzeigetafel zurück auf den Zettel. Zwischen ihm und dem Estland, das er erreichen will, liegt noch mehr, ein Haufen Orte, von denen er keine Ahnung hat. Er weiß nur, daß irgendwo dahinten Marbach ist, mit der S 4 bis Endstation, und er kennt Tübingen, da waren sie auf Klassenreise in der Vierten. Tübingen und der Neckar, der gelbe Turm, vor dem so komische Bäume ihre Zweige ins Wasser hängen ließen. Und all diese Namen auf der blauen Tafel, Heilbronn, Bruchsal, Mannheim, das waren nur Worte, die ins Nichts führten, keine Bedeutung hatten. Wieder grabbelt er in der Tasche herum. Das einzige, was ihn beruhigt, ist das Gefühl der Scheine, die immer noch an derselben Stelle stecken.

Bei der Treppe, neben dem Obststand, gibt es so ein Häuschen mit Glasdach, ›Servicepoint‹, mit zwei Leuten in Uniform. Aber er will auf keinen Fall irgendeine Fratze hier ansprechen und Aufmerksamkeit erregen. Statt dessen geistert er herum, schaut auf die Fahrpläne, Ankunft, Abfahrt. Da gibt es auch Automaten, er drückt ein bißchen herum, von A bis Z, Ziel eingeben, Estland funktioniert natürlich nicht. Ein paar Skater in karierten Hosen und Kapuzenshirts stehen neben dem Süßi-Stand, alles ist voll mit grinsenden Kürbissen und Zuckerskeletten. Sie feixen und wiehern. Typen mit Anzügen, Frauen, die in ihre Handys quaken, Bahnleute mit roten Mützen, alle wissen genau, wo sie hinwollen. Nur er hängt hier rum, und bald kommen die Bullen, um zu fragen, was er denn so spät noch hier macht und so weiter und so fort. Er geht rüber zur Treppe, Post, Marktstation. Auf den Leuchtbuchstaben pennen ein paar Tauben. Die Anzeigetafel flimmert blau, er liest noch mal die Reihe runter, diese ganzen Scheißkäffer: Heilbronn, Bruchsal, Heidelberg, Berlin Ostbahnhof, 18:51 Uhr von Gleis 12. Das ist es. Berlin Ostbahnhof. Da kommt die Pistole her. Von dort aus wird es schon weitergehen, irgendwie. Marco atmet tief durch. Jetzt wird er es packen, jetzt geht es los. Es klappt auch mit dem Automaten, Ziel eingeben, einfache Fahrt von Stuttgart nach Berlin Ostbahnhof, 122 Euro. Die hat er, die stopft er locker in den Schlitz und unten kommt die Karte raus, so einfach ist das, und er muß grinsen, als er sich umdreht, um zu seinem Gleis zu gehen.

Anita steht direkt vor ihm, am Stand mit dem Schmuck, und hat ihm den Rücken zugewandt. Sein Herz geht los wie irre, er japst auf. Sofort erkennt er die silberne Steppjacke, den fusseligen rosa Schal und ihr Haar, so blond, fast weiß, mit Spray zurechtgefönt, daß der Kopf wie eine Riesenpusteblume aussieht. Sie beugt sich über den Krimskrams, Elefanten und anderes Viechzeug aus Edelsteinen, Eier und Herzen. So was mag sie gern. Ihr Hintern quillt mächtig aus der dunklen Hüftjeans. Zwischen Jacke und Gürtel sieht Marco einen Streifen heller Haut und weiß, daß vorne ein ordentlicher Ring weicher Speck über den Bund hängt: Schwabbel-Anita. Sie ist allein und wühlt in den Steinen. Vielleicht hat sie Porno zum Teufel gejagt und will Marco holen. Vielleicht gehen sie zusammen nach Hause, in die stille Wohnung, setzen sich in die Küche, und Schwabbel-Anita fragt: »Willst du einen Kaba?« Sie macht Nutella-Toasts, und sie sehen zusammen auf der Couch fern, vielleicht Schwammkopf oder irgendeine Serie. Schwabbel-Anita schläft ein und schnarcht. Ihr Mund steht offen, und Marco sieht ihre Schneidezähne. Oben rechts hat sie einen falschen Brilli kleben, das wollte

Porno unbedingt. Marco schaut auf die Uhr. Es ist 18:47 Uhr, in vier Minuten geht sein Zug. Marco wischt sich die schweißigen Hände an den Innenseiten der Hose ab. Dann dreht er sich um und rennt. Gleis 12, Gleis 12, er sagt es vor sich hin, er sieht die schwarzen Zahlen auf dem Schild. Der Zug steht schon da, es ist ein ICE, schlank und weiß mit rotem Streifen. Marco drückt auf den Knopf neben der Tür, sie öffnet sich zischend und läßt ihn ein.